U0580191

本书是国家社科基金重大项目"京津冀文脉谱系与'大京派'文学建构研究"（项目号：18ZDA281）的阶段性成果。

# 新中国70年

# 文学发展

刘 勇 张 悦 等著

70 Years of
Literature Development in
New China

北京师范大学出版集团
BEIJING NORMAL UNIVERSITY PUBLISHING GROUP
北京师范大学出版社

# 前　言

　　1949 年 10 月 1 日，伴随着中华人民共和国诞生的，不仅是齐鸣的礼炮和飘扬的红旗，不仅是庄严的宣告和整齐的队列，还有新中国的文学。今天，我们回望新中国的 70 年历史，就会发现这 70 年不仅是中国社会的发展史，也是一个时代的文化史、心灵史、精神史。回首新中国 70 年波澜壮阔的发展历程，前 30 年是奠基创业、在曲折中前行；后 40 年是改革开放、在挑战中高歌猛进。今天的文学，比任何时候都更具多元的文学形态和传播方式，比任何时候都更加融入时代，比任何时候都更超越文学本身，比任何时候都更体现人的本质。十八大以来习近平总书记在文艺工作座谈会上的讲话、关于五四主要精神的讲话，都体现了这一点。从文学这一特殊的视角去回顾、感知和触摸这 70 年中国社会的精神风貌、文化变迁，不仅是对新中国 70 年文学发展的梳理，而且是在历史新起点上，对当下中国文化何去何从的深层次思考。

　　新中国文学虽然是一个独立的概念，但它并不孤立。它有着深厚的历史底蕴和强烈的时代感召。它是在现代文学 30 年（1919—1949 年）的基础上发展而来的，30 年加 70 年，正好是 100 年，一个世纪的两个阶段，既有根本的不同，又有实质的联系。

因启蒙需要顺势而生的五四新文学，从一开始就饱含着中国传统文人"济世""救民"的精神和民族忧患意识，因此我们看到，五四时期的文学论争虽然是由文学问题引发的，但最后却超出了文学的范围，延伸到国家、社会、经济等各个方面。这样的传统奠定、推进了新中国文学的发生与发展，文人们以前所未有的激情和热情参与到新中国的建设当中来，文学与新中国发展建设一起写下了壮丽的诗篇。郭沫若、茅盾、巴金、老舍、冰心、叶圣陶、田汉、丁玲、冯雪峰、胡风、周扬、曹禺、艾青、沙汀、艾芜、张天翼等一批现代作家在新中国文学的建设中积极奉献着自己的力量，不仅写出了优秀的作品，而且在新中国的文艺建设中做出了突出的贡献。他们走过的文学道路乃至人生历程与中国现当代文学进程密切同步，互相感应。他们的文学观念和文学追求，可能会有些波动，但终其一生，是有其内在的逻辑性和一贯的心理依据的，并没有因为现代、当代过渡或命运的大起大落而出现本质的改变。

以往我们用现、当代分别标出两个阶段的文学，实际上，这个世纪的文学是一个整体，现当代不可分。现代文学的现代，不是一个延续唐宋元明清文学而来的自然的时间概念，也不是简单的与意识形态相关的某种指涉，而是与中国几千年文学传统截然不同的一种全新的文学形态。现代文学不仅是这 30 年的文学发展历史，更是一种从五四生发出来的，开启了与中国几千年传统文学完全不同的"大现代"。在这个意义上，"现代文学"是一个才刚刚起步，还远远没有完成，仍然在发展建构当中的概念。

但我们也要意识到，新中国毕竟是一个新阶段，它有着强劲的生命力和不可估量的发展。新中国文学是与新中国的成立、发展、变革融为一体的，与新中国是一个命运共同体。面对一个全新的时代、一段全新的历史，新中国文学体现出与五四新文学完全不同的一些特点：

第一，新中国文学不仅是写"人"的文学，而且是写"人民"的文学。70 年的文学发展是中国人的一部精神史和心灵史，也是中华民族伟大复兴的文学剪影。早在全国第一次文代会上，广大文艺工作者就确定了文艺为人民服务，首先为工农兵服务的方向，并提出了"接受毛主席的指示，创造为人民服务的文艺"的口号。文学对中国现实生活或公共事务的介入，已经成为最重要的特征之一。对底层生活的关注已经构成了新中国文学的新特质——人民性。文学真正开始走向民众，走向边疆异域，走向生活，进而反映改革开放之后的真实生活，展现一个真实的、多层次的时代。

第二，新中国文学逐渐从"破旧"的时代走向"立新"的时代。五四精神是破旧立新的精神。这种破旧精神表现为一种置之死地而后生、矫枉必须过正的心态，所以五四时期的各位先贤的很多文化态度今天看上去有些过于激进。1949年中华人民共和国成立至今，历史条件和社会环境的变化对文学发展带来了相应的冲击和刺激；新中国文学经过了开创、发展、迂回、转机、出新局面的历史进程，和五四时期"以破为立"的思维方式不同，新中国文学努力的方向主要是通过扎实的文化工作，建设一种新的文化理念。中华人民共和国成立初期在"百花齐放、百家争鸣"的方针下，作家们积极地探索新中国文学的理论体系、创作方法、批评原则，中国文学持续地走向繁荣，中国社会的各个方面都出现了巨大的变化。可以说，这是一个作家们记录的文学新世界，也是后世人们所关注的新时代。

第三，新中国文学在艺术空间上更多元，更加世界化。新中国文学发展的时间跨度长。这一时间跨度是现代文学的两倍多。中华人民共和国成立初期，中苏文化交流空前地深入和频繁，苏联文学作品大规模地翻译出版，苏联文学界发生的事件都及时地被介绍宣传。尤其是改革开放40年来，文学以前所未有的姿态在开放和发展。当代文学作品创作数量呈现爆炸式增长。特别是莫言获得诺贝尔文学奖后，当代文学的发展更是迎来了蓬勃的增长。随着全球化语境的形成及其对中国本土文化影响的逐渐加深，小说创作开始呈现多样化趋势，散文、诗歌、戏剧、寓言、摄像、漫画、新闻、笔记等多种因素都融入到了小说创作当中。从王蒙、王安忆、铁凝、汪曾祺等人的散文化小说、诗化小说，到韩少功、莫言等人的寓言体小说，余华、马原、洪峰、格非等人的先锋小说，再到池莉、方方、刘震云、刘恒等人的新写实小说，史铁生、苏童等人的符号化小说，以及李锐的超文本拼贴小说、须一瓜的新闻体小说，等等，传统小说的创作不断被冲破和解放，一步步走向多元，走向开放。

本书对 70 年来当代文学发展面貌的梳理，并非简单的文学史线索的回顾和把握，而是来呈现出新中国文学的独特性与复杂性。

首先，本书以"时间"为区间，探寻新中国 70 年发展的"时间"意义。不同于"文学史"式的线索梳理，本书以 1949 年、1979 年、2019 年为时间节点，以"新中国成立""改革开放 40 年""新时代"几个重要的历史表述来审视新中国 70 年文学的发展。本书用生动的文学史料、文学事件、文学现象最大限度地营造历史现场感，同时通过对这段历史的解读、分析和评判，给予今天社会发展以经验和启迪。

其次，以"世界"为视野，建构新中国文学 70 年发展的"空间"意义。纵观新中国 70 年的文学发展，一个重要现象就是中国文学在不断地与世界文学进行对话与交流。随着全球化的进一步发展，我们越来越意识到当代文学的发展空间和研究空间都已经不只在中国本土，而是要融入世界文学的大版图中。

再次，以"问题"为引导，全新阐释当代文学发展。本书梳理和阐释了一个时代的整体文学风貌和文学特质，同时又不同于传统文学史，不追求平均用力、面面俱到，在具体论述中以"问题"来呈现新中国文学 70 年发展，试图对一些"文学现象""文学思潮""文学论争"等进行由表及里的追问和回答，以期对当代文学的发展进行一种全新的阐释。此外，本书尤其关注一些以往不被人注意但实际上对历史走向有关键影响的重要细节，以此来见微知著，以小见大。

总之，新中国文学为世界、为我们每个人绘制着 70 年的社会影像和精神图谱，中华民族的伟大复兴、中华民族伟大的中国梦，感召着我们每一个人，新中国文学理所应当地应该成为中国梦的重要一维，谱写出新时代的壮丽篇章。

# 目　录

# 第一章
# 新中国激发的文学热情

　　1949 年 10 月 1 日，中华人民共和国在庄严的礼炮声中宣告成立，20 世纪的中国文学也由此走进了一个全新的阶段。经历了百余年内忧外患的动荡岁月，举国上下带着革命胜利的自豪感、带着建设新中国的责任感、带着对未来的希望和期待，开启了中华民族复兴的伟大进程。在这种情况下，作家尽情抒写"现代的民族国家的集体情感，这就是关于'新中国'的情感"①，成为一个自然而然的现象。对此有学者指出："这种统一的文学世界的形成，一方面固然是一个统一的现代民族国家的国家精神在文学领域的具体表现，另一方面也是近代以来整个中华民族和全体中国人民为之追求的统一的社会理想在文学中的一种精神归宿。"②就这样，新中国文学开创了一个颂歌的时代，时代颂歌、英雄传奇、长篇的叙事结构构成了这时期文学最主要的艺术形态。

---

① 陈少华：《当代文学的一种读法》，载《文艺研究》，2001(5)。
② 於可训：《当代文学：建构与阐释》，51～52 页，武汉，武汉大学出版社，2005。

# 一、时代颂歌：新中国的文学期待

艾青在《中国新诗六十年》中回顾新中国成立之初的诗坛面貌时说："我们告别了苦难的岁月。我们走上了新的路程。新的时代需要新的歌声。过去唱着悲愤与抗议的诗人们，迸发出新的热情，歌颂新的国家，新的生活；歌颂胜利了的人民。"[①]新中国的成立、新社会所发生的巨大变化，让敏感的诗人们备受鼓舞，一时间颂歌、赞歌成为新中国诗歌创作的时代主旋律，诗歌创作"和共和国一同进入胜利的拱门"[②]，"开创了一个完整的颂歌的时代"[③]。

仅仅是 1949 年，就迅速诞生了一批为新中国所写的颂歌，如公木在 1949 年 10 月 1 日当天就写下了《中华人民共和国颂歌》，而何其芳的《我们最伟大的节日》、胡风的《时间开始了》、严辰的《我们是光荣的中华人民共和国的主人》、艾青的《我想念我的祖国》、朱子奇的《我漫步在天安门广场》、冯至的《我的感谢》、臧克家的《我们终于得到了它》和绿原的《从一九四九年算起》等都诞生在新中国刚刚成立不久。此后还有不少作品直接将"颂"放入诗名之中，如《欢乐颂》（胡风，1950）、《英雄颂》（黄药眠，1952）、《新华颂》（郭沫若，1953）、《草原颂》（严阵，1957）、《颂歌》（1959）、《祖国颂》（1959）、《人民公社颂》（1959）、《迎春橘颂》（阮章竞，1959）、《春莺颂》（袁水拍，1959）、《红旗颂》（蔡天心，1959）、《两都颂》（郭小川，1961）、《火颂》（田间，1962）、《红旗颂》（张志民，1965）、《毛主席颂歌》（1959）等。

特别是郭沫若的《新华颂》与胡风的《时间开始了》等诗歌开创了新中国政治抒情诗的传统。《新华颂》是郭沫若对新中国的献礼，发表于 1949 年 10 月 1 日的《人民日报》上，热情歌颂了新中国的诞生：

---

① 艾青：《中国新诗六十年》，载《文艺研究》，1980(5)。
② 艾青：《艾青谈诗》，30 页，广州，花城出版社，1982。
③ 谢冕：《中国现代诗人论》，19 页，重庆，重庆出版社，1986。

## 一

人民中国，屹立亚东。

光芒万道，辐射寰空。

艰难缔造庆成功，

五星红旗遍地红。

生者众，物产丰。

工农长做主人翁。

使我光荣祖国，

稳步走向大同。

## 二

人民品质，勤劳英勇。

巩固国防，革新传统。

坚强领导由中共，

无产阶级急先锋。

工业化，气如虹，

耕者有田天下公。

使我光荣祖国，

稳步走向大同。

## 三

人民专政，民主集中。

光明磊落，领袖雍容。

江河湖海流新颂，

昆仑长耸最高峰。

多种族，如弟兄，

四面八方自由风。

使我光荣祖国，

稳步走向大同。

《新华颂》本是郭沫若为新中国拟写的国歌，但最后在有关"国歌"议项的研讨中，决定以《义勇军进行曲》为"国歌"，不再写新国歌歌词。然而郭沫若的这首《新华颂》无论是从主题内容还是刊载平台的分量上看，都可以被视为新中国的第一颂诗，有学者这样指出：郭沫若作为"众望所归的新中国第一文人，在新中国最权威的宣传媒体上，深孚众望的以自己最擅长的技能和本领，来歌颂新中国的诞生、憧憬新社会的未来，这本身就颇富象征意味"①。

《时间开始了》是诗人胡风创作的一部系列抒情长诗，包括《欢乐颂》《光荣赞》《青春曲》《英雄谱》《胜利颂》五个乐篇。胡风曾这样描述他创作《时间开始了》时的状态："整个历史，整个宇宙都汇成了一个奔腾的海（《欢乐颂》）、奔腾的大河（《光荣赞》《安魂曲》）、阳光灿烂的海（《欢乐颂》）在我心里响着"，有时情绪火热到似要"呼吸窒息"，"耳边总好像有宏大的交响乐在奏着"②。

《欢乐颂》描写了政治协商会议开幕时的欢乐场景，表达了欢呼祖国解放、歌颂毛泽东主席的真挚而热烈的情感：

<blockquote>

掌声爆发了起来，

乐声奔涌了出来，

灯光放射了出来，

礼炮像大交响乐的鼓声

"咚！咚！咚！"地轰响了进来

这会场

一瞬间化成了一片沸腾的海

一片声浪的海

一片光带的海

一片声浪和光带交错着的

欢跃的生命的海

</blockquote>

在作者笔下，在政协会议的会场上，掌声、乐声、灯光、礼炮声汇成了一个声浪和光带汇成的欢乐、热烈的沸腾的海洋。这样的描写充分抒发了作者与祖国和人民一同欢跃鼓舞的火热的情怀。

除了《欢乐颂》之外，《光荣赞》以李秀真、戎冠秀、李凤莲、诗人的

---

① 贾振勇：《郭沫若的最后 29 年》，43 页，北京，中国文史出版社，2005。

② 参见《胡风的诗——〈时间开始了〉及〈狱中诗草〉》，北京，中国文联出版公司，1987。

母亲为代表，描写了中国人民的贫穷和苦难，歌颂了中国劳动人民质朴、纯真、谦逊、献身的美德。《青春曲》则抒发了诗人对党、对人民、对新生的祖国、对新生活的深沉的爱和感激、幸福之情。《英雄谱》描写了杨超、扶国权、苑希俨、丘东平几位革命烈士，以及引导自己走上革命文艺道路的小林多喜二、鲁迅等师长，歌颂了英雄们为人民、为祖国、为共产主义事业献身的精神。《胜利颂》是对开国大典的直接描写，诗人在诗中热情澎湃地歌颂了新中国的成立，歌颂了人民的劳动、战斗和创造。

如果说郭沫若和胡风开辟了新中国颂歌的新传统，那么郭小川、贺敬之的政治抒情长诗、组诗，则是这种颂诗从内容到艺术形态不断走向成熟的成果。

20 世纪 50 年代中期以后，郭小川开始专业从事诗歌创作，陆续出版了《致青年公民》《雪与山谷》《鹏程万里》《两都颂》《将军三部曲》《甘蔗林——青纱帐》《昆仑行》《月下集》等诗集。这些诗歌都具有浓郁的时代精神和强烈的战斗豪情，对此，郭小川曾表示："我时常想：我怎样才能把这种时代精神和时代情感表现出来；我在探索着和它相应的形式，我在寻找着合适的语言。我知道，在这些方面，做得都不好，我要做下去的，是的，我要毫不迟疑地做下去的。"[1]郭小川自始至终怀着无比的政治热情，追随着时代的脚步，创作了一系列与当代社会运动、政治事件紧密联系的极具时代气息的诗歌作品。拿这首《投入火热的斗争》来说：

> 公民们！
> 这就是
> 　　　我们伟大的祖国。
> 它的每一秒钟
> 　　　都过得
> 　　　　　极不平静，
> 它的土地上的

---

[1]　郭小川：《〈投入火热的斗争〉后记》，见《郭小川全集》，第 5 卷，380 页，桂林，广西师范大学出版社，2000。

每一块沙石

都在跃动，

它每时每刻

都在召唤我们

投入火热的斗争，

斗争

这就是

生命，

这就是

最富有的

人生。

在独特的"阶梯式"节奏间，灌注着诗人饱满激昂的时代精神，郭小川通过一次次的情感抒发，以战鼓一样的诗句，提出了当下社会主义建设的伟大使命，催动青年们投身于社会主义的美好生活当中。"投入火热的斗争"，这既是这首诗的题目，也是作者身上肩负的伟大时代所赋予的责任感与使命感，更是那个时代对一代青年人的召唤。

郭小川诗的基本格调是热情而豪迈的，但他又特别善于把这种激情与自己对人生和社会的理解巧妙地联系在一起，《望星空》《乡村大道》《甘蔗林——青纱帐》等诗，写的都是很平凡的场面和景物，但在这种平凡中又不时地闪现一些人生的哲理。郭小川希望自己的诗使读者"不止发生暂短的激动，而且引起长久的深思"①。《望星空》是在新中国十年国庆的背景下创作出来的，以"星空"为题，就超越了一般性的自然对象，而是描述一种浩瀚的神秘宇宙空间，我们不妨来看下面这一段：

但星空是壮丽的，/雄厚而明朗。/穹窿呵，/深又广，/在那神秘的世界里，/好像竖立着层层神秘的殿堂。/……星星呵，/亮又亮/在浩大无比的太空里，/点起万古不灭的盏盏灯光。/银河呀，/长又长，/在没有涯际的宇宙中，/架起没有尽头的桥梁。/呵，星

---

① 郭小川：《月下集·权当序言》，见《郭小川全集》，第 5 卷，395 页，桂林，广西师范大学出版社，2000。

空，/只有你，/称得起万寿无疆！/你看过多少次：/冰河解冻，/火山喷浆！/你赏过多少回：/白杨吐绿，/柳絮飞霜！/在那遥远的高处，/在那不可思议的地方，/你观尽人间美景，/饱看世界沧桑。/时间对于你，/跟空间一样——/无穷无尽，/浩浩荡荡。

在这样浩瀚的星空面前，人世间的一切仿佛都失了颜色，都如同微尘般不值一提，所以诗人不免会感觉到惆怅：

　　望星空，/我不免感到惆怅。/说什么：/身宽气盛，/年富力强！/怎比得：/你那根深蒂固，/源远流长！/说什么：/情豪志大，/心高胆壮！/怎比得：/你那阔大胸襟，/无限容量！/……在伟大的宇宙的空间，/人生不过是流星般的闪光。/在无限的时间的河流里，/人生仅仅是微小又微小的波浪。/呵，星空，/我不免感到惆怅！

然而，当诗人再将目光转到刚刚建成的人民大会堂上，突然感觉到一种油然而生的崇高感，进而顿悟到：

　　我错了，/我曾是如此地神情激荡！/此刻我才明白：/刚才是我望星空，/而不是星空向我了望。/我们生活着，/而没有生命的宇宙，/既不生活也不死亡。/我们思索着，/而不会思索的穹窿，/总是露出呆相。/星空哟，/面对着你，/我有资格挺起胸膛。

就是在这种"我"与星空的对望中，诗人的情感从惆怅到顿悟再到喜悦，在浩瀚的星空前面，个人确实如沧海一粟，但是，人在这个世界上不是仅仅像自然万物一样存在着，更是"思索着"，所以才能"是我望星空，而不是星空向我了望"，把深厚的哲理意蕴包含在形象化的语言叙述中。郭小川的可贵之处正在于这种对自己思想和感情解剖的坦诚。

贺敬之的政治抒情诗也体现出鲜明的社会精神，诗歌从内容到形式都契合了时代的激情和理想，与郭小川一起创造了一个时代的新型诗体。就题材而言，贺敬之在新中国成立后的诗作大致分为两类：一类是抒情短诗，即从现实生活的具体情景出发，突出表现了诗人真切的生活感受和真挚情感，如《回延安》《桂林山水歌》《三门峡歌》《又回南泥湾》等，这些诗大都感情细腻、意蕴深厚，具有浓郁的民歌风味。另一类作品是篇幅较长的政治抒情诗，代表作品主要有《放声歌唱》《东风万里》《十年颂歌》《雷锋之歌》《西去列车的窗口》，以及 20 世纪 70 年代末的《中国的十月》《八一之歌》等，大都收入《放歌集》和《贺敬之诗选》中。这类作品气势磅礴、豪放，洋溢着革命的激情，具有较强的政治鼓动性，能够及时提出并主动回答社会生活、意识形态中一些具有重大意义的问题。

贺敬之的政治抒情诗最突出的特点就是自觉追求把诗歌作为对现实问题的回答，在贺敬之的诗中我们不难发现，他一直在思考：中国革命走的是一条什么样的道路？我们是从哪里来？我们又将去往何处？《回延安》就是回答了这些问题。这首诗是新中国成立后作者参加西北五省青年造林大会后重返延安时所写，但它绝对不是一首简单的记游诗。此时的中华人民共和国已经成立，社会主义建设也在如火如荼地开展当中。此时，贺敬之再回延安，重新唱响在延安的信天游，这本身就包含着从历史中寻找未来道路方向的深沉思索。该诗首先抒写诗人刚刚踏上延安土地时内心的激动和兴奋："心口呀莫要这么厉害地跳，灰尘呀莫把我眼睛挡住了……手抓黄土我不放，紧紧儿贴在心窝上"。接着，诗人着眼于延安的建设发展、人民生活的巨大转变，回顾了在战争年代延安的生活、战斗以及诗人自我成长的经历，感慨着延安对自己的哺育之情，感人地描绘了诗人与延安人民相见谈心、话新叙旧、其乐融融的场面，深刻展现了双方永远无法分割的血肉之情。最后诗人这样感叹道："社会主义路上大踏步走，光荣的延河还要在前头！身长翅膀吧脚生云，再回延安看母亲！"

对于新中国、新政权的赞颂不仅仅在诗歌中充分体现，从小说和戏剧中也可以找到新中国社会变革一步步发展的脚印。赵树理的《登记》、谷峪的《强扭的瓜不甜》、马烽的《结婚》、康濯的《春种秋收》、秦兆阳的《农村散记》、李准的《不能走那条路》、赵树理的《三里湾》《锻炼锻炼》、周立波的《山乡巨变》、柳青的《创业史》，或写幸福美好的新生活，或写充满情趣的新人新事，鸣奏着时代的新旋律，塑造着一批新型农民形象。在话剧创作中，类似的作品还有老舍的《龙须沟》和《方珍珠》、夏衍的《考验》、曹禺的《明朗的天》、金剑的《赵小兰》、孙芋的《妇女代表》、鲁彦周的《归来》、崔德志的《刘莲英》、安波的《春风吹到诺敏河》等。

作为一种历史性的潮流，颂歌的存在有它的合理性和必然性，而这并不是因为某种政治因素对文学的规约，更多是来自作家的一种自觉追求。王蒙曾说："五十年代的小说创作的政治倾向与服务热情并不仅仅是政策规定，更不是行政强制的结果，那时候，对于许多作家来说，对于党的政治，国家的热情，与他们对于人生对于艺术的感受是高度一致的……政治激情、艺术激情、人生的激情完全融为一体，这种交融对于一个作家来说可以说是百年不遇的幸运！"①今天，我们回首百余年中国近现代史的历程，就不难理解这一点。中国经历了近一个世纪的艰苦斗争，经历了近百年的内忧外患和社会动荡，一代代人苦苦探索国家崛起民族复兴，但迎来的却是一次次的挫折和失败。新中国诞生，国家终于独立、人民终于解放。人们前所未有地感觉到了一种幸福和归宿。在这种情况下，对于革命的胜利，人们没有理由不激动，对于国家的崛起，人们没有理由不自豪，对于未来的建设，人们没有理由不尽情期待。老舍曾激动地欢呼："我爱，我热爱这个新社会啊！"②曹禺曾这样描述过自己当时的心情："对我的一生来说，当时感到是个新的开端，那种感情是难以描写的。"③而这些反映到文学创作上，歌颂即成为他们这一时期不约而同的艺术选择。曲波曾这样谈创作《林海雪原》的原始动机："党所领导的伟大的革命斗争，把压在中国人民头上的三座大山——帝国主义、封建主义、官僚资本主义连根拔掉了，这是多么伟大的斗争……在这场斗争中，有不少党和祖国的好儿女献出了自己的生命，创造了光辉的业绩，我有什么理由不把他们更广泛地公诸于世呢？"杜鹏程创作《保卫延安》同样源于这样的动机，他说"这场战争，太伟大壮烈了。随便写一点东西来记叙它，觉得对不起烈士和战争中流血流汗的人们"。作家们作为这个时代精神的敏锐感受者与时代精神的塑造者，以

---

① 王蒙：《中国新文学大系1949—1976》（第四集·长篇小说卷二），上海，上海文艺出版社，1997。

② 吴怀斌、曾广灿：《老舍研究资料》，223页，北京，北京十月文艺出版社，1985。

③ 田本相：《曹禺传》，363页，北京，北京十月文艺出版社，1988。

无比真诚的激情面对创作，他们的作品中真实地记录了那个独特的时代和这代人的心灵——对现实世界的由衷歌唱、对理想社会的真诚期待、对自我思想的自觉拷问与洗涤。

尽管其缺陷也是明显的，如思想内容的浮泛、题材的狭窄、诗人个性的消失、艺术手法的雷同等，但我们不能因为作家们对于理想中国的这种狂热歌颂而去怀疑他们的精神价值，更不能因此而否定十七年文学中的那些文学经典。

## 二、英雄情结：新中国的人格化投射

任何一个辉煌的时代，都是伴随着英雄的出场而更加闪耀的。在十七年文学中，我们不难看到一个个英雄形象涌现在各类题材作品中：《保卫延安》中的周大勇，《烈火金刚》中的肖飞，《野火春风斗古城》中的杨晓冬，《红岩》中的江姐、成岗和许云峰，《敌后武工队》中的郭小秃，等等。冯牧、黄昭彦在总结新中国成立十年来长篇小说的成就时曾指出："我们的长篇小说最突出的特色，是反映了伟大的时代精神和鲜明的时代特点，描绘出时代生活广阔而丰富多彩的画面，创造了体现时代精神的人物形象"，"这些人物形象，无论在思想上和艺术上，都远远超过新中国成立前一般作品所达到的成就。在这个基础上，又产生了具有典型意义的新英雄人物的光辉形象"[①]。

1949 年，周扬在第一次文代会上强调："我们是处在这样一个充满了斗争和行动的时代，我们亲眼看见了人民中的各种英雄模范人物，他们是如此平凡，而又如此伟大，他们正凭着自己的血和汗英勇地勤恳地创造着历史的奇迹。对于他们，这些世界历史的真正主人，我们除了以全副的热情去歌颂去表扬之外，还能有什么别的表示呢？即使我们仅仅描画了他们的轮廓，甚至不完全的轮廓，也将比让他们湮没无闻，不留片鳞半爪，要少受历史的责备。"[②]1951 年陈荒煤在《解放军文艺》创刊号

---

① 冯牧、黄昭彦：《新时代生活的画卷——略谈建国十年来长篇小说的丰收》，载《文艺报》，1959(19)。

② 周扬：《新的人民的文艺》，见《周扬文集》，第 1 卷，516 页，北京，人民文学出版社，1984。

上发表了《创造伟大的人民解放军的英雄典型》一文，并明确指出："在中国人民解放军完成其伟大的胜利时，无数英勇的指战员以其惊天动地的战绩，完成了作为一个革命战士的优秀品质的光辉的表现。这也是新中国艺术形象工作中前所未有的新英雄主义的典型……文艺如果能很好的表现了我们部队的新英雄主义，就是集中反映了部队的本质。……新的革命的英雄，在文艺作品中，现在与将来都应该是主人翁"[1]随后在1953年第二次文代会上，周扬更是十分明确地表示："文艺作品所以需要创造正面的英雄人物，是为了以这种人物去做人民的榜样，以这种积极的、先进的力量去和一切阻碍社会前进的反动的落后的事物作斗争。"[2]

在这种情况下诞生的英雄形象一开始就被要求具有完美性。陈荒煤说："既然是要表现新英雄主义，树立英雄的榜样，教育群众，我们为什么不可以选择一个没有缺点的英雄来写呢？我想写英雄是应该选择典型，也要选择最优秀的，代表性更强，更足以作为楷模的英雄来表现。"[3]梁斌在谈到《红旗谱》的创作时就用了很大的篇幅专门谈其小说中的人物塑造，他说："要写所谓叛逆的性格，写出中国农民高大的形象，在我思想上很早就有了这种理想。"具体到朱老忠这个人物的塑造上，他说："写长篇时，我决心把朱老忠的性格再提高一步，使这个形象更加完美。"在他看来，"对于中国农民英雄的典型的塑造，应该越完美越好，越理想越好……即使现实生活中的英雄人物有些缺点，在文学作品中为了创造出一个更完美的英雄形象，写他没有缺点是可以被允许的，我想这不会妨碍塑造一个英雄人物的典型"[4]。

这种完美首先体现在外貌和形体之上，很多英雄一般都是威武雄壮、声如洪钟之人。例如《平原枪声》里的王二虎："'不准嚷嚷，再嚷嚷我马上捅了你！'一个虎实实的小伙子拿苗子枪在他脸前一晃，厉声喝道，声如巨雷。这小伙子胸前戴一个红兜肚，穿一条红裤子，在这秋凉的天气，他却光着膀子，露出那古铜色的皮肤，脊梁上背一口五寸来宽

---

[1]　陈荒煤：《创造伟大的人民解放军的英雄典型》，载《解放军文艺》，1951(1)。

[2]　周扬：《为创造更多的优秀的文选艺术作品而奋斗》，见《周扬文集》，第 2 卷，251 页，北京，人民文学出版社，1985。

[3]　陈荒煤：《创造伟大的人民解放军的英雄典型》，载《解放军文艺》，1951(1)。

[4]　梁斌：《漫谈〈红旗谱〉的创作(代序)》，见《红旗谱》，北京，中国青年出版社，1958。

的明晃晃的砍刀。"①《烈火金刚》里的民兵们"个个年轻力壮，精神饱满，真赛过小老虎儿一般"，丁尚武和史更新，他们有着超人般健壮无比的钢铁之躯，使得他们在斗争中有用不完的力量。《敌后武工队》里的武工队员赵庆田和贾正就是这样的："他俩那种勇武威严的劲头，真像那为群众守家、被群众喜爱、贴在两扇门上的两尊神像——尉迟敬德和秦叔宝，什么样的鬼怪妖魔碰见也得牙颤腿抖、浑身哆嗦。"②《林海雪原》中的少剑波是这样的："军容整齐，腰间的橙色皮带上，佩一支玲珑的手枪，更显得这位二十二岁的青年军官精悍俏爽，健美英俊。"③而反面人物往往都矮小丑陋，比如说《林海雪原》中的土匪许大马棒，作者是这样写的："身高六尺开外，膀宽腰粗，满身黑毛，光秃头，扫帚眉，络腮胡子，大厚嘴唇。"④蝴蝶迷的长相则"令人发呕，脸长得有些过分，宽大与长度可大不相称，活像一穗包米大头朝下安在脖子上。……还有她那满脸雀斑，配在她那干黄的脸皮上，真是黄黑分明。为了这个她就大量地抹粉，有时竟抹得眼皮一眨巴，就向下掉渣渣。牙被大烟熏的焦黄，她索性让它大黄一黄，于是全包上金，张嘴一笑，晶明瓦亮"⑤。

除了外貌形体的正面性之外，更重要的是人格的完美。《保卫延安》中的周大勇，13 岁参加红军，17 岁成为顶尖的轻机枪射手，是一个"浑身每个汗毛孔都渗透着忠诚和勇敢的干部"，当了敌后武工队队长后，更是名震四方。对待战友和同志，他热情诚挚，在回延安的路上，他看到人民群众的生活因敌人的侵扰而千疮百孔时，"脸象青石刻的一样，没有任何表情。他全身的血液，象是凝结住不流了；心象被老虎钳子钳住在绞拧"，他心里想的是"军人的责任不就是保卫他们的生命家园么？他宁愿和他的战友们支架住一切打击，而不愿群众担惊受怕"。《红岩》中的成岗更是体现了"舍己救人"的精神，为了不让自己的同志和党的组织受到损失，他放弃了自己逃生的最佳时机。许云峰面对着死亡也只是"无动于衷地笑了笑，'人生自古谁无死？可是一个人的生命和无产阶级永葆青春的革命事业联系在一起，那是无上的光荣！这就是我此时此地

① 李晓明、韩安庆：《平原枪声》，1 页，北京，人民文学出版社，2005。
② 冯志：《敌后武工队》，241～242 页，北京，人民文学出版社，2005。
③ 曲波：《林海雪原》，1 页，北京，人民文学出版社，2005。
④ 同上书，22 页。
⑤ 同上书，21 页。

的心情'"。

最后，这种英雄人物往往会被作者赋予一定的传奇色彩。《铁道游击队》里的游击队就是一个典型的例子。在铁道线上坚持斗争的铁道游击队是一支令日伪军闻风丧胆的"飞虎队"，他们实施了一系列打军列、袭洋行、扒铁轨、炸桥梁的抗日活动，被渲染上一层夸张的传奇色彩，用原文里的话来说，就是"伪人员一提到飞虎队，都打哆嗦呀！他们吵架赌咒都提到飞虎队，连咒骂对方也常说叫你一出门就碰到飞虎队……有的说刘洪两只眼睛比电灯还亮，人一看到它就打哆嗦。他一咬牙，二里路外就能听到。火车跑得再快，他咳嗽一声，就像燕子一样飞上车去。他的枪法百发百中，要打你的左眼，子弹不会落到右眼。说到李正么？听人说他是个白面书生，很有学问，能写会算，他一开会啥事都在他的手掌里了。他会使隐身法，迷住鬼子，使鬼子四下找不到他的队员。他手下还有王、彭、林、鲁四员虎将。"[1]《烈火金刚》也是如此，借鉴了传统评书的艺术特征，"死而复生""白手夺枪"等情节更是让史更新虎口脱险的经历充满了传奇色彩。

自古以来，中华民族就是一个英雄辈出的民族，我们的文化天然地带有英雄崇拜的情结。帝王们自诩为天子，清官廉臣受到百姓的拥戴，更不用说游侠文化中对"路见不平拔刀相助"的侠士的崇拜。中国古典文学也同样十分重视英雄形象的塑造，《史记》全书有112篇都是以人物书写为主，从项羽、刘邦、陈胜、吴广到伍子胥、郭解、荆轲、蔺相如、张骞，等等，这些人用司马迁的话来说都是"倜傥非常之人"。到了明清时期，各类小说、传奇（如《水浒传》等）中的英雄好汉的形象更是比比皆是。到了五四时期，陈独秀在《文学革命论》中提出三大主义："曰推倒雕琢的阿谀的贵族文学，建设平易的抒情的国民文学；曰推倒陈腐的铺张的古典文学，建设新鲜的立诚的写实文学；曰推倒迂晦的艰涩的山林文学，建设明了的通俗的社会文学。""人的文学""平民文学"成为五四时期的创作主潮，英雄将相的书写不再是作家们的心头好，而成为封建文学站在了新文学的对立面。随着中国的新文化运动从文化启蒙的阶段转向政治运动和社会斗争，英雄形象的塑造和英雄崇拜的书写再次回到文

---

① 刘知侠：《铁道游击队》，470~471页，上海，新文艺出版社，1954。

学创作当中。比如蒋光慈《短裤党》中的林鹤生、史兆炎、杨直夫、李金贵、邢翠英等，洪灵菲的《大海》中"像虎豹一样有力""像狐狸一样机警"的锦成叔，叶紫的《夜前哨》中的王大炮与赵得胜等。但值得注意的是，这使英雄形象与古典文学中的英雄形象已经相距甚远，他们不再是身份高贵的王侯将相，也不是梁山的绿林好汉，而只是来自普通农民或工人。他们在残酷的战争年代经历着血与火的考验与洗礼，在他们身上所凸显出来的，是革命战士的崇高觉悟和高尚品质。

在一个刚刚取得胜利的现代民族国家中，特别是在人类历史进程的剧烈动荡过后，人们对英雄的渴望和崇拜显得格外急迫。这也成为这个新成立的现代民族国家想象的重要方面。因此，十七年文学世界中伟岸、高大的英雄叙事既是外在世界中历史现实的政治需要，也是人性召唤的一种理想结果，是历史中的传统文化、特定时代的政治文化与人类英雄文化综合造就形成的一种文化文学现象。

## 三、长篇史诗：新中国文学书写的经典体式

纵观十七年文学的体式，有一个显著的特点，就是篇幅都很长。据统计，在十七年间，总共有二百多部长篇小说出版①，《上海的早晨》有厚厚的五部，《红旗谱》有三部，《李自成》有五卷本，《创业史》按照柳青原有的写作计划本来有四部，但最后因各种原因只出版了前两部。但仅凭这前两部，这部作品就常常被文学史评为"是一部反映农业合作化运动的史诗性的巨著"②。诗歌方面也是如此，如李季的《王贵与李香香》《杨高传》(三部曲)、郭小川的《将军三部曲》、闻捷的《复仇的火焰》、王致远的《胡桃坡》、民间叙事诗《阿诗玛》等，田间的《赶车传》更是分为上下两卷，共七部。在这一时期，长篇小说、长篇叙事诗之所以大量涌现的一个重要原因是，新中国成立后，很多作品都立志于展现宏大的历史场景和创业岁月，表现波澜壮阔的时代发展，而只有"长篇史诗"才能承载这样的分量和囊括这样的规模。

① 王蒙：《中国新文学大系 1949—1976》(第三集·长篇小说卷一)，657 页，上海，上海文艺出版社，1997。

② 郭志刚等：《中国当代文学史初稿》(上册)，308 页，北京，人民文学出版社，1984。

第一，宏大的情节规模。上文提到过，十七年文学的一个显著特点就是大多以"三部曲""多卷本"等方式呈现，这种多卷本的形式单凭作家的热情是远远不够的，而要把在较大时空跨度中的社会生活内容联络起来，势必要求时空跨度的广阔性、人物关系的复杂性和小说情节的大型化。拿《红旗谱》来说，虽然主要写的是以朱老忠、严志和为代表的农民阶级和以冯兰池为代表的地主阶级的矛盾和斗争，但同时贯穿着几条辅助性的情节线。运涛与春兰、江涛与严萍的相对独立的革命经历的描写，使以朱老忠为中心的朱、严两家与冯家的对立获得了更为广阔的革命背景，这一复杂的情节安排也为后来几部的展开埋下了伏笔。作者也正是从一开始就准备把小说写成多卷本："最初的计划是写四部，从卢沟桥事变写起，第二部写抗日民主根据地的黄金时代，第三部写两面政策和地道战，第四部写土地革命。"①《红岩》以渣滓洞、白公馆两个监狱中的革命斗争为中心，同时穿插描写了工人运动、学生运动、城市斗争和华蓥山根据地斗争等；其情节所涉及的空间除了狱中斗争，还包括狱外城市里公开的和地下的斗争、农村根据地斗争以及解放大军入川等；所涉及的时间从山城解放前夕到整个解放战争甚至上溯到抗日战争。小说正是通过这样一些大型的情节规划把历史背景、生活场景都广阔的展开，描绘出了特定历史时期"重庆山城斗争巨幅历史图画"。卷帙浩繁的《大波》(李劼人)、《六十年的变迁》(李六如)等作品的时间跨度也长达半个多世纪，展现了旧民主主义革命到新民主主义的历史过渡；周立波则"想把农业合作化的整个过程编织"到《山乡巨变》里；欧阳山的《三家巷》反映的是第一次国共两党从合作到分裂的全过程，再现了省港大罢工、沙基惨案、广州起义等重大历史事件；《风云初记》(孙犁)、《新儿女英雄传》(孔厥、袁静)、《平原烈火》(徐光耀)、《铁道游击队》(刘知侠)、《火光在前》(刘白羽)、《铜墙铁壁》(柳青)、《林海雪原》(曲波)、《保卫延安》(杜鹏程)、《红日》(吴强)等，再现了人民解放战争艰苦卓绝的战斗场面。以文学记录历史，达成过去、现在、未来的一种互文性对照，拓展了整个叙事结构。但我们也注意到，过于拉长线索、扩宽时空架构也会给作品带来一些问题。有的学者将这种现象称之为"半部杰作"：

---

① 梁斌：《漫谈〈红旗谱〉的创作(代序)》，见《红旗谱》，北京，中国青年出版社，1958。

"一是最终未写完的长篇杰作；二是一部长篇，前好后差；三是长篇三部曲，后曲有失前曲声色；四是一部长篇写出，产生了轰动效应，去作续部却不成功。"①这确实是当时长篇小说创作普遍存在的一个问题。

第二，庄重典雅的语言。小说《红岩》的初稿《禁锢的世界》在当时上级部门审查时未被通过，其中一个重要原因就是"基调低沉压抑，满纸血腥，缺乏革命的时代精神，未能表现先烈们壮烈的斗争"②。经过多次修改，最终出版的定稿将血腥的场面删去，情感基调也变得明快乐观。比如写到江姐受刑：

> 通宵受刑后的江姐，昏迷地一步一步拖着软弱无力的脚步，向前移动；鲜血从她血淋淋的两只手的指尖上，一滴一滴地往下滴落。
>
> ……
>
> 她摇晃了一下，终于站稳了。头朝后一扬，浸满血水的头发，披到肩后。人们看得见她的脸了。她的脸，毫无血色，白得像一张纸。
>
> ……
>
> 可是，江姐只跨了几步，便扑倒了。蓬乱的头发，遮盖着她的脸，天蓝色的旗袍和那件红色的绒线衣，混合着斑斑的血迹。

对江姐的受刑过程，作者几乎没有具体的直接描写，而是用"毫无血色""蓬乱的头发""斑斑的血迹"来侧面烘托。

另外，这些长篇小说的语言上还有一个特点就是生活化和口语化。让农民说自己的话，知识分子不再为农民代言，其中一个最明显的表现就是大量方言土语的出现，如周立波、谢璞等人的湖南方言，柳青、王汶石等人的陕西方言，赵树理、马烽等人的山西方言，以及浩然、刘绍棠等人的京郊方言。既自如地展现日常的生活话语，又充分显示了人物

---

① 黄忠顺：《长篇小说的半部杰作现象——论长篇小说的情节时间与艺术化叙事时间》，载《文学评论》，1992(5)。

② 罗广斌、杨益言：《创作的过程，学习的过程——略谈〈红岩〉的写作》，载《中国青年报》，1963-05-13。

的性格。如《风云初记》中描写两个妇女碾米时的对话。中年妇女笑着说:"我好容易摸着了,让给你?"并要求青年妇女帮她"推几遭"。"呸!"青年妇女一摔笤帚离开她,"你这家伙!""我这家伙不如你那家伙!"中年妇女对着青年妇女的脸说:"你那家伙俊,你那家伙鲜,你那家伙正当时,你那家伙擦着胭脂抹着粉儿哩!"这几句对话描写就已经把人物的动作、情态和性格都表现得活灵活现,散发出浓郁的生活气息。

最后就是美学性和诗性。革命历史长篇小说在语言上是五四以后新文学语言的延续,继承了五四文学明白晓畅又深刻稳重的品格,散发出浓厚的思辨色彩。这样一种语言特征在革命历史长篇小说中相当突出:

秧苗出落得一片翠绿、葱茂、可爱,绿茸茸的毯子一样,一块一块铺在秧床上。

——《创业史》

多好呵,四围是无边的寂静,茶子花香,混和着野草的青气和落叶的沤味……风吹得她额上的散发轻微地飘动,月映得她脸颊苍白。她闭了眼睛,尽情地享受这种又惊又喜的,梦里似的,颤栗的幸福和狂喜。

——《山乡巨变》

今天夜里,天晴得很好,月亮很圆,很明净,九儿……的心情也明快平静了下来,她觉得她现在的心境,无愧于这冬夜的晴空,也无愧于当头的明月。

——《铁木前传》

这些看上去通俗直白的语言,被作家组合在了一起,句子不长,用词也并不繁复,但读起来却充满了诗意,过去我们常常追踪这些小说宏观的主题,无意间忽视了这些语句的纯美,只有细细品读,才能领悟到这些语言的精妙。

# 第二章
# 为新中国正名的红色经典

今天，和平时代的人们已经很难想象革命战争年代，那似乎离我们过于遥远，以至于我们对其很陌生，对产生于那个时代的文学作品有一种疏离感，一些人甚至想当然认为那些红色经典作品大多是粗制滥造的，艺术水准低下。但只要抛开一切先入为主的成见，回到红色经典作品本身，我们就会发现，不少作品具有较高的艺术价值。

## 一、红色经典为何经久不衰

第一，红色经典中的优秀之作本身就具有较高的文学价值。其对中国小说文体的发展有所推进，有些作者在长篇小说美学方面的探索具有重要的意义。

《青春之歌》《红旗谱》等成长类型的小说对于中国小说文体的发展有重要的推进作用。在中国现代文学时期，小说塑造的人物大多是"静态"的人物，其性格并无发展变化。在这些小说中，人物命运的改变是因为其所处的社会环境的改变，也就是说，环境改变了人物的行为，而行为选择与人物的命运关联。它突出的是故事情节和小说空间的重要性。以《红旗谱》《青春之歌》为代表的红色经典积极探索人物性格的动态变化，凸显人物在时代中的不断成长，人物的性格随着时代的发展而发展，这也就是苏联时期文学理论家巴赫金指出的：人物是时代发展中的人物，人物性格的成长与时代的发展构成一种同构关系。成长型小说弱化了小说空间对人物的行为影响，而突出了小说的时间性，从而将人物与历史关联起来，通过人物命运来书写历史的发展与变迁。这种小说文体上的探索具有十分重要的价值，它将中国当代小说文体推进到一个新的发展阶段。

《林海雪原》《铁道游击队》等小说将传统通俗小说与革命战争叙事相结合，在小说美学方面进行了有益的探索。通俗文学最大的特点是通俗性和故事情节的趣味性能很好地满足社会大众的文学趣味，但是，通俗文学所传递的价值观念、文学思想和审美趣味缺少革命情怀，具有严重的保守性。五四时代，鸳鸯蝴蝶派文学就曾成为五四新文学重要的挞伐对象，但因其庞大的读者群，以鸳鸯蝴蝶派为代表的通俗文学在很长一段时期内仍然存在并一直延续到中华人民共和国成立前夕。《林海雪原》《铁道游击队》《新儿女英雄传》等故事的内容是革命历史，但采用的形式却是传统的通俗演义小说，这形成了一个非常独特的文学现象，并且产生了一种全新的美学价值。更为重要的是，形式不仅仅是形式，形式本身也具有意识形态色彩。英国文学批评家伊格尔顿曾说，一个作家能够在多大程度上采用形式，受制于很多因素，其中一个重要的因素就在于形式在形成过程中蕴含的传统意识形态。因此，这些通俗革命历史叙事本身隐含着两种价值观念，即革命的和传统的，并形成一种张力。这种张力是红色经典作品本身具有美学价值的一个重要原因。

歌剧《白毛女》将戏剧的艺术性与大众的通俗性完美结合，彰显了西方话剧在中国本土化过程中一次重要的文体变革。从早期的春柳社开始，在很长一段时期内，话剧这种外来的艺术形式很难获得大众的喜爱。这很大程度上是受制于话剧的舞台艺术语言，因为，知识分子创作的话剧，基本采用的是知识分子的语言，写他们熟悉的生活，农民观看这些戏剧演出，常常听不懂说些什么。赵树理就曾亲口说过，太行山区的农民把"自由之神在纵情歌唱"听成了"自由之神在宗清阁上"①，农民之所以听错了，是因为农民从来就没听过这些词汇，这不是农民熟悉的语言。所以，话剧要走进大众就必须用大众的语言进行表达，采用他们喜闻乐见的语言形式，写社会大众的故事。《白毛女》的成功就在于它讲述了农民自己受地主压迫的故事，引起了农民群体的感同身受，从而激发起他们对地主阶级的强烈憎恨，以至于演黄世仁的演员陈强差点被观看演出的解放军战士击毙。在演出的空间上，延安时期话剧从剧场搬到农民的晒场，以天为幕，以地为台，实现了与大众的无距离接触，这种演出形式的改变，是话剧发展过程中一个重要的创新。"从剧场到广场，这种演出场地的改变，表明延安戏剧活动发生的重大变化。川口区的一个妇女看了鲁艺宣传队的演出以后，说：'以前鲁艺的戏看不懂，这回看懂了。'"②综上，红色经典的通俗化追求及其达到的艺术水准，显示了其在中国当代文学史上的重要价值。

第二，红色经典在特定的历史时期产生过超乎寻常的社会影响力。如果用发行量来衡量红色经典作品的影响力，就会发现其堪称空前绝后。《青春之歌》1958 年出版，仅仅一年半就售出了 130 万册，《红岩》更是发行了 800 多万册，成为当代文学发行量最大的小说。这些小说在国内外产生了巨大的影响，《青春之歌》的日文版在日本发行后，5 年中总共印刷了 20 万册。

新中国成立后，党的文化引领者着手在文化上进行规范，那些西方现代文学，甚至苏联文学慢慢退出了，才子佳人等通俗文学也作为封建余孽和帮办文学被扫除出去。新中国成立前多元文学共生的局面逐步被社会主义革命文学一元格局取代。文化部门通过相关的文学机构，利用红色经典，对大众施加影响，进行引领。

一是设立作家协会，在国家层面，中国文学艺术界联合会下设中国作家协会，各省又设置省级作家协会，市、县依次设置。这样，从上而下构建了一个庞大的作家组织网络，使作家们在生活上有了一定的体制保障。

---

① 赵树理：《在文风座谈会上的发言》，见《赵树理全集》，第 5 卷，71 页，大众文艺出版社，2006。

② 黄钢：《皆大欢喜——记鲁艺宣传队》，载《解放日报》，1943-02-21。

进入体制的作家，在党的领导下进行文学创作，作品力求为社会主义政治服务。作家们主动用马列主义毛泽东思想武装自己，开始站在人民的立场进行文学创作。这里最具代表性的是老舍。老舍在回国之后，在政治上获得了极高的礼遇，同时，他通过自己的观察，发现了新中国巨大的变化。因此，他由心底生发出对新政权的热爱，愿意接受党的文艺领导并通过文学创作的实践来配合政治宣传，歌颂新中国的巨大变革。老舍甚至放弃了他自己擅长的小说文体，而采用容易配合宣传的戏剧形式来进行文学创作。在回国后的短短几年中，老舍创作、改编了十几部戏剧，其中最为重要的是《龙须沟》和《茶馆》。《龙须沟》宣传了党对旧北京城的改造和建设，歌颂新政府在困难的财政支出中，优先解决老百姓的居住环境问题。三幕剧《茶馆》则是通过埋葬三个旧时代，来反写新中国的赞歌。

二是通过对文学传播媒介的国营化改造，使得文学传播的渠道进入了国家文化管理的范畴。中国现代文学所处的时代是一个以文学刊物为中心的时代，几乎所有重要的文学作品都是先在报刊上发表，然后再结集出版的，比如鲁迅的《狂人日记》和《阿 Q 正传》。当时，文学市场最为发达的上海报刊林立，形成了一个庞大的文化传播网络。新中国成立后，国家通过公司合营的形式，对新闻传播业进行了社会主义改造。与此同步，国家也对原来的民办出版机构如三联书店、商务书局等进行了国营化改造。对报刊和出版社的社会主义改造，保证了文学作品传播渠道的社会主义属性。

三是通过对红色文学的视听媒介的转化，深入影响人们的日常生活。新中国成立之前，中国的教育事业并不发达，文盲率很高，在《剑桥中华民国史》《西行漫记》中都可以找到当时中国文盲率的具体数据，对中国国情十分了解的毛泽东同志对此也有明确判断。中华人民共和国成立后，即使国家大力推进国民扫盲教育，在十七年时期，中国国民的文化水平总体偏低的事实仍然难以完全改变。但以文字为主要媒介的文学要求它的读者具备一定的文学素养，才能够阅读文学作品，领会文学传递出的作者对于世界的认识。而新政权要通过文学实现自己的诉求，就必须将文学通过大众喜闻乐见的艺术形式和媒介进行传播。

在十七年时期，重要的红色文学作品大多被搬上银幕、舞台，通过试听媒介的转化，转换为社会大众容易接受的艺术形式，从而影响他们的日常生活。例如，1958 年出版的《青春之歌》，同年就被北京电影制片厂搬上银幕。《铁道游击队》《林海雪原》《红岩》等红色经典作品都曾被拍成电影。国家又利用制度优势，组织全国的影院将电影免费送下乡村、街道。观看电影成为当时社会大众最为重要的文化活动之一，因此，红色电影深入影响了老百姓的日常生活。此外，红色经典通俗化转化还有其他的媒介形式，如连环画、广播剧等。相对于文字媒介来说，这些视听媒介对接受者的文化水平要求不高。哪怕是文盲，通过看电影听广播，也能够理解其传递的主要意义。更为重要的是，视听媒介是单向度的，它的信息传递是生产者向接受者的单向度传递。而且，以视听媒介为主导的大众传播是一种群体性接受行为，当人们在一起时其从众心理和情绪容易被激发。这些都是文学视听媒介转化后，能够影响大众日常生活的重要原因。因此，1950 年后出生的几代人是在红色经典作品的哺育下成长起来的。

第三，红色经典影响了新时期的文学创作，滋养了新时期的作家。新时期中国最为重要的当代作家群体主要由这几部分构成：一是"重放鲜花"的归来者，他们这一批人大多是 20 世纪 50 年代反右运动的右派或"胡风反革命集团"成员，如王蒙、张贤亮等，他们出生在 20 世纪三四十年代，青年时期开始接受红色经典，如张贤亮被打成右派后，在西北的农场熟读了《资本论》等马克思主义经典作品；二是经历了上山下乡的知青作家，如王安忆、韩少功等人，他们大多出生于 20 世纪 50 年代；三是 20 世纪 60 年代出生的作家，如余华、苏童等人，他们的童年文化记忆也是由红色经典建构而成的。

莫言与苏州大学教授王尧对谈的时候提到，他在 20 岁之前的阅读基本上是《烈火金刚》《苦菜花》《吕梁英雄传》《青春之歌》《红旗插上大门岛》这些红色经典。莫言出身于一个贫困的农民家庭，但他有一位就读于华东师范大学中文系的大哥。莫言的文学阅读很多是在他大哥的指导之下进行的。莫言说自己看的第一本书就是《吕梁英雄传》。莫言曾经提到，有一天下午，他借到一本《青春之歌》，但他又必须去放羊。他就拿起书躲到草垛后面阅读，一个下午就将《青春之歌》读完了，而家里的羊却饿得嗷叫。这些红色经典的阅读，对莫言的文学创作产生了一定的影响。有学者现在研究莫言，只谈马尔克斯、福克纳等人的影响，却忽视了红色经典，这是不客观的。莫言还曾谈到冯德英的《苦菜花》对他的影响，他说："我觉得《苦菜花》写革命战争年代里的爱情已经高出了当时小说很多。我后来写'红高粱家族'时，恰好写的是抗日战争时期的事情，小说中关于战争描写的技术性的问题，譬如日本人用的是什么样的枪、炮和子弹，八路军穿的什么样子的服装等等，我从《苦菜花》中得益很多。如果我没有读过《苦菜花》，不知道自己写出来的《红高粱》是什么样子。所以说'红色经典'对我的影响不仅仅是很具体的。""我走上文学道路以后，才觉得这个排长的行为是非常了不起的，回头想想花子和白芸这两个女人，我竟然也感到了花子好像更性感，更女人，而那个白芸很冷。"①陕西作家柳青的《创业史》是叙述互助合作化运动的重要长篇小说，也是具有重要价值的红色经典。这部作品对新时期的作家，特别是陕西作家陈忠实等人产生了重要的影响。路遥在创作《平凡的世界》前，曾七次通读《创业史》。陈忠实曾说："陕西许多作家的确有过学习师承柳青的过程。我觉得柳青的遗产我们阅读得还不够。像赵树理、柳青、王汶石，我们今天重读，仍然会获得许多新东西。后来陕西作家又有一个走出柳青的过程。"②

## 二、红色经典的革命合法性叙事

1949 年，中华人民共和国成立后，文学领域开始出现一批在中国当代文学史上具有重要地位的革命历史题材的文学作品。对于革命历史题材文学的概念，在过去很长一段时间，学界并无统一的认定，因此导致这一概念内涵与外延的不统一。如茅盾在 1960 年中国作协理事会上的讲话就扩大了革命历史题材概念的外延，将以辛亥革命为主要内容的文学，如《大波》《六十年的变迁》等作品也并入这一范畴之内。"文化大革命"结束后，随着对十七年文学研究的进一步深入，学界对革命历史题材文学逐步形成了共识，革命历史小说指的是 20 世纪五六十年代大陆的一批以革命历史为题材的文学作品。这些作品绝大多数是"在既定

---

① 莫言、王尧：《从〈红高粱〉到〈檀香刑〉》，载《当代作家评论》，2002(1)。
② 李国平、陈忠实：《关于四十五年的答问》，载《陕西日报》，2002-07-31。

的意识形态规范内,讲述既定的历史题材,以达成既定的意识形态目的"①。这里的革命主要指中国共产党领导下的革命斗争,历史主要是中国共产党领导的革命斗争的历史。正是在这一范畴之下,革命历史题材的小说主要包括《保卫延安》(1954)、《红日》(1957)、《红岩》(1961)、《野火春风斗古城》(1958)、《铁道游击队》(1954)、《林海雪原》(1957)、《烈火金刚》(1958)、《敌后武工队》(1958)、《苦菜花》(1958)等以革命年代中国共产党领导下的革命战争为主要叙述内容的小说。

需要注意的是,这些小说绝大多数是在中华人民共和国成立后创作的,换言之,小说家们是在和平的新社会里书写过去的"旧战争"。这就提出了一个重要的问题,为什么新社会需要对过去的旧战争进行书写?作家们又是如何来书写"旧战争"的?旧战争的书写与新社会意识形态的关系又是怎样的?

1942 年,毛泽东《在延安文艺座谈会上的讲话》明确了文艺为政治服务的大方向。新中国成立后,新生的政权要求文学为政治服务也就成为了理所当然的要求。周扬在 1949 年的第一次全国文代会上就明确要求文学艺术家们应该为新政权进行创作。他指出:"假如说,在全国战争正在剧烈进行的时候,有资格记录这个伟大战争场面的作者,今天也许还在火线上战斗,他还顾不上写,那末,现在正是时候了,全中国人民迫切地希望看到描写这个战争的第一部、第二部以至许多部的伟大作品!它们将要不但写出指战员的勇敢,而且还要写出他们的智慧、他们的战术思想,要写出毛主席的军事思想如何在人民军队中贯彻,这将成为中国人民解放斗争历史的最有价值的艺术的记载。"②周扬作为当时党的文艺政策实际的掌舵人,他的讲话基本上体现了当时党的文艺政策及党对新社会的文学创作的要求。

一个新生的政权要获得全体民众的拥护,必然要求其证明自身存在的合理性和必然性。但鉴于新政权建立时间的短暂,唯有党在过去的革命历史能够证明新政权必将带领全国人民从失败走向胜利,从胜利走向更大的胜利。因此,中华人民共和国成立前,党领导下的革命战争胜利的历史就成为新政权用来表现其能够继续领导全国人民前进最为有力的

---

① 黄子平:《"灰阑"中的叙述》,2 页,上海,上海文艺出版社,2001。
② 《周扬文集》,第 1 卷,529 页,北京,人民文学出版社,1984。

实践证明。邵荃麟就说，通过对党领导的革命斗争历史的书写，"使我们人民能够历史地去认识革命过程和当前现实的联系，从那些可歌可泣的斗争感召中获得对社会主义建设的更大信心和热情"①。周扬和邵荃麟都是文艺理论家，他们的叙事带有浓郁的政治色彩。不过，在他们政治化的叙述中，我们仍能够发现党需要文学叙述"旧战争"的真实意图。这种真实的意图被很好地包裹在表层的政治化叙述之中。洪子诚说得更为直接，他认为，革命历史题材中对战争的叙事是"以对'本质'的规范化叙述，为新的社会真理性作出证明，以具象的方式，推动对历史既定叙述的合法化，也为处于社会转型中的民众，提供生活准则和思想依据"②。需要注意的是，在政治规约了文学创作的同时，文学也借助于政治的力量，展现出其超出文学常态下的力量。这使得文学能够在刚建立的新政权物质比较贫乏的状态下大发展。这种发展正是基于其反映社会主义社会新政权建立之前的革命斗争历史，及对新社会如火如荼的建设讴歌赞颂的优势。这是一种政治和文学的双向互动：新政权依靠文学对革命历史的叙事，"要求作家们用中国共产党的历史观来反映中国现代战争史，并通过艺术形象向读者宣传、普及有关新政权从形成到建立的历史知识"③。在对历史本质的把握中，展现了中国共产党领导的革命战争的合理性和必然性，证明了中国选择社会主义道路是合乎历史发展的本质规律的。《保卫延安》《红日》等对党领导下的革命战争历史的叙事，充分说明了"新中国是怎样建立起来的，中国革命是怎样通过党的领导，在曲折艰难中走向胜利的，中国人民如何参与了这样的历史进程，他们身上发生了怎样深刻的历史变化"④。更为重要的是，"关于这些问题的文学表达，不仅联系着那些亲历了历史转折的作家们的自我缅怀，同时，也是一种证明和标示：中国走社会主义道路具有无可争议的历史必然性"⑤。

这种时代对文学创作的要求带来了深刻的影响，它不仅确立了全国同质化的文学价值功能的政治导向，还使得作家们首先在政治上接受了

① 邵荃麟：《文学十年历程》，见《文学十年》，37 页，北京，作家出版社，1960。
② 洪子诚：《中国当代文学史》（修订版），107 页，北京，北京大学出版社，1999。
③ 陈思和：《中国当代文学史教程》，55 页，上海，复旦大学出版社，1999。
④ 朱栋霖：《中国现代文学史》（下册），21 页，北京，高等教育出版社，2014。
⑤ 同上书。

新政权；其次是在思想认识上认同作为新政权的马克思主义的意识形态；再次就是他们在创作中自觉地运用马克思主义的世界观和方法论来指导自己的文学创作。姚雪垠就说，新政权"给我提供了学习马克思列宁主义和毛泽东思想的条件，使我获得了新的艺术生命"①。更为重要的是，新成立的政权改变了此前文学生产、传播和接受的机制，运用其宏观统筹的能力，充分调动文化机构、教育机构、新闻传播机构，并对阅读群体引导，进行多文本媒介互动，将发行量巨大的文学文本同时转化为电影、话剧、舞台剧、连环画，甚至编入中小学教程，从而"构建国人在这革命所建立的新秩序中的主体意识"②。

但是，这种文学的体制化也存在一些问题，即造成了 20 世纪五六十年代作家队伍的分化与重组，来自解放区的作家成为十七年文学创作的中坚力量，但他们自身的文化素质制约了他们文学作品的艺术性。这种政治化的文学表达与作家自身的文学素质的双重因素，使得这一时期对文学的战争叙事缺乏整体的艺术创新性。

在具体的文本叙事中，这些革命历史文学巧妙地采用转义、隐喻、借用，将政治叙事转化为道德伦理叙事。如《林海雪原》开始就叙述敌人残酷杀害了老百姓，其中就有少剑波的姐姐、共产党的女县长。因此，党的剿匪战斗就与普通人的复仇融为一体，并借助于这种"私仇"作为文学文本叙事的起点。正是这一转化，使得十七年文学开始将政治道德化，"将政治使命转化为一个道德的命题，既是时代对文学的要求，同时亦可视为传统文学为革命文学提供不可替代的资源"③。传统政治侧重于教化，通过将道德政治化，赋予道德伦理以政治能量，使之符合政治力求建立的秩序和规范，并将这种政治化的道德伦理形成一种民族文化心理，使之代代承传。这是一种典型的政治道德化的叙事模式。但需要注意的是，这里的政治是无产阶级的意识形态及其外在任务，而道德却是传统伦理道德。文学家采用这种手段的目的是要改造大众的日常生活伦理道德，建立新社会所需要的新的文化伦理道德。但他们又认识

---

① 姚雪垠：《〈李自成〉创作余墨》，见《作家谈创作》，616 页，广州，花城出版社，1981。

② 黄子平：《"灰阑"中的叙述》，11 页，上海，上海文艺出版社，2001。

③ 李杨：《50～70 年代中国文学经典再解读》，12 页，济南，山东教育出版社，2006。

到，这个过程并不会快速实现，因为传统文化经过长期的沉淀已成为整个民族的文化心理结构图式。这种文化心理结构具有很稳定的结构模式，难以在短期改造。因此，十七年文学的首要目的就是通过借用这种稳定的心理图式来构造无产阶级意识形态的主体地位。

道德伦理在传统文化中最为险要的就是性的问题。这种由情欲引发的问题带有很大的不稳定性，容易冲击现存秩序，并危及社会的稳定性，故传统道德对情欲的控制尤为严厉。"万恶淫为首"，情欲被贴上了原罪的标签，因此，在传统道德伦理叙事中，凡是与性沉溺有关的人物，都是悲剧性的结局。革命战争文学充分借用了这一传统的叙事手法，将情欲道德化，而这种道德又与政治问题形成一种同构关系。在十七年文学的叙述中，革命者之间的感情都是纯洁、高尚的感情，如《林海雪原》中的少剑波与白茹，《红日》中的梁波与华静，《敌后武工队》中的魏强与汪霞，《保卫延安》中的王老虎与冬梅……他们之间的感情毫无世俗情欲气息，呈现出纯洁高尚的美感。但在叙述敌对人物时，尽量在道德上矮化和丑化，这些反面人物不仅仅血腥残暴，而且道德败坏，放纵情欲。如在《林海雪原》中，蝴蝶迷不仅外形丑陋，而且极为淫乱。这种两相对照的道德叙述，敌人道德败坏，我方道德纯洁高尚，呈现出一种精神性的光辉。

文学要通过对革命历史的叙事为新生的政权赋予革命历史的意义，因此，首先要保证文学反映的历史是真实的历史。但文学毕竟是一种虚构的艺术形式，它叙述的事实与客观的历史毕竟有所区别，是一种虚构的历史真实。为了获得文学叙述的革命历史的真实性与客观革命历史的真实性的同一性，这一时期的文学家在文学理论上论证了两者之间的同质性，认为文学反映的真实是总体性的对历史发展规律的把握，这就从逻辑源头上保证了革命历史文学叙述的合理性。在具体的文本叙事中，因这些文学家大多亲身经历了革命战争生活，他们对党领导下的革命战争生活具有切身的生命情感体验，对战争的理解和对具体战斗生活比较熟悉。他们将这种情感体验和生活经验通过文学文本的形式外化出来，这使得革命历史文学具有浓郁的亲历性（真实性）。这种作者与革命的零距离的书写增强了读者对于文学文本的认同，也拉近了作者和读者对于革命历史的认知。

梁斌是小说《红岩》的作者，他的这部小说是根据他在重庆监狱中的生活经历写成的。小说的雏形是作家的演讲报告底本，后经过不断的加工修改，才成为小说文本。《保卫延安》的作者杜鹏程曾经在革命战争前线担任战地记者多年。他形成了将自己的亲身经历记录成笔记的习惯，他自己说笔记材料有十几斤重。作者最初也是根据这些材料写成了百余万字的报告文学，后来才在四年中九易其稿，改成了长篇小说。"把百余万字的报告文学，改为六十多万字的长篇小说，又把六十多万字变成十七万字，又把十七万字变成四十万字，再把四十万字变成三十万字。"①甚至还有像巴金这样的作家因缺乏战争生活经验，而有意识地深入朝鲜战争前线去体验战争，来增强文学作品的真实性。正是因为这些革命历史小说的作者大多具有参加革命斗争的亲身经历，他们将他们在战争中的个人经验，用回忆的方式加以呈现，在这个过程中，这些文学作品中所叙述和描写的故事、场景以及塑造的人物也就更真实了。

在十七年时期的文学评论家笔下，他们在评论革命战争长篇小说时运用了一个词：史诗性。所谓史诗性就是文学在总体上把握了社会历史变化的全过程，并在这个过程中把握了时代精神，揭示了历史发展的本质规律。也就是茅盾所说的"大规模地描写中国社会现象""反映出这个时期中国革命的整个面貌"。在这一时期，史诗性是衡量一部文学作品价值的重要标准之一，如当时多数评论家认为《红日》的文学价值要高于《保卫延安》，其中的一个重要原因就在于，《红日》在更大时空上反映了社会变化的过程，深刻把握了时代精神。革命战争的长篇小说在题材上往往选择那些重大的革命历史事实为写作的背景，运用文学手法，从总体上把握现实，从宏观上观照历史，因此在结构上选择时间的纵向流变和全景式的空间描述，特别是在人物塑造上，特别注意对高大全的英雄人物的塑造，作品展示出革命乐观主义的浪漫情调。《保卫延安》被陈思和称为"第一次在较大规模上全景地描写了整个战争的全过程"②。这部小说先后描写了青化砭、蟠龙镇、长城线、沙家店等解放战争时期陕北战场上的著名战役，力图对战争的全局进行一个整体性的观照。在这一

---

① 杜鹏程：《〈保卫延安〉的写作及其它——重印后记》，见《中国当代文学研究资料·杜鹏程研究专集》，50 页，福州，福建人民出版社，1983。

② 陈思和：《中国当代文学史教程》，58 页，上海，复旦大学出版社，1999。

目标指向下，小说将具体战斗中的人及其活动纳入反映历史变化的大进程中，并在这种宏大的历史叙事中进行文学文本的人物塑造。作者在重点叙述陕北战场的同时，又将其放到整个中国解放战争由战略防御向战略反攻转变的大背景中去叙述，这使得小说在总体上展现出一种宏大的史诗性的品格。而《红日》这部长篇小说有更为宏大的战争叙事视野，对战争生活的展示有全景式的再现，不仅塑造了西北野战军军、师、团中高级指挥员的形象，而且运用大量的笔墨对基层官兵的战斗生活进行了详细书写。小说在纵向上展现了解放军从高层指挥员彭德怀到基层官兵王老虎等各种类型的英雄形象，反映了解放军及其主导的革命战争的总体特征。小说还在横向上拓展了革命战争题材文学所表现的空间，将战争前线和后方都纳入到了文本中加以叙述。因此，军队的纵向维度表现和前线、后方的横向拓展，极大地扩展了文学表现战争的时空，在整体上反映了革命战争，把握了当时社会生活的总体发展进程。

## 三、农民叙事与国家认同

十七年时期革命战争题材的文学是为了解决中国共产党领导的革命和新政权起源的合法性问题，也就是"我们从哪里来"的问题，而对革命的现实问题和新政权现存的合法性问题关注不够。正是在这一现实的语境中，新生的政权需要文学为其赋予存在的现实合法性。文学在政治的要求下，力图解决这一问题，"通过主题本质的建构来确立现实意义和秩序"，从而"建构和证明现实秩序的合法性"。[①] 在这个过程中，文学为新政权的发展构建了一个全民认同的理想蓝图，将新社会指向一个理想、光明的未来。这一任务主要落到了十七年时期的农村题材的文学身上，并带来了 20 世纪 20 年代以来乡土文学叙事的转变。

20 世纪 20 年代，由鲁迅先生开启的乡土文学写实叙事模式和废名、沈从文等人开启的乡土文学浪漫叙事在中国现代文学史上具有重要的地位。在鲁迅等人的眼中，中国是乡土社会，国民心中有乡土精神，这种农民性格具有浓郁的劣根性。乡土文学作家们用人道主义情感去抚

---

① 萨支山：《试论五十至七十年代农村题材长篇小说》，载《文学评论》，2001(3)。

摸、用理性精神去批判，企图重新塑造一种现代性的国民精神。他们的乡土小说具有民族的普遍性意义。废名和沈从文的浪漫乡土叙事是作者在现代城市受挫后的一种精神的还乡。他们通过对中国乡村的诗化来构建一个独特的迥异于现代城市的世外桃源，并将其作为我们现代人的精神故乡。这种叙事彰显了在现代性的背景下乡土文明的抗争。

中华人民共和国成立后，乡土文学叙事发生了重要的转变，开始延续 20 世纪 40 年代延安解放区的农村叙事模式，并被纳入到新政权实施社会主义改造的大政治中来。但我们要注意到，十七年时期的农村题材小说并不完全是解放区小说的延续，这可以从赵树理在解放区和新中国成立后的地位变化看出其中的端倪。在解放区时期，赵树理的农村叙事多次受到周扬的推崇："没有站在斗争之外，而是站在斗争之中，站在斗争的一方面，农民的方面，他是他们中的一个。他没有以旁观者的态度，或高高在上的态度来观察描写农民"[①]，并被陈荒煤标举为"赵树理方向"[②]。赵树理的农村文学叙事模式成为符合党的文艺政策的写作模式，他也成为解放区作家的标杆。但是，新中国成立后，尽管赵树理创作出了《三里湾》这样对新中国农村题材的创作具有规约性的文学作品，但他的农村问题小说总体上却与新生政权的要求有一定的距离，从而受到了批判，孙犁就说，赵树理的小说在新中国成立之后"多少失去了当年青春泼辣的力量"[③]。这种转变很大原因是因为赵树理对"新的形势、新的农村政策的理解和把握，对于文学写作的规范性日趋严密的认识"[④]的落伍。在文学与新政权要求的认识方面，周立波、柳青、浩然等人显然要高于赵树理，因此他们的创作更符合新政权对文学的要求。

乡土文学叙事在十七年时期的转变导致农民叙事的转向。现代时期乡土文学重点表达的乡土日常生活、社会风俗、人情人性开始退出了乡村题材文学的叙事，这导致这一时期乡村文学叙事在题材上的转变，那些与党的政治任务密切相关的重要题材，如农村的阶级斗争、土改、合作社、人民公社、农村的两条道路的斗争等成为这一时期文学叙事的主

---

① 周扬：《论赵树理的创作》，载《解放日报》（延安），1946-08-26。
② 陈荒煤：《向赵树理方向迈进》，载《人民日报》，1947-08-10。
③ 孙犁：《谈赵树理》，载《天津日报》，1979-01-04。
④ 丁帆：《中国乡土小说史》，22～28 页，北京，北京大学出版社，2007。

要内容。农民叙事通过这些重要题材的选择性的叙事，展现了新农民翻身成为新社会主人的喜悦和自豪。他们在政治上和经济上翻身后自觉投身到新社会的农村改造中去，并努力支援国家的社会主义工业建设。这种题材的转变又导致农民叙事视角的转变，由现代文学时期知识分子对农民的俯视视角转变成仰视视角，农民也从知识分子用现代性的理性观照下的具有一定劣根性的农民，变成了知识分子应该学习的翻身了的新农民的形象。

农民叙事的这种转变根本性的前提条件就是农民在革命战争中确立的革命主体的身份。共产党是中国工人阶级的先锋队，这在马克思、恩格斯的经典著作中可以找到依据："只有现代大工业所造成的、摆脱了一切历来的枷锁、也摆脱了将其束缚在土地上的枷锁并且一起赶进大城市的无产阶级，才能实现消灭一切剥削阶级和一切阶级统治的伟大社会变革。"①经典马克思著作认定革命的主体工人阶级为代表的无产阶级是"真正革命的阶级"②。他们的这一论述是基于西方现代城市工业社会的。但中国当时的社会结构不同于西方，其基本社会结构是农业、农村、农民为主体的社会。③ 外来的马克思主义和中国的革命具体实践相结合的关键人物就是毛泽东。他成功地将外来的革命理论转化为中国自己独特的革命理论，运用到革命实践中，并取得中国革命的最后胜利。毛泽东在中国革命战争的早期通过社会调研和实践认识到中国革命不同于西方社会革命的本质在于中国社会的乡土性，因此，在他看来，中国革命的任务、对象、主体都不同于马恩经典著作中的论述，他说："乃是广大的农民群众起来完成他们的历史使命，乃是乡村的民主势力起来打翻乡村的封建势力。宗法封建性的土豪劣绅，不法地主阶级，是几千年专制政治的基础，帝国主义、军阀、贪官污吏的墙脚。打翻这个封建势力，乃是国民革命的真正目标。"④毛泽东基于对中国革命经验的总结

---

① 恩格斯：《论住宅问题》，见《马克思恩格斯选集》，第 3 卷，149 页，北京，人民出版社，1995。

② 《共产党宣言》，见《马克思恩格斯选集》，第 1 卷，282 页，北京，人民出版社，1995。

③ 费孝通在《乡土中国》一书中对此有详细全面的论述。

④ 毛泽东：《湖南农民运动考察报告》，见《毛泽东选集》，第 1 卷，15 页，北京，人民出版社，1991。

和对这个社会性质的清醒认识，看到了中国革命的本质问题，即农民问题。正是在这正确的分析基础上，毛泽东得出了农民是"中国革命的主力军"①的重要认知，进而提出"谁赢得农民，谁就赢得中国"②。

在特殊的战争年代，为了取得革命战争的胜利，一切都被纳入战争的体系之中，文学也不例外。因此，解放区的农民叙事，一切都是围绕调动农民参加革命、支援前线战争的积极性而展开的。文学的农民叙事就是要让农民认识到，这场革命是关系到农民切身利益的革命，中国共产党领导的这场革命就是要让贫困的农民从政治上和经济上获得翻身，成为社会的主人。正是在这样的政治意图下，解放区的文学创作围绕着塑造新农民的形象而展开，也就是农民成为文学叙事的主体。正是农民革命主体地位的确立，使得作家在创作的时候，主动以农民的立场、眼光、感受和价值判断来书写这一革命进程中的农民。周扬在 20 世纪 40 年代评价赵树理的创作时就说："因为农民是主体，所以描写人物，叙述事件的时候，是以农民直接的感受、印象和判断为基础的。"③文学中农民主体身份的构建主要通过两个阶段来进行，一是将农民放在土改运动中进行叙事，构建起农民是中国土地革命的主体。二是在新政权成立后，将农民放在农村的社会主义改造运动中，构建农民是中国社会主义现代化建设的主体。

土地革命是近现代中国一场具有划时代意义的革命，这场革命彻底改变了传统农村的社会结构模式，广大贫苦农民从被剥削、压迫的状态下解放出来，成为社会的主人，确立了自己的主体性。文学通过对土改的叙事，再现了现实中农民对地主阶级斗争的胜利，从而让农民在政治上和经济上翻了身，农民从此自己掌握了自己的命运。《暴风骤雨》的开头是这样描写的："七月里的一个清早，太阳刚出来。地里，苞米和高粱的确青的叶子上，抹上了金子的颜色。豆叶和西蔓谷上的露水，好像无数银珠似的晃眼睛。道旁屯落里，做早饭的淡青色的紫烟，正从土黄屋顶上高高地飘起。一群群牛马，从屯子里出来，望草甸子走去。"这是

① 《中国革命和中国共产党》，见《毛泽东选集》，第 2 卷，634 页，北京，人民出版社，1991。

② 《斯诺文集》，208 页，北京，新华出版社，1984。

③ 周扬：《论赵树理的创作》，载《解放日报》(延安)，1946-08-26。

一个静态的传统农村状态，是一种自然状态下的农村图景。但随着农村革命的推进，这种平静即将被外来的革命势力打破："从县城那面，来了一挂四轱辘大车。"唐小兵就认为："大马车的驶入及工作队的到来隐喻了新'象征秩序'的强行插入。表达这一新'象征秩序'的行为，正好是对田园景色所传达的和睦平静的否定。"①这种经由共产党发动农民开展的土地改革运动真真切切受到了农民的欢迎，农民获得了土地，极大增强了他们的主人翁意识。《太阳照在桑干河上》的结尾："欢腾的人声便夹在这锣鼓声中响起。呵！什么地方都是一样的呵！什么地方都是在这一月来中换了一个天地！世界由老百姓来管，那还有什么不能克服的困难呢。"这是小说的结尾，土改工作队在完成暖水屯的工作后向新的工作岗位转移的路程中所见。这种翻身农民的喜悦之情溢于言表，农民从自己的直觉经验感知到这场革命的意义，他们充分认识到他们的命运已经改变，成为世界的主人。这种典型化的处理使得我们可以看到小说中所叙述的暖水屯是整个解放区的缩影，它们"为新社会里的生活模式提供了形象的草图"②。

　　从某种程度上来说，土地改革是中国共产党为实现革命的胜利所采用的策略，以提高农民参加革命的积极性。但革命的目的不仅仅是让农民翻身做主获得解放，其终极目的是要建立一个社会主义工业强国。为了实现这一目标，新政权就需要对农村进行社会主义改造，使之能为建设现代工业强国提供各种资源支持。正是基于这一政治理念，共产党在土改运动中将土地分给农民后，又开始在农村发动走合作化道路，将土地收归集体所有，建设社会主义新农村，这在某种程度上来说，是为了实现国家的工业化。所以新中国成立后，周立波的《山乡巨变》、柳青的《创业史》、李准的《李双双小传》等小说就开始在更高层面上接受了党对文学的要求，让文学承担起赋予农村社会主义改造的意义。梁生宝、李双双等新农民形象已经完全不同于土改小说中获得土地翻身的农民，在这些新农民身上"既继承了老一辈农民的忠诚厚道、勤劳简朴、坚忍不

---

① 唐小兵：《暴力的辩证法：重读〈暴风骤雨〉》，见《英雄与凡人的时代：解读 20 世纪》，128 页，上海，上海文艺出版社，2001。

② 陈建华：《"革命"的现代性——中国革命话语考论》，276 页，上海，上海古籍出版社，2000。

拔的传统美德，又增添了目光远大、朝气蓬勃、聪明能干、克己奉公、富于牺牲精神，带领广大农民摆脱贫困，走社会主义道路的时代色彩"①。他们在走集体道路过程中体现出的高尚品格，表明他们已经在更高层面和党对新农村的建设保持了一致。

中国的农民具有天然的革命性，这是他们能够成为中国革命主体的前提。但如何让中国的革命摆脱传统农民革命模式，走向新的革命，从而使中国不再陷入历史改朝换代的循环？其中根本性的地方在于，这一场革命是由掌握了先进理论的共产党领导的革命，这与传统的农民革命具有根本性的区别。因此，在革命战争年代，中国共产党就要将传统农民革命的自发性的个体性反抗转变成整个农民阶级与地主阶级的斗争，换言之，就是将分散的个体农民用马克思主义的意识形态组织起来，让他们构建他们作为一个阶级的整体意识。正如周立波所说，农民只有觉悟了，掌握了革命的理论，才会为革命事业献身，他说："正和其他的劳动人民一样，农民的社会知识和生产知识是很丰富、很新鲜的。他们的幻想也和他们的知识一样地丰富而新鲜。……他们的基本的东西，是勤劳勇敢，他们用他们的手和脑创造了世界，养活了人群，而他们一旦觉悟，认识了共产主义的真理，成了共产党员，就会坚决地为无产阶级的事业斗争到底，必要的时候，就会毫不犹豫地献出自己的生命。"②这一时期的作家们充分认识到了农民这种阶级意识的形成对于革命的重要性，因此，他们通过文学作品用形象而真实的叙述来展现农民的这种觉悟的形成过程，从而为中国农村革命胜利寻找到合乎历史本质规律的叙述方式。

十七年时期农民叙事的源头应该是在解放战争时期土改运动中的农民叙事。共产党发动农民开展的土地运动让农民意识到自己作为革命主体的身份，并在这个过程中，通过残酷的斗争让他们充分意识到革命果实的来之不易，认识到地主阶级的凶残，从而强化了农民的阶级意识。《太阳照在桑干河上》《暴风骤雨》等文学作品用党的阶级斗争理论为指导，通过土改中的农民叙事，对确立解放后农民叙事的新模式，具有重要的示范意义。这也是这两部作品能够在新中国成立后不久就获得斯大

---

① 汪名凡：《中国当代小说史》，143 页，南宁，广西人民出版社，1991。
② 周立波：《谈思想感情的变化》，载《文艺报》，1952(11、12 合刊)。

林文学奖的一个重要原因。正如丁帆指出的那样："这两部小说不仅成为当时解放区文学的代表作品，而且写作者所致力的用政党意识形态来观察分析一切的方法，将意识形态转化为至高无上的实践，让小说显示了一种'典范意义'，并对此后近三十年间大陆小说的创作提供了样本。"①正是在这一典范的叙事模式的指导之下，十七年时期的文学将农民叙事进一步与意识形态相关联，一方面要叙述农民革命的合法性（其中就涉及运用暴力手段开展的土地革命的合法性问题），同时通过文学的叙事来构建翻身农民的新的生产方式。而另一方面，文学又要叙述中国传统农民的狭隘性以及改造的必要性。

在前一方面，文学通过特定的叙事策略将传统农民转化为革命的农民，构建他们的阶级意识。农民的阶级意识的形成过程在文学中主要采用农民的成长模式来表现。这些作品通过老一代农民在单打独斗式反抗失败后的成长，表明了只有掌握了先进的阶级斗争理论，充分认识到农民要作为一个阶级，才能打败强大、顽固的地主阶级。因此，采用农民成长的方式，主要是用来构建农民的阶级意识，这一模式典型地反映在以《红旗谱》为代表的一批文学作品中。这些文学作品成功地将农民的"家族仇恨"转变为"阶级仇恨"，从而保证了革命的最后胜利。《红旗谱》开篇就写老一代农民朱老巩带领农民抗争地主企图吞并村里公地的行为，阻止冯老兰砸钟。最后朱老巩抗争失败吐血身亡，女儿自杀，儿子朱老忠被迫远走他乡。朱老忠在外流浪多年后，带着仇恨回到故乡复仇。但多年流浪的人生经验让他深刻地意识到农民单枪匹马难以获得复仇的胜利。在经过共产党人贾湘农的思想启蒙和青年一代的江涛、运涛的革命行动启发后，朱老忠终于意识到，只有在中国共产党的领导下，中国农民才能打败地主阶级，获得最终的解放。于是他将个体的仇恨上升到整个农民阶级对地主阶级的仇恨，在这一认识转变的过程中，以朱老忠为代表的中国老一代农民在思想上构建起一个整体的阶级意识，正是在这种意识指导下，他们勇敢地投身于革命斗争的伟大事业中，而且不惧牺牲。

我们可以看到，从解放区到十七年时期，红色文学的乡土叙事中所

---

① 丁帆：《中国乡土小说史》，217 页，北京，北京大学出版社，2007。

塑造的农民形象已经完全不同于 20 世纪二三十年代乡土文学作家笔下的农民。这些具有阶级意识的农民在政治和经济上翻身后，总体上呈现出快乐、开放、进取的精神面貌。《小二黑结婚》等作品表现的解放区新农民为争取自己的婚姻自由而敢于与传统观念习惯斗争，展现出一种对光明未来的坚定信心。这种意识所隐含的是，农民由于有中国共产党的领导，有新政权的支持，认识到共产党新政权是农民的靠山，从而确定了自己的主体意识和阶级意识。这种农民的主体意识和阶级意识已经不再是个别的农民所具有，而是农民从整体上具有的心理意识，是他们在具体的社会生活中对自己所处位置的一种正确的心理感知，"阶级意识不是个别无产阶级的心理意识，或他们全体的群体心理意识，而是变成为意识的对阶级历史地位的感觉"①。农民在共产党的启蒙下获得了从过去的个人式的农民向具有阶级意识的农民的转变，而这种转变是中国革命得以成功的重要保障。

红色文学有关农民主体意识和阶级意识的叙事主要通过强化"我们"的对立面，建构"他们"这一与帝国主义有关联的反动势力来完成。之所以将国内的大资产阶级、地主等与帝国主义关联起来叙事，是基于1840 年以来中国所遭受的民族危机和国家危亡。帝国主义在现代化过程中对中国的侵略行径，使其成为中国国家现代化的一个对立物，而国内与之勾连的一切势力都因之成为中国国家现代化的阻碍势力，是必须被打倒的对象。在这一逻辑推理下，"我们"是一个社群，这个社群进而可以成为一个阶级、一个民族、一个国家，因此，"我们"身份的确立最终指向的必然是一个现代的国家。因此，十七年文学"叙事的目的就在于把一个社群中的每个具体的个人的故事组织起来，让每个具体的人和存在都具有这个社群的意义"②。农民叙事成功地将农民这个群体与现代国家的建构统一起来，并将其纳入到现代国家建构的宏伟蓝图之中，并在这个过程中，通过文学叙事，来引导农民形成一种关于光明未来蓝

---

① 李祖德：《"农民"叙事与革命、国家和历史主体性建构——"十七年"文学的"农民"叙事话语及其意义》，载《中国现代文学研究丛刊》，2011(1)。

② 李杨：《抗争宿命之路——"社会主义现实主义"(1942—1976)研究》，9 页，长春，时代文艺出版社，1993。

图的共同想象，将农民的阶级意识向前提升到对现代国家建构的认同。

但我们需要注意的是，虽然毛泽东将农民认定为革命的主体，但他也深刻认识到中国革命并不是农民革命，而是借助于农民的力量建立现代国家的革命。早在 1936 年的《中国革命战争的战略问题》中，毛泽东就指出，农民"是革命的主力军，然而他们的小生产者的特点，使他们的政治眼光受到限制，所以他们不能成为战争的正确领导者"。因为他早就认识到，传统农民由于对土地的依赖很难突破自身的小农经济思想以及由此形成的自私的品格。农民的这种小生产者的特征与现代国家的建构存在着根本性的冲突，所以毛泽东在 1949 年的《论人民民主专政》中就特别强调："严重的问题是教育农民。"①在土地革命中，占人口绝大多数的农民平均分得了被地主阶级占有的土地，而土改运动则彻底改造了中国农村的结构模式，消除了几千年来阻碍我国生产力发展的地主经济。从这个方面来说，土地革命是中国共产党领导的社会主义革命的真正起点。《暴风骤雨》"就以这样形象的画面，展露了国家力量整合全体国民，共同走向社会主义的当代历史进程"②。

新中国成立之后，新政权就开始在农村开展社会主义改造运动，将旧的生产所有制改造成为社会主义集体所有制，这就需要将土改运动中分给农民的土地收归国家所有。农民是私有制度的拥护者，而这在根本上与共产党所要建立的现代国家的目标相违背。因此，农民交出土地又有多少是出于自愿呢？这一时期文学农民叙事的主要任务就是需要从构建农民的现代国家共同体的想象来进行历史的重构。这一历史的叙事涉及农民的自我改造问题。农民依恋土地，而现代国家却需要农民让渡土地，支援现代国家建设，在农民让渡土地的同时，农民顺带将自身拥有的生产资料一并交给集体，成为真正的"无产者"。《不能走那条路》《创业史》《李双双小传》《金光大道》等作品都是从这一目标出发，通过对新社会里新农民的塑造来构建一个农民群体对国家的想象与认同。"能产生意义的只能是将个体纳入到一定的群体之中并通过指向未来的二元冲

---

① 毛泽东：《论人民民主专政》，见《毛泽东选集》，第 4 卷，1477 页，北京，人民出版社，1991。

② 丁帆：《中国乡土小说史》，219 页，北京，北京大学出版社，2007。

突来达到，由此我们才能想象并建构历史和现实。"①这些作品通过对宋老定、梁三老汉等走传统农民发家之路的批判，对东山、梁生宝、李双双等新农民的歌颂，重新对农民进行叙事，并在这个过程中重构一个现代国家的建立发展的历史。

文学中关于农民的自我革命就是通过对互助合作化运动的描写来叙述农业、农村和农民的新生。以合作化为叙事主体的《创业史》，对民族国家建设方面具有高度的自觉认同。柳青在谈到这部小说的创作意图时说："这部小说要向读者回答的是：中国农村为什么会发生社会主义革命和这次革命是怎样进行的。回答要通过一个村庄的各个阶级的人物在合作化运动中的行为、思想和心理的变化过程表现出来。这个主题思想和这个题材范围的统一，构成了这部小说的具体内容。"②这之前的《三里湾》《山乡巨变》等作品都是以新中国成立初期国家对农村的社会主义改造为主要书写对象，来展现农民对于民族国家的认同，并在这个过程中对历史重新构建。文学的历史叙事赋予农村社会主义改造以宏大的意义，并通过典型化的方式对社会生活进行抽象化处理。典型化的过程就是创造者对题材的选择过程，那些与主题不切合的内容就被有意识地过滤掉了。正是在这种叙事意图的指导下，作家们认为："典型化程度越高，艺术价值就越大。"③在另一方面，《红旗谱》等作品通过对农民成长的叙述来讲述国家的成长，并在这种叙事中构建一个有关于现代国家建构的历史进程。"农民形象的成长历程也寓示着一个阶级和民族国家、政权的成长，同样也寓示着整个现代(革命)历史的成长。……对于农民(阶级)的斗争生活的叙述，隐含着关于现代中国革命思想的总体历史观，那就是从半殖民半封建到社会主义，再到共产主义的历史进程及其历史的必然性。"④

---

① 萨支山：《试论五十至七十年代农村题材长篇小说》，载《文学评论》，2001(3)。
② 柳青：《提出几个问题来讨论》，载《延河》(西安)，1963(8)。
③ 周立波：《现在想到的几点》，见《周立波研究资料》，287 页，长沙，湖南人民出版社，1983。
④ 李祖德：《"农民"叙事与革命、国家和历史主体性建构——"十七年"文学的"农民"叙事话语及其意义》，载《中国现代文学研究丛刊》，2011(1)。

## 四、知识分子的转变与成长

中国自近代以来，从林则徐、魏源等近代第一批开眼看世界的知识分子到康有为、梁启超等维新知识分子，再到胡适、陈独秀、鲁迅等五四知识分子，知识分子作为国家的文化阶层最先感受到民族的危机，并为之奔走呼号。特别是五四一代知识分子主导的新文化运动开启了一个全新的时代，中国革命从此进入新民主主义革命阶段。特别是 20 世纪 40 年代初延安解放区处于特别艰难时期，党需要团结、集中一切力量争取抗日斗争的胜利，因此，对知识分子教育和引导的问题就适时提出。

1942 年，毛泽东《在延安文艺座谈会上的讲话》就指出："农民和城市小资产阶级都有落后的思想。"[①]这种落后思想不利于革命斗争，不利于团结广大人民群众，因此必须要改造。根据毛泽东的论述，城市小资产阶级应包含着知识分子，知识分子具有城市小资产阶级的缺点，特别是在延安解放区以工农兵为革命主体的背景下，知识分子的这种缺点不利于革命，需要改造。毛泽东说："拿未改造的知识分子和工人农民比较，就觉得知识分子不干净，最干净的还是工人农民"，因此，"就得把自己的思想情感来一个变化，来一番改造"[②]。因此，延安解放区的文学艺术也应该反映知识分子在革命斗争实践中的自我改造及其过程，"他们在斗争中已经改造或正在改造自己，我们的文艺应该描写他们的这个改造过程"[③]。

随着社会主义三大改造的完成，国家进入社会主义阶段，朝建设社会主义工业国家迈进，需要大量的掌握现代知识的人才，知识分子的重要性逐步凸显。"社会主义建设事业迫切的发展，迫切需要调动知识分子的积极性。"[④]为了更好地调动知识分子服务到国家现代化建设的积极性，新政权在 1956 年 1 月 14 日至 20 日召开了专门的知识分子工作会

---

① 毛泽东：《在延安文艺座谈会上的讲话》，4 页，北京，人民出版社，1975。

② 同上书，7 页。

③ 同上。

④ 《中国共产党中央委员会关于建国以来党的若干历史问题的决议》，241 页，北京，人民出版社，2009。

议。周恩来在大会报告中指出："在一部分知识分子同我们党之间，还存在着某种隔膜。"①这不利于社会主义现代化建设，须要消除这种隔膜，因此，需要对知识分子进行进一步的改造，他说："不但应该改造落后分子，而且对于中间分子也应该尽可能地教育他们脱离中间状态，变为进步分子；对于进步分子，也必须帮助他们继续进步，帮助他们努力学习马克思列宁主义，扫除他们思想上的资本主义、个人主义和唯心主义的影响。我们应该在高级知识分子中间培养出大批的坚决为社会主义奋斗的红色专家。"②通过这种改造，知识分子基本上在思想上接受了马克思主义的世界观，并将自己的行动统一到社会主义国家建设中去。

但我们必须要认真思考另外一个重要的问题，即知识分子为什么愿意接受新政权的这种改造。现代知识分子是由传统的士大夫转化而来的，因此中国传统读书人精神中的家国天下的情怀被现代知识分子所继承。更为重要的是，近代以来民族所遭受的屈辱和苦难促使知识分子积极探寻解救的良方，并愿意为之献身。他们在向西看的过程中共同构建起一种关于现代民族国家共同体的想象，并为建设这样一个富强的现代国家而孜孜以求。知识分子的这种国家共同体的想象与中国共产党的奋斗目标在这一时期是同一的。正是基于这种同一性，知识分子愿意接受党的领导和改造。

对于这一时期的作家来说，他们也自愿接受这种思想的改造，自觉接受马克思主义世界观，因为他们通过自我的实践发现，只有中国共产党才能带领人民在中国建设一个富强的现代化国家。正是看到了这一点，他们都愿意转变到运用工农大众的叙事话语。赵树理、孙犁、丁玲、周立波等在初入文坛时都是采用五四文学的叙事话语，但他们到达延安后，最后都接受了马克思主义，转变了自己的叙述立场。作家们的这种转变在很大程度上是基于他们相信共产党能够带领人民建立一个富强的新中国。他们进而通过自己的文学创作将自己的这种体认呈现出来。文学文本构建的知识分子的思想转变之路与这个国家的前途密切相关联。"知识分子的成长要体现出合乎历史的规律，就必须有党的教育

---

① 周恩来：《关于知识分子问题的报告》，载《人民日报》，1956-01-30。

② 同上。

和领导，这是知识分子自我改造走向革命与成熟的关键所在"①。因为党领导的革命是符合历史本质规律的，有益于国家民族的发展。

在这一时期文学的叙事中，知识分子的思想转变大多有一个大的时空背景，即抗日战争的爆发，国家、民族到了生死存亡的关头。在这一特殊的环境中，知识分子所具有的那种个人主义思想必须让位于有利于抗日战争胜利的集体主义思想，服务于国家利益。也正是在这个前提下，知识分子的自我改造和思想转变具有了必然性和合法性。就像巴赫金指出的那样："人的成长与历史的形成不可分割地联系在一起。人的成长是在真实的历史实践中实现的，与历史实践的必然性、圆满性，它的未来、它的深刻的时空性质紧紧结合在一起。"②《青春之歌》在叙述林道静思想的转变时设置了一个重要的前提，日寇的入侵，民族到了生死存亡的危急关头，所以有良知和爱国精神的年轻人都行动起来，投入到这场伟大的救国运动中去。正是在这种叙述起点中，五四时期的知识分子代表余永泽就成了时代的落伍者，而与其具有亲密关系的林道静只有两种选择：一是和余永泽一样继续沉浸在小家庭中；二是离开这个家庭，走上救国救亡的道路。林道静身上的家国情怀（我们可以从林道静在杨庄小学被卢嘉川救国言行所吸引的细节看出这种潜藏的意识）与共产党人卢嘉川的思想启蒙发生碰撞时，林道静就必然走上后一种道路。林道静的选择是符合历史本质规律的选择，这也是知识分子的必然选择。《青春之歌》等一批文学作品就是通过这种个人的成长与历史规律的合拍寓意着中国知识分子必然归宿的宏大政治叙事。

既然党和新政权为了取得革命的胜利和顺利推进社会主义建设，必然要充分任用知识分子，改造知识分子，而知识分子自身又愿意接受这种改造，那么这就在某种程度上形成了知识分子改造的同一性。但是，思想的改造特别难，要在短期内让知识分子接受党的思想改造，并将新的思想意识应用于实践尤为难。知识分子虽然主观上有接受改造的意愿，但与党在具体改造的政策方法上一定会产生某种程度上的冲突。这就涉及党采用什么样的方式方法来改造知识分子的问题。延安时期，党

---

① 王金双：《"十七年"文学中知识分子形象的塑造》，25 页，博士学位论文，南开大学，2012。

② 巴赫金：《巴赫金全集》，第 3 卷，232 页，石家庄，河北教育出版社，1998。

的知识分子改造采用的是毛泽东所说的"惩前毖后，治病救人"的方针。党从两个方面来改造知识分子：一是加强对知识分子的思想意识改造；二是通过外在的规约。

我们再回到 1942 年开始的延安整风运动，这场运动在本质上就是一场思想改造运动，通过学习的形式来改造全党的思想。毛泽东这一时期的几个重要报告，如《改造我们的学习》《整顿党的作风》和《反对党八股》都是强调学习的报告。毛泽东强调的学习是加强马列主义毛泽东思想的学习，通过加强知识分子对新的话语学习来改造知识分子，使之为革命斗争服务。但是我们要注意到，这种马克思主义的学习能够很快取得成功的原因非常复杂，"这是由许多具体的历史条件所决定的，是多种社会实践和话语实践在互相冲突又互相制约中最终形成的结果"。这一时期丁玲的经历可以作为知识分子自我改造的一个代表。

新中国成立后，党的工作重心开始从农村转移到城市，而知识分子与城市的关系更为密切。知识分子重新回到自己曾经熟悉的城市，城市的日常生活的记忆重新复活，知识分子与工农之间的差异在这种时空背景中开始凸显。《我们夫妇之间》《在悬崖上》等文学作品就是知识分子进城后，在城市的日常生活中依照自身的话语来观照自己革命时期的农民工人伴侣，发现她们身上的缺陷。萧也牧的《我们夫妇之间》叙述了一个知识分子和贫农出身的妻子之间的日常生活关系。在革命战争年代，"我"和妻子之间关系很融洽，但进城市后，"我"和妻子之间的关系却越来越紧张。虽然，作者在主观创作意图上是想做出自我批判，但是在文学文本中却涉及主观意图和文本的内在情感的冲突，并在这种情感的冲突中隐晦地流露出作者的知识分子话语形态。虽然，这部作品受到了广泛的赞扬，但是党的批评家很快就意识到这部作品与现存的话语之间根本性的冲突。陈涌的批评拉开了批判《我们夫妇之间》的序幕。很快，冯雪峰化名李定中对其进行批判，他认为："作者对于女主人公——女工人干部张同志——的态度，是怎样的一种态度！从头到尾都是在玩弄她！……作者萧也牧同志对待小资产阶级分子，还能够坚定地站稳小资产阶级立场表示他的爱，而工农分子，却甚至赢不到他一点小资产阶级之类的热情！"[①]冯雪峰作为党的资深文艺理论家，敏锐地意识到包裹在

---

① 李定中：《反对玩弄人民的态度，反对新的低级趣味》，载《文艺报》，4 卷，5 期，1951。

文学文本中的资产阶级话语，而这种话语在文本的内核中得到了作者的肯定。因此，对于这样一种文学创作倾向必须加以纠正，对作家的这种阶级立场和思想情感必须加以批判。作者萧也牧认识到了自己的错误："我的作品所以犯错误，归根结底一句话：是我的小资产阶级立场、观点、思想未得切实改造的结果。……我是有决心一切从头来过，脱胎换骨地改造自己，取得真正的无产阶级的立场的。"① 如果说萧也牧是通过外在批判才发现问题，那舒芜后来的自我解剖就具有自我反省自我批判的意识。舒芜深入分析了知识分子这种思想改造不彻底的原因："解放以前，我们都会经过一番奋斗，而倾向于革命。这是事实。但是，在旧中国那样的半殖民地半封建社会，小资产阶级作为一个阶级来说，其参加革命的原始动机，就是为了保存将失去的、或挽回已失去的私有财产。因此，小资产阶级知识分子倾向革命，思想上反映着他们的阶级本质，基本上就是由于不能忍受封建买办法西斯主义的窒息，想借革命来发展其个人主义。他们在理论上，就是说，在口头上，是容易接受马列主义。但在实际上，他们是自然而然地把马列主义变成适合于个人主义的东西。所以，一个小资产阶级出身的知识分子，参加革命营垒多年，满口马列主义，而实际上还是一个个人主义者，这在中国是很常见的。这也是思想改造问题为什么具有那样的迫切性的缘故。"② 文艺在新中国成立后就不再是个人化的叙事，而需要服从和服务于国家在特定时期的革命任务。作家不仅要为工农兵创作，而且要自我改造成工农兵一员，才能站在工农兵的立场以他们的需要进行创作。因此，知识分子必须要转变知识分子的立场，让他们从小资产阶级的立场转变到工农大众的立场。"必须站在无产阶级的立场上，而不能站在小资产阶级的立场上。"③ 这种转变不仅要在阶级立场上转变，而且要在灵魂深处得到改造，把思想和情感完全改造到工农大众的立场，成长为社会主义的新人。

　　随着中国知识分子的阶级意识、集体意识的成长，一种为国家和民

---

① 萧也牧：《我一定要切实地改正错误》，载《文艺报》，5卷，1期，1951。

② 舒芜：《致路翎的公开信》，载《文艺报》，1952(18)。

③ 毛泽东：《在延安文艺座谈会上的讲话》，见《毛泽东选集》，第3卷，856页，北京，人民出版社，1991。

族献身的神圣意识在知识分子的思想中也愈加强烈，他们也随之从启蒙的个人主义转变为集体的一分子。这在文学叙事中表现为知识分子对自我欲望的约束，这种欲望既包括他们的精神性个体欲望，也包括物质享受的欲望。在前一方面，作者通过知识分子的爱情叙事来具体展现知识分子为了光辉的事业而获得的这一转变过程。如在《青春之歌》这部小说中，林道静从最初的少女成长为最后坚定的女共产党员，就是通过她与三个不同男人的爱情叙事来展现的。余永泽是林道静在向正确道路上成长的一个障碍，他将林道静引领到个人主义的道路上去，而个人主义道路在半殖民地半封建社会注定是走不通的道路，所以，林道静在迷茫中遇到了掌握着先进革命理论的卢嘉川。正是在卢嘉川的精神引领下，林道静才从错误的道路上转到正确的道路上来，获得了政治的启蒙，这是林道静人生最为重要的一次成长。但根据马克思主义的观点，一个人需要在实践中成长，只有经过了革命实践的检验才能成为一个合格的共产党员，因此，小说又设置了林道静到农村参加革命的实践活动的故事情节。需要注意的是革命者江华的工人身份，这意寓着知识分子只有在工人阶级的领导下才能获得最后的成长。通过爱情叙事来展现知识分子的转变和成长在《红豆》中也特别明显，江玫和齐虹两个人在新中国成立前夕刻骨铭心的爱情在面对两种道路，两种人生选择时，展示了知识分子应该为崇高、民族和国家的利益而献身的精神。但这部小说的魅力在于小说的内在情感和理性选择之间背离的张力而呈现出的美。小说通过江玫几年后重返校园，找到当年和恋人之间的爱情信物——两颗鲜红的红豆，被埋在记忆深处的那段美丽的爱情随之浮起，特别是在对那段爱情的细致叙事中浸淫着浓郁的感伤情绪，正是这种感情使得小说呈现出一种悲剧性的美，而这种美带有浓郁的个人主义意识。这也是小说在后来受到批判的一个重要的因素。在另一方面，《我们夫妇之间》这样的小说又通过对知识分子物质性享受的批判，引领知识分子朝着为建设社会主义国家的方向而前进。

# 第三章
# 新中国文学创作的新题材

    中华人民共和国的成立，一方面有传统题材在新语境下的全新书写，另一方面也有新题材的不断开掘。尤其一些具有丰富创作经验和人生阅历的老作家，呼应党和政府的感召，深入各个领域感受国家的新建设，捕捉新生活，书写新题材，从而贡献了一批崭新的文学创作，丰富了新中国文学创作的版图。

## 一、作为新中国文学重要景观的工业题材书写

    工业题材小说是十七年文学特有的类别，也是新中国文学的重要景观。在新中国成立之前并非没有工业，由于战乱频繁，官僚资本对民族工业极力打压，导致民国的工业以轻工业为主，并且产业化程度较低，反映在文学领域的创作更是乏善可陈，因而很难形成规模性的题材书写。当然，当时并非没有对工业领域的文学书写，比如茅盾的《子夜》中就刻画了鲜活的民族资本家的形象，作品中也不乏对工厂工人的描述和对吴荪甫

与工人冲突的呈现。就单个作品而言，这不能不算工业领域的文学表现。但无论从作品的侧重点（重点还是作为民族资本家代表的吴荪甫和作为官僚买办资本家代表的赵伯韬之间的斗法），还是作品的规模效应（这类作品太少）来说，都谈不上形成了工业题材小说。而就文学内部而言，一方面，相比都市文学，中国有着悠久的乡土书写传统，即便表现都市，也是以乡村为基点对城市的现代化进程作批判性呈现。另一方面，工业作为社会现代性的核心要素，历来是被文学批判的对象，在政治与文学均衡角力的时代背景下，作为审美现代性特征的文学书写，自然不可能发展出工业题材的文学类型。换句话说，没有对工业领域发自内心的认同感，没有多少作家愿意深入工厂获取写作素材，进而完成对这一领域的正向书写。1942 年，毛泽东《在延安文艺座谈会上的讲话》中重新厘定了文学与政治的关系，他以政治家的视角指出了作为第二性的文学创作应服务于政治发展的需要。随着国内革命战争形势的明朗，中国共产党政权的重心从农村转移到城市，工作方针也从夺取政权转移为巩固政权，在中国共产党七届二中全会上，毛泽东代表中共中央向大会作报告，指出党的中心任务就是恢复和发展生产，明确提出"使中国稳步地由农业国转变为工业国，把中国建设成一个伟大的社会主义国家"[1]。文学自然要为这一最大的政治目标鼓与呼，尤其在新中国成立后，重工业开始全面复苏，反映在创作领域就形成了工业题材小说。换句话说，工业题材小说所呈现的是新中国工业发展的现代化进程。因而有学者对此定义为："工业题材"小说是在题材分类意义上存在的"十七年"特有的文学概念（历史概念），特指新中国成立以来反映工业战线，表现工人生活的作品，更准确地说，它应该表现作为"领导阶级"的工人的劳动和生活以及工厂、矿山、建设工地的矛盾斗争。[2]在新中国成立初期中国的特殊处境下，工业题材小说同新中国成立以来对现代化的想象与期待是密切相关的，它在主题追求、人物塑造、审美倾向、风格类型等方面都同中国的现代化道路，特别是经济现代化层面的追求有着内在、必然的关联，而且这种相互印证和影响具有鲜明的时代烙印。

---

[1] 毛泽东：《在中国共产党第七届中央委员会第二次全体会议上的报告》，《毛泽东选集》，第 4 卷，1437 页，北京，人民出版社，1991。

[2] 参见洪子诚：《中国当代文学史》，北京，北京大学出版社，1999。

工业题材小说首先贡献的是崭新的工人阶级的形象。鲁迅小说创作的一个重要贡献是对知识分子和农民两个群体的深刻理解和深入塑造。而后中国新文学在这两个群体形象的开掘方面均有延续性发现和贡献。但作为工农革命的核心群体之一，工人形象在中国现代文学中的呈现是相对模糊的。按相关学者的说法，中国文学人物画廊中工人个体及阶级集体形象整体性稀缺，在新中国成立后，在十七年工业题材小说创作潮流中这种稀缺才得以改观。比如，被认为一辈子都在书写工人的作家草明，其1948年完成的中篇小说《原动力》就被认为是首次以新的历史观描绘工人阶级的成功之作，成为当代工业题材小说的开山之作。逄增玉认为"草明首创性地把工厂、企业、生产等工业物象比较大规模地引入工业小说，这些事物作为工人阶级的活动场所和展现工人形象性格新的空间和舞台，是工人阶级生活、劳动和精神世界的有机组成部分"①。正如前面所强调的，新中国之前没有工业题材小说，并非指没有对工厂及工人阶级的书写，茅盾的《子夜》中就专门架设了一条线索表现吴荪甫的工厂中资本家与工人之间的残酷斗争，但工人阶级没有作为主体性的形象予以呈现。茅盾的用力点还是试图呈现民族资本家吴荪甫的奋斗与失败，从而指出中国民族工业在半殖民地半封建的时代背景下必然失败的命运。而在十七年时期的工业题材小说中，工人阶级开始成为历史舞台的主体，作家们把工人阶级的成长作为他们书写的重心。成长书写是各类小说创作领域的核心，比如老舍的《骆驼祥子》就呈现了一个北平的人力车夫失败的成长史。祥子从农村来到城市，他身体强壮、性格单纯、为人勤劳，还不乏善良。他没有多大的人生目标，只是希望攒够钱买辆自己的车，从此过上不用交车份子、想什么时候出车就什么时候出车，老婆孩子热炕头（等条件成熟了娶个农村姑娘）的普通生活。但社会没有让他实现"独自混好"的简单理想，而是在历经"三起三落"之后，最终堕落到地狱的最底层。老舍哀叹道："体面的、要强的、好梦想的、利己的、个人的、健壮的、伟大的祥子，不知陪着人家送了多少回殡；不知道何时何地会埋起他自己来，埋起这堕落的、自私的、不幸的、社

---

① 逄增玉：《文学史视阈中草明东北工业小说的得失及其成因》，载《社会科学战线》，2012(6)。

会病胎里的产儿，个人主义的末路鬼！"①

如果说老舍以反向成长的书写来证明在 20 世纪三四十年代的旧中国一个普通人是不可能通过个人奋斗获得成功的，那么新中国工业题材小说的书写，则是以工人的正向成长史来证明新时代普通人通过奋斗而成功的诸般可能。草明的《原动力》把故事放在东北某个发电厂，核心内容是发电厂的生产从被人破坏到重新建设的过程。这部作品之所以被认为具有"原点"性质，被认为是新中国工业题材小说的开端，即在于它象征般地呈现了一个阶级的"觉醒"。工人这个原本被压迫的阶级，这个只是以养家糊口为满足的阶级，在一次次的复杂斗争过程中，逐步意识到自我的重要价值，他们是工厂最基层的具体实施者，他们也是技术的掌握者，他们甚至可以通过群体的力量成为决策者，他们才是工厂的"原动力"。他们与机器、工厂的关系不再是像以往那样"憎恨"的关系：既痛恨机器，想砸掉机器，因为机器剥削他们，又不得不依赖机器，机器给予他们生活资本。但当他们意识到自己在工厂的位置，意识到自己对机器的主宰权时，这种关系就变得和谐，他们心甘情愿地重新建设发电厂，主动与破坏发电厂生产的势力做斗争。在《燃烧》一章中，工人们张张脸孔紧张地绷着，当吕屏珍庄严地走到水车制御盘跟前，把开关一举，"水车转动了，调速机、发电机、油压机也跟着动起来了。附在机器上的紫铜细曲管子可爱地抖动起来了。吱唔……吱唔……吱唔那样匀整的声音又重新在机器房响起来了。水电厂的老工友们听着这种一年来没有听过的声音，心里说不出的痛快"②。在他们心中所有听过的美妙声音都比不上今天机器房里机器发动的声音那么好听、美妙，作家生动地呈现了工人与工厂、机器之间的崭新关系。应该说，在《原动力》中，工人阶级的"觉醒"与新中国的成长是同步的，只有工人阶级意识到他们是新生国家的主人，新中国的命运才有一个确定性的走向。

与以往的成长书写不一样，工业题材小说中的成长书写首要遵循的是政治性原则。在五四新文化的语境中，作家与工人、农民属于启蒙与被启蒙的关系。虽然新文学作家们从重新发现人的角度对普通人的价值予以挖掘和阐发，比如鲁迅的《一件小事》就在知识分子的自我剖析中发

---

① 《老舍精选集》，181 页，北京，北京燕山出版社，2015。

② 草明：《原动力》，《草明文集》，第 2 卷，83 页，北京，中国青年出版社，2012。

现人力车夫的闪光价值。但总体而言，国民性批判是那一时期文学的主要命题，也就是说，人的价值是在批判性地书写中予以发现和确立的，人要成长，必须进行国民性改造。在新中国的语境中，情形完全不一样了，工人阶级已经成为国家的主人和领导者，作家对其书写已经不能再站在启蒙者的角度。知识分子与工人的关系不再是先进和落后的关系，工人的问题也不再是国民性的问题，更不存在劣根性的属性，艾芜的《百炼成钢》就很典型。艾芜此前的创作就极为关注人物身上美好的品质，无论是悲惨的劳动者，还是居无定处的流浪汉，艾芜都试图挖掘他们"性情中的纯金"。《百炼成钢》既是对他此前创作的延续，也有了新的特质。

小说有极强的现实性和隐喻性。所谓现实性，是反映了新中国工业初创期如火如荼的奋斗过程；隐喻性则是以"百炼成钢"的意象呈现新中国工人的成长历程。辽南钢铁公司炼钢厂九号平炉有秦德贵、袁廷发、张福全三位炉长。秦德贵出身贫农，品德高尚，为人虚心，工作勤奋，最早被提拔为炉长。袁廷发在日伪时期的工厂做过工人，在国民党时期做过炉长，新中国成立后发挥所长，继续当炉长，但为人有私心，既看不得秦德贵比他表现抢眼，也不愿把自己的所学传授给其他工人。张福全虽然也出身农民，但他选择做工人是因为工人赚钱比农民多，而且他也羡慕城里人的生活，因而在工作中处处从个人利益出发，甚至被反动分子利用，给国家带来损失。作品的核心内容是呈现这三位炉长之间的矛盾和秦德贵、袁廷发等工人的成长。有意思的是，这三位炉长之间存在较为明显的品质"等级"，秦德贵高于袁廷发，袁廷发高于张福全。但作者没有把他们身上的缺点扩大为国民性弱点和阶级性弱点，而是强调跟各自的经历与个性有关，各自的经历和个性又决定了他们政治觉悟的高低。作家严格把握政治书写的原则和底线，对工人阶级的书写要么是控制在自私意识的层面，要么是其客观上被反动分子利用，而不是表现全面性或群体性的劣根性。换句话说，在作品的话语体系里，有一种理想型的工人形象，这种理想型的前提是政治意识的高度觉悟，所谓成长即是向这个理想型靠拢。

工业题材小说里的成长书写也跟文学背后的话语属性相关。五四文化高扬的是个人话语，《伤逝》中子君要跟涓生一起生活，高扬的话语是

"我是我自己的，谁也没有干涉我的权力"。五四新文学中呈现了一批具有高度个人意识的人物，是他们引领了时代的风气和推动了社会的进步。但与之伴随的是对"个人话语"本身的反思。正如鲁迅在《伤逝》中通过涓生与子君爱情的失败以呈现个人对启蒙话语的反思，老舍的《骆驼祥子》更是详细描述了一个个人主义者失败的奋斗史。《骆驼祥子》虽然集中呈现的是祥子的悲剧，但真正书写的是一个社会群体的失败。书中共写了老马、二强子、祥子这样的老、中、青三代车夫，祥子三起三落，最终车没了，家没了，堕落成流氓无产者；二强子成天酗酒，打骂孩子，甚至逼迫女儿卖淫养家；老马与小孙子相依为命，一大把年纪还在拉车，甚至连顿饱饭都吃不上。这看似不同的三个人，正是一个群体的隐喻，祥子即便找到小福子也没用，他最终要变成中年二强子和老年老马，这是他无法避免的宿命。就一部新文学史的人物链条而言，《骆驼祥子》强调了个人的成长终究将以失败而告终。

有意思的是，草明在她的工业题材小说中也着力塑造了老、中、青三代工人形象，他们分别是《原动力》中的孙怀德、《火车头》中的李学文和《乘风破浪》中的李少祥。[1] 孙怀德是具有填补空白意义的新中国工人英雄形象，他在国民党败退、共产党还未接手工厂的真空阶段，带领工人保护国有财产。虽然后来有评论家批评作家在工人与党的领导关系上处理得过于暧昧甚至颠倒，但作家试图树立一个新的工人阶级形象的努力是不言自明的。如果说以孙怀德的年龄和塑造而论，这个形象多少带点过渡意义，那《火车头》中的李学文则是不折不扣在新中国的背景下成长起来的英雄。小说没有把李学文塑造成十全十美的工人：他有技术能力，有为集体付出的觉悟，他在个人利益与集体利益冲突时毫不迟疑地站在集体一边；但他同样有性格缺陷，有基于个人能力上的骄傲和急躁，缺乏与人相处的心胸。作家把人物的缺陷控制在性格层面，而不是遵循五四新文学以来从国民性或人性深处进行批判审视的传统。当然，李学文最终改变了性格缺陷，工人的进步与工厂的发展实现了共振。相较于前两个文学形象，《乘风破浪》中的李少祥显得更有意味。这部小说

---

[1] 参见于文夫：《十七年工业题材小说研究》，长春，吉林人民出版社，2012。于文夫指出，孙怀德、李学文和李少祥这三位老、中、青工人阶级的成长直接构成了一部新中国成立初期的"工人阶级成长史"。

创作于新中国第二个五年计划时期，这时的工人阶级已经真正成为了中国的领导阶级，小说的气息自然更为昂扬，而年轻的工人代表李少祥既继承了前辈们对党和祖国的忠诚，对工厂的无私奉献，又呈现出这一代工人完全不一样的气质，比如他深知科学技术的重要，他的奉献更集中在对炼钢产业质的提升上。

通过对这三个人物形象成长过程的描述，作者概括而又凝练地讲述了老、中、青三代工人是如何一步一步成长为国家的主人甚至是领导阶级的。因此，从某种意义上来说，孙怀德、李学文和李少祥这三位老、中、青工人阶级的成长直接构成了一部新中国成立初期的"工人阶级成长史"。草明的目的本来就不是单纯地为描述工人阶级而描写这三位工人，而是试图通过说明这三位英雄是如何成长起来的来说明整个新中国工人阶级都已经成长，并且已经成了国家的主人。

对比草明与老舍的创作，人物命运的巨大差异除了社会制度的原因之外，作家创作中的不同话语起了至关重要的作用。祥子是一个个人主义者，他既不想与别人合作买上自己的车，也不想联合其他车夫对抗车主的压迫，他只想通过老老实实的买车实现自己踏实的人生理想，但老舍说他是"个人主义的末路鬼"。在老舍的书写中，"个人话语"是行不通的。而草明的创作中，支持人物成长的则是集体话语或者"人民话语"。自近代以来，在民族国家的大背景下，"'人民话语'成为现代中国文学发展的恒久动力之一，也成为现代中国文学创作的主要态度"[1]。尤其是中华人民共和国成立后，"人民话语"更是直接引领着文坛的创作与批评。李少祥终有一天会成长为李学文，李学文也会朝着孙怀德的方向发展，这种正向成长的背后正是"人民话语"的意义支撑。刘小枫把现代的叙事伦理分为人民伦理的大叙事和自由伦理的个体叙事，"在人民伦理的大叙事中，历史的沉重脚步夹带个人生命，叙事呢喃看起来围绕个人命运，实际让民族、国家、历史目的变得比个人命运更为重要"[2]。

十七年工业题材小说只是这一类小说的开始，随着新中国社会主义

①　李建军：《现代中国"人民话语考论"——兼论"延安文学"的"一体化"进程》，4 页，北京，光明日报出版社，2008。

②　刘小枫：《沉重的肉身——现代性伦理的叙事纬语》，10 页，北京，华夏出版社，2004。

建设的不断深入，这类小说在不同的历史发展阶段更呈现出不同的现实意义与文学价值。比如在新时期文学的开端，改革文学有相当一部分是以工业题材小说为主的，尤以蒋子龙的《乔厂长上任记》为代表。而 21 世纪以来，中国工业领域发生了重大变化，一些原有的大型国企遭遇生存困境，或倒闭或改制，还有一些外资企业也进入中国办厂，工人的地位、境遇和命运都一定程度地发生了改变，工业题材小说的书写也呈现出不同的面貌。重温十七年的工业题材小说带给我们的启示也许是，不管时代发生怎样的改变，工人在共和国成长过程中的地位始终没有改变，正如习近平总书记在中央全面深化改革领导小组第三十二次会议（2017 年 2 月 6 日）上所重提并强化的："工人阶级是我国的领导阶级，产业工人是工人阶级的主体力量。要从巩固党的执政基础的高度，从促进我国经济社会持续健康发展的高度，加快产业工人队伍建设改革，坚持全心全意依靠工人阶级的方针。"

## 二、革命话语下民族资本家的形象重塑

茅盾最重要的代表作《子夜》的文学价值之一，是为中国现代文学长廊贡献了一位生动、丰富的民族资本家形象——吴荪甫。茅盾虽然站在左翼文学的立场给了吴荪甫一个必然失败的结局，但对自己精心塑造的这个人物的珍爱却无法掩饰。他把吴称为"二十世纪机械工业时代的英雄、骑士和王子"。所谓英雄是指其突出的能力，骑士指其一往无前的勇气，而王子则是指其领袖气质，这个形象突破了中国文学历来比较欣赏的谦和忍让的人格类型。茅盾在这个人物身上所注入的矛盾情感显而易见，一方面他欣赏吴荪甫身上所具有的雄才大略和坚毅果敢，中国的工业化进程需要这样的领袖；另一方面又不得不承认，在当时的时代背景下，只要帝国主义在中国的半殖民统治还在，只要中国统治阶级的官僚资本和买办资本的属性不变，中国民族工业是永远得不到发展的。这也正是《子夜》的主旨所在。茅盾的写作既符合中国 20 世纪 30 年代的政治与经济实情，为民族资本家唱了一曲无可奈何的悲歌；又呈现了小说艺术的基本属性，他不是站在人物的对立面予以完全的批判，也不是以绝对认同的姿态与人物共情，而是凸显一个优秀小说家的深刻眼光和悲

悯情怀。应该说，作为对半封建半资产阶级背景下民族资本家形象和命运的书写，《子夜》的写作是完整的："窗外是狂风怒吼，斜脚雨打那窗上的玻璃，达达达地。可是那手枪没有放射。吴荪甫长叹一声，身体落在那转轮椅子里，手枪掉在地下。"①小说中吴荪甫终究没自杀，但无论是与买办资本家赵伯韬的斗法失败，还是工厂工人运动的无法镇压，抑或是身后农村革命的风起云涌，都直接指向了他的失败。当然，因为小说没有明示吴荪甫的具体结局，从想象的权力上，我们也可以假设他借助其他的外力或者因为偶然的机遇重新翻身。或者，换句话说，这个"吴荪甫"失败了，但还有其他的民族资本家，有另一个"吴荪甫"依然在挣扎和苦斗。但我们想知道的是，吴荪甫们的后续命运到底怎样？他们在新中国的背景下又会如何？而这，也许从周而复的《上海的早晨》中能看出一种可能性。周而复以全新的立场和姿态塑造了新中国背景下民族资本家的形象，为这一阶级在新的历史阶段的发展写下了注脚。

事实上，茅盾是带着极大的"野心"来创作《子夜》的，他试图囊括20 世纪 30 年代前后中国社会发展的方方面面，因此，小说的线索和结构呈现了多头并进和蛛网勾连的效果，其中有五条人物线索有明显的书写轨迹：吴荪甫所代表的民族资本家在内外交困的局面中试图发展民族工业的挣扎和苦斗；赵伯韬所代表的官僚买办资本家通过公债交易中"多头"和"空头"的运作掌控中国经济命运的投机与博弈；工人阶级为改变自身命运对资本家压迫的反抗与斗争；轰轰烈烈的农民革命与吴荪甫身后吴老太爷的仓皇逃窜；在革命大形势下无所适从的小资产阶级的苦闷与徘徊。这五条人物线索均由吴荪甫串起勾连，他既与赵伯韬等官僚买办资本家斗智斗法，也残酷镇压工人阶级的抗争，他是镇压农民革命的幕后操手，也与苦闷的小资产阶级们若即若离。但小说中写得最多也最好的还是吴荪甫和赵伯韬这一条斗争线索，这也符合《子夜》的创作主旨。如果说《子夜》的重心在民族资本家与官僚买办资本家之间的冲突，那《上海的早晨》则聚焦于工人阶级与资产阶级之间的矛盾。随着新中国政权的建立，国民党退守台湾，依附于国民党政权的官僚资产阶级土崩瓦解，民族资产阶级这个阵营在新中国的阶级和阶层版图中显得尤为尴

---

① 《茅盾选集·子夜》，417 页，成都，四川文艺出版社，1994。

尬。一方面，新中国政权需要民族资产阶级协助发展自己的民族工业，毛泽东在发表于 1949 年的《论人民民主专政》一文中把民族资产阶级作为当时阶段"人民"的一个组成部分："人民是什么？在中国，在现阶段，是工人阶级，农民阶级，城市小资产阶级和民族资产阶级。这些阶级在工人阶级和共产党的领导之下，团结起来，组成自己的国家，选举自己的政府，向着帝国主义的走狗即地主阶级和官僚资产阶级以及代表这些阶级的国民党反动派及其帮凶们实行专政，实行独裁，压迫这些人，只许他们规规矩矩，不许他们乱说乱动。"[①]在另一个报告中，他还强调："在革命胜利以后一个相当长的时期内，还需要尽可能地利用城乡私人资本主义的积极性，以利于国民经济的向前发展。在这个时期内，一切不是于国民经济有害而是于国民经济有利的城乡资本主义成分，都应当容许其存在和发展，这不但是不可避免的，而且是经济上必要的。"[②]另一方面，民族资产阶级自身的两面性和劣根性也是执政党不得不面对的问题。民族资产阶级虽然和帝国主义、官僚资产阶级有着本质的不同，但和工人阶级所存在的剥削与被剥削的关系是无法避免的事实。尤其在《子夜》中，茅盾深刻揭示出吴荪甫这样的民族资本家往往还有一个大地主的隐在身份，他发展民族工业的资本来源往往打上了农民被残酷剥削的血色，这也是这个群体无法推卸的"原罪"。作为一个长期与工农阶级有一定对立性的群体，虽然被作为人民内部矛盾对待，但执政党依然有对其进行社会主义改造的必要性。周而复创作《上海的早晨》的主旨正是反映了这一改造的过程。

《上海的早晨》分为四部，1952 年开始创作，第一部于 1958 年在《收获》上发表并于当年出版，第四部则在 1979 年冬天才发表，前后跨度长达 27 年。虽然周而复自称是以业余作者的起点开始创作，但他每一部都做了明确的目标设定：第一部写新中国成立之初民族资产阶级的猖狂进攻；第二部写共产党如何打退民族资产阶级的进攻并开始"五反"运动；第三部集中写民主改革；第四部写私营工商业的社会主义改造，即公私合营。整部小说的脉络实际上呈现了新中国成立后中国共产党对

---

① 毛泽东：《论人民民主专政》，《毛泽东选集》，第 4 卷，1475 页，北京，人民出版社，1991。

② 同上书，1431 页。

民族资产阶级的改造全过程，小说结构庞大谨严，人物线索众多，呈现出厚重的历史感。而在众多的人物线索中，棉纺厂主徐义德及其一家人的命运纠葛是其主线。小说的开头颇有意味：

> 一辆黑色的小奥斯汀汽车远远驶来，在柏油路上发出轻轻的唑唑声。马路两边是整齐的梧桐树，树根那部分去年冬天涂上去的白石灰粉已开始脱落，枝头上宽大的绿油油的叶子，迎风轻微摆动着。马路上行人很少，静幽幽的，没有声息。天空晴朗，下午的阳光把法国梧桐的阴影印在柏油路上，仿佛是一张整齐的图案画。小奥斯汀穿过了横马路，降低了速度，在梧桐的阴影上开过来。[①]

这段描写很难不让人想到茅盾《子夜》中开头的第二段：

> 这时候，这天堂般五月的傍晚，有三辆一九三〇年式的雪铁龙汽车像闪电一般驶过了外白渡桥，向西转弯，一直沿北苏州路去了。

都是写上海，都是以汽车的行驶开始，1930年式的雪铁龙载着吴荪甫迎接从家乡双桥镇出来躲避农民革命的吴老太爷，黑色的小奥斯汀则载着沪江纱厂的副厂长梅佐贤向厂长徐义德报告转移资产到香港的事项。从吴老太爷到上海的那一刻开始，意味着吴荪甫所营造的双桥王国已经划开了一道口子，他的事业将接二连三地出现裂缝，甚至濒临坍塌；而从梅佐贤与徐义德关于转移外汇的谈话开始，徐义德与上海新政府之间的恩怨纠缠露出端倪，一场关于民族资产阶级的社会主义改造大剧就此拉开序幕。《上海的早晨》从上海资本家对红色政权的疯狂反扑开始写起，徐义德狡兔三窟，"上海办大厂，香港设小厂。国内有变化，棉纱换美钞。进可以攻，退可以守"[②]。他的小舅子朱延年则重开福佑药房，一开张就腐蚀了前来上海买药的苏北卫生处采购员张科长。尤其当他的外勤部长夏世富望着张科长乘坐的车远去感叹道："经理，张科

---

① 周而复：《上海的早晨》，1页，北京，人民文学出版社，2005。
② 周而复：《上海的早晨》，1页，北京，人民文学出版社，2005。

长和初来时不一样了。"朱延年兴奋地对夏世富说："那当然，不管老干部、新干部，只要他跨进福佑药房，我就有办法改造他们的思想。""改造"一词用得颇有讽刺意味，一部以改造民族资本家为主旨的小说竟是从民族资本家改造（其实是腐蚀）共产党的干部开始。由此可以想见这场斗争的残酷性。

毛泽东虽然强调工人阶级与民族资产阶级的矛盾属于人民内部的矛盾，但也看到这种矛盾的尖锐性。所以他才会做出假设，假设这两个阶级的矛盾处理得当，那对抗性的矛盾就可以转化为非对抗性的，可以和平过渡；但如果处理不当，那内部矛盾有可能转化为敌我矛盾。应该说，从《上海的早晨》中对民族资本家这个群体的塑造来看，的确存在毛泽东所指出的这两种可能。小说中有个"星二聚餐会"，聚集了上海一批工商业的头面人物，而且还是会员制，对会员资格限制得很严。虽然其中有个别资本家还比较进步，但绝大多数试图以集体的力量来对抗中国共产党的改造，实际上成为站在共产党对立面的小团体。这个小团体实际的主导人物是徐义德，他也是小说塑造的重点。

从一开始徐义德把外汇转移到香港，小说就不断在呈现这个民族资本家的手段和能力。他通过收买驻厂税务员方宇获得内部消息在自由市场套取利润。当政府提倡统一收购棉纱使其无法在自由市场上活动时，他又提出"由政府供给资金、原料、包销产品，我们只问经营管理"，实际上以原棉不足为由在代纺的 20 支纱中掺 10％～15％ 的黄花衣，以次充好，赚取中间利润。当党支部和工会发觉产品的质量问题时，他又一股脑把责任推到花纱布公司头上去。小说的出色之处在于，周而复没有对民族资本家进行讽刺的漫画式书写和乐观的政治化图解，而是精心刻画出以徐义德为代表的民族资本家的商业手段、投机能力和复杂的精神世界。正是这些民族资本家的不简单，才呈现出对他们进行社会主义改造是一项复杂而艰巨的工程，进而呈现了社会主义新中国成立和成长的不易，从而填补和丰富了新中国文学的想象性书写。

周而复与茅盾一样，有着书写历史全景的野心，因而可以看到，与小说情节发展相同步的是政治历史事件在人物命运中的投射。尤其典型的是徐义德们在"五反"中的表现。"五反"是指 1952 年新中国成立初期，新政权为了打击不法资产阶级牟取暴利大肆进行严重腐蚀干部，破坏抗美援朝和国家经济建设的活动，在全国工商业中开展的反行贿、反偷税漏税、反盗骗国家财产、反偷工减料和反盗窃经济情报的运动。这是新中国成立后工人阶级同资产阶级的一场重大的阶级斗争，它的胜利，巩固了工人阶级和社会主义国营经济的领导地位，开始建立工人监督生产、参与管理的制度，为对私营工商业实行社会主义改造创造了有利条件。工人与徐义德们真正决定性的斗争是在"五反"运动中展开的。当工人商量请政府派出"五反"检查队进驻沪江纱厂，徐义德虽然慌张，但依然选择对抗。他首先安抚住家里的三个太太和儿子徐守仁，让他们一方面做好应付检查队的准备，一方面把家里存的100根金条分头保存。等到1952年3月25日，陈毅市长向全市人民作了争取"五反"运动彻底胜利的报告，他又赶紧起草了一份全是鸡毛蒜皮小事情的坦白书，试图蒙混过关。检查队真正进驻沪江纱厂，徐义德指示手下人停掉工厂伙食给个下马威，继而又以停进花衣来停工，甚至停掉工人的薪水。"三停"之后，愤怒的工人们在徐义德办公室的墙壁里发现了他私藏的200两黄金，击破了徐的阴谋。不仅如此，检查队还做通高级职员韩云程的工作，揭发了徐义德偷工减料的行为。杨建、余静们发动群众，瓦解韩云程、勇复基的心理防线，动摇梅佐贤、郭鹏，劝说徐的太太林宛芝，请马慕韩出面劝导，终于形成了与徐义德正面交锋的统一战线，最终在全场职工大会上让徐彻底坦白。小说细致的地方在于，把整个"五反"运动的宗旨、政策、做法、过程通过沪江纱厂这一角翔实地呈现出来，为新中国这一段复杂的斗争史留下了生动的"文献"。

同样站在无产阶级立场，茅盾写《子夜》时，民族资本家是与工人阶级完全对立的阶级，作者却以满是同情的笔调写吴荪甫的精明能干和斗争失败；周而复写《上海的早晨》时，民族资本家与工人阶级的对立属于人民内部矛盾，徐义德在作者的笔下却几乎是反动的形象，或者说几乎看不到作家对徐义德的内在同情。时代的差异肯定是一方面的原因。20世纪30年代的工人还没有真正成为历史舞台的主角，彼时的斗争主要还是发生于民族资本家与官僚资本家之间。20世纪50年代的工人阶级已经成为领导阶级，他们与民族资本家的斗争成为社会的焦点。另一方面，茅盾的写作虽然属于左翼写作，但他并不认同当时的革命文学作家把文学完全服从于革命的做法。他对吴荪甫命运的书写是因为其对时代走向的准确判断，并不是以左右笔下人物的命运来图解政治运动的走向。或者说，他认为《子夜》所呈现的社会状况正是彼一阶段中国的现实，他只是以现实主义的笔触完成了对这一社会现实的捕捉。也正因如此，他对吴荪甫的塑造是基于文学规律和情感体验的，所以，他一方面直言吴荪甫必然遭受的失败命运，一方面却不吝惜对其的赞美。《上海的早晨》在这方面则政治立场更为鲜明，按当时的国家政策，作为民族资本家的徐义德是人民群体中的一员，但也是处于人民内部矛盾的对立面。既然是对立面，作者的情感当然也是黑白分明的，他没有像茅盾对吴荪甫一样注入个人同情，而是细腻地刻画出徐义德作为资本家的逐利本性和爱玩弄手腕的老奸巨猾。虽然在"五反"运动中徐义德不得不向工人群体坦白了自己的所作所为，但那一切都是工人着力斗争的结果，而不是徐义德良善的体现，当然更不是政治学习的结果。

　　需要指出的是，虽然周而复的创作有明确的政治指向，但由于现实主义的呈现方法和细腻的书写现实的能力，在对资产阶级生活的描写上还是呈现出某种老上海的气息，反而使之在当时整个的创作氛围中显得与众不同。尤其是对徐义德与三位太太之间的情感，周而复的笔下充满温情。徐义德担心自己在"五反"运动中的命运，首先来安抚内院。他问三个太太，如果运动来了，要他徐义德还是要汽车洋房？大太太是结发夫妻，自然开口就是"讨饭我也跟你讨一辈子"。三太太林宛芝原是厂里打字员，嫁给徐后心存感恩，擦着眼泪说："没有汽车洋房，我踩缝纫机养活你。"二太太朱瑞芳出身大地主家庭，又给丈夫生了独子，向来娇惯，但是也说："我不说漂亮话。义德，我和守仁反正跟着你。"这种家庭的温情脉脉与工厂斗争的明枪暗箭形成鲜明对比，在一定程度上丰富了徐义德这个民族资本家的形象。当然，这也为这部小说在日后的政治运动中埋下了命运的伏笔。刘成才在《知识考古学与十七年小说研究》一书中提到："但小说中男欢女爱的浪漫情调、如歌如诉的清雅娇媚、潇洒感伤的精神状态、资本主义的生活方式、价值观念，无意中流露出对都市生活、意识、精神的娴熟乃至钟情的隐秘情怀。徐义德、朱延年在生活中的奢华放纵，徐家太太的争风吃醋以及男欢女爱，徐义德书房的雅致，这些与小资生活方式联系在一起的城市情调，在小说里以隐晦的形式出现，我们似乎看不到作家在创作时的厌恶与批评的意味，反而隐约地能从作家的描写中觉察到其中透露出几丝欣赏乃至羡慕的眼光。"①
虽然，作者从小说不露声色的生活描摹推导出作家内在"欣赏乃至羡慕"
的心理状态有过度解读之嫌，但能引起读者如此的阅读感受，至少说明
了即便政治觉悟如周而复，也没法在创作过程中完全抹杀自己的生活感
受和文学意识，这大概正是一个优秀作家的内在特质吧。

## 三、民族政策与少数民族文学的繁荣

中国是一个多民族国家，在汉民族文学发展的同时，少数民族文学
的发展脉络始终有迹可循。只是由于各少数民族地区的社会经济发展的
不平衡，少数民族文学的发展才呈现不同的阶段特点。在新中国成立之
前的近四十年，是所谓的中华民国统治时期。中华民国虽然在名义上统
一了中国，但国内军阀割据，相互混战，国外列强环伺，一触即发。这
些内忧外患，必然影响到国民政府所施行的民族政策。例如，中华民国
建立之初，孙中山提出"五族共和"，强调中国的五大族群"汉、满、蒙、
回、藏"和谐共处，同建同享中华民国，连国旗"五色旗"都直指这一民
族政策。应该说，"五族共和"思想在中华民国成立之初有非常积极的思
想整合作用，既淡化了早期同盟会提出的"驱除鞑虏"的"排满"理念，又
强化了以"中华民族"为指向的"大中华"观。蒋介石的南京国民政府成立
后，内忧继续，外患加剧，尤其是随着日本的全面侵华，国民政府的民
族政策更强调各民族源头的同一和血脉的相连。尤其在 1942 年以后，
蒋介石把此前常用的"民族"概念替换为"宗族"概念，他在 1943 年 3 月
发表的《中国之命运》一书，直接将中国境内各民族称为"宗族"，认为中
国境内各民族都属炎黄子孙后裔，各族之间更多的是宗教、生活习惯的
差异。应该说，特定历史条件下的这种民族政策在抵御外侮的特殊阶段
有一定的进步意义，尤其在凝聚各族力量共同抗日的历史关头起到了相
应的作用。但不可否认的是，不顾各民族的历史发展和民族之间的内在
差异，是另一种形式上的"大汉族主义"，无法真正做到中华民族的大团
结和大发展。

---

① 刘成才：《知识考古学与十七年小说研究》，166 页，北京，中央编译出版社，2016。

正是在这种背景下，中国共产党在中华人民共和国成立的前后，在充分考虑中国国情和各民族历史文化差异的前提下，制定了一系列促进各民族团结和发展的相关政策。如在第一届中国人民政治协商会议上，通过了《中国人民政治协商会议共同纲领》，确认实行民族区域自治为解决国内民族问题的基本政策，确定了中国境内各民族的平等地位和平等权利。新中国成立之后，政府进一步规定：国家保障各少数民族的合法权利和权益，维护和发展各民族的平等、团结、互助关系。禁止对任何民族的歧视和压迫。在国家的统一领导下，各少数民族聚居的地方实行民族区域自治，设立自治机关，行使自治权，使少数民族人民当家做主。

这种积极的民族政策极大促进了少数民族地区的发展，也刺激了具有民族特色的文学创作的繁荣。当然，在少数民族文学的界定上学界有一定的分歧。限于篇幅，我们不做学术史的梳理，但有几个关键性问题需要厘清。其一，少数民族文学的作者肯定是具有少数民族身份的作家。我们诚然不缺少汉族作家书写少数民族生活的创作，但无论他们怎样从所写对象的民族立场出发来写作，都无法抹去外来者的内在视角。虽然他们的创作是一种有价值的观照，但不在本文所论述的范畴内。其二，少数民族文学的内容应该是呈现少数民族地区或少数民族群体生活的。比如老舍，出生于满族正红旗家庭，但他在十七年期间所创作歌颂抗美援朝人民志愿军英雄战士的《无名高地有了名》，虽然生动、真实，却不能纳入少数民族文学来考察。① 有学者还提出，少数民族文学的概念是相对汉族文学形成的，"因此具有汉族思维和汉族特色的作品不是少数民族文学，少数民族文学不包括虽具有少数民族族属身份但在作品中没有展现民族意识和民族特质的作家的作品，比如具有蒙古族身份的李准、具有满族身份的王朔、具有回族身份的池莉、具有仫佬族身份的鬼子等的作品就不应该属于少数民族文学"。沿此逻辑，"具有少数民族族属身份的作家，早期写作的作品没有少数民族意识和少数民族特质，

---

① 李云忠：《中国少数民族文学史（小说卷）》，北京，人民文学出版社，2016。在本书中，作者把老舍作为重要的少数民族作家来研究，尤其是十七年文学部分，专门阐释了老舍的《无名高地有了名》。其根本原因还是对"少数民族文学"概念界定的问题，这里作者的界定过于宽泛，他把只要是具有少数民族身份的作家的创作，都算作是少数民族文学。

那么他们早期的作品就不是少数民族文学"①。在笔者看来，作家在创作中所使用的是汉族思维还是少数民族思维，是否具有少数民族意识和少数民族特质，这些都是对作品研究以后的结果，一开始是无法判断作品是否具有上述特质的。而且所谓的汉族思维还是少数民族思维，所谓的有无少数民族意识和少数民族特质，是非常主观的判断，是先预设了一个所谓的汉族思维和汉族意识，才以此为标准去推导作品离这种特质的远近。甚至可以肯定地说，去界定汉族思维和汉族意识本身就是一项无法完成的工作，更何谈界定在此基础上的"少数民族意识和少数民族特质"。即便一个少数民族作家在表现本民族生活的时候浸染了汉族思维，这难道不是一个值得研究的文学现象吗？当你用汉语写作时，你能保证可以完全把汉族语言和汉族思维切割开来而原汁原味地表现本民族生活吗？因此，在笔者看来，我们没必要去斤斤计较作家创作有无少数民族意识和少数民族特质，只要是少数民族作家用创作去呈现本民族的社会生活，就可以纳入我们的研究范围。

"认同"是十七年文学中少数民族小说创作的核心指向。虽然新中国的成立实现了近代以来中华民族前所未有的统一，但国民党一些被打散的残部和大量潜伏下来的特情人员活跃在少数民族区域，试图利用民族问题来分裂中国边疆，试图寻找机会煽动内乱。因此，如何引发少数民族人民对新生的中华人民共和国的真正"认同感"，显得尤为重要。新政府在政治、经济、文化上的一系列举动也是为了强化这种"认同感"，以实现中华民族的真正团结和统一。这一时期的少数民族小说创作也从各个层面呈现了新中国唤起少数民族人民"认同感"的努力。正如一些学者所指出的："不可避免地，这一时期的少数民族小说，在文化身份叙事方面，也表现出了极其鲜明的一体化倾向：都纷纷认同新的制度文化身份，尤其是认同新的政治文化身份，从而以文学的方式，为建设社会主义国家尽到自己的一份努力，也为建构国家层面的'民族共同体'——多元一体的中华民族——作出自己的一份贡献。"②这种"认同"书写首先体现在对政治政策的"认同"上。在十七年特定的历史氛围中，能够被关注

---

① 杨彬：《当代少数民族小说的汉语写作研究》，北京，中国社会科学出版社，2018。

② 朱斌、赵倩：《一体化身份认同与政治文化——"二十七年时期"民族小说的文化身份研究之一》，载《西南民族大学学报》(人文社会科学版)，2012(6)。

---

的少数民族小说创作，首要遵循的是政治性原则。或者说，这类小说首先要表现的是在中国共产党的民族政策下，各少数民族人民对祖国的回归和新生。在这方面，李乔的长篇小说《欢笑的金沙江》第一部《醒来的土地》颇具象征意味。李乔是彝族人，出身佃农，青年时流浪各地，抗战中参军抗日，解放战争时期参加中国共产党领导的游击队，新中国成立后参与了金沙江边彝族地区的民主改革工作。由于李乔的彝族身份和特有的生活经历，他成为彝族小说创作的开创者和集大成者，尤其是长篇小说《欢笑的金沙江》被称为"彝族人民翻身解放的史诗"。在第一部《醒来的土地》中，小说一开始就写到，解放军在解放了成都平原后，来到金沙江边，要解放江对面的凉山地区。因为此前一部分胡宗南的残部逃入了凉山，他们一方面散布诸如"共产党吃鸡不吃蛋，杀彝不杀汉"的谣言，一方面封锁金沙江岸，让想渡江参加共产党的彝族百姓无计可施。于是摆在解放军面前的路只有一条，就是打过金沙江，消灭国民党残部，解放凉山。这本就不是一个多大的难题，国民党百万部队都被消灭了，一股残匪算得了什么。小说以如何渡江为开端。反对武力渡江的是主人公丁政委，丁政委是当年红军长征过凉山的时候随着革命队伍出走的彝族小伙，当他回到家乡，应该做的第一件事就是带着队伍进入凉山，帮助他的同胞们获得解放。但作为一个彝族人，他深深知道，由于多年来的汉彝隔阂，以及国民党在凉山地区对共产党的负面宣传，即便武力渡过江去，也只能形式上解放凉山，而消除彝族人内心对汉族人和共产党人的隔阂，才是目前最重要的工作。于是丁政委坚决主张政策先过江，让彝族人先来接触，再通过彝族百姓的力量解放凉山。就在大家一致认为丁政委"政策过江"的主张难以实现，甚至有人批评他有些"右倾"的时候，陆陆续续有对岸的彝族人偷偷过来接触，其中既有他的母亲，也有他儿时的伙伴。最终，一批批彝族人冲破阻力渡过江来，他们帮助解放军一举扫除国民党残部，彻底解放了凉山。正如李乔在小说的自序中所写的：

> 我们带着共产党毛主席的民族政策，带着全国人民对凉山彝族
> 兄弟的关怀，不远千里来到金沙江边了。这时，我们有十分足够的
> 力量可以过江去，由于历史上遗留下来的民族隔阂还在，我们暂时

没有过江。但伟大的党的民族政策却飞过金沙江，飞过那些悬崖峭壁，飞过那些深山老林，深深印在彝族人民的心中，给他们带来从来没有过的激动和喜悦。他们痛恨那些欺骗他们的魔鬼，把共产党毛主席当做他们的大救星。靠了党的民族政策，我们把彝族人民千百年来结在心上的疙瘩解开了，凉山人民回到祖国的大家庭里来了，毛主席的光辉照到凉山上，彝族人民感受到从来没有过的温暖。

所谓的"政策过江"其实就是如何用非军事手段获得少数民族民众的真正认同，这种"认同"不仅仅是认同共产党的政策和做法，更是认同原本作为边缘人的"自己"真正成为新中国的主人。丁政委这个已经成为主人、获得身份认同感的彝族人，和他试图让他的族人一起"认同"的做法成为小说表现的核心。有意思的是，在小说的开篇部分，金沙江对岸流传着丁政委是假彝族人的谣言，直到大家都相信他正是十几年前跟着红军从凉山走出去的彝族小伙时，彝族人内心的坚冰才开始化解。从这个意义上说，这部小说演绎的就是彝族民众对新中国从"假认同"到"真认同"的过程。小说的第一部原本就叫《欢笑的金沙江》，李乔也没想过写续篇，由于后来看到凉山翻天覆地的变化，作为被这些成就激动的彝族人，他动手写下了第二部、第三部，并把这三部分别命名为《醒来的土地》《早来的春天》和《呼啸的山风》，它们一起合称为《欢笑的金沙江》。三部系列长篇完整地呈现了新中国成立以来彝族民众在党的民族政策指导下改造自己的政治生活和民生的过程，从而被称为"彝族人民翻身解放的史诗"。

其次，相当一部分少数民族小说体现了新中国复苏和发展少数民族地区经济的努力，从而把少数民族对新中国的"认同"落到实处。国民党政府民族政策的最终失败，一方面有特定的历史原因，另一方面则是因为少数民族并没有从政府方面获得真正的实惠，或者说，所谓的民族平等、各族团结更多体现在文字或口头上，各民族的经济贫困并没有得到真正解决。重视经济建设也是中华人民共和国成立后政府能够迅速解决民族问题的关键。祖农·哈迪尔的《锻炼》是这一类创作的代表。祖农·哈迪尔是维吾尔族作家，出身于贫苦阶层，对新疆维吾尔族农村有深切的了解。新中国成立后，为了发展农村经济，国家推出农业合作社，并通过了《关于农业生产互助合作的决议》。当农村合作化运动在新疆地区开展后，祖农·哈迪尔主动扎根农村，感受党的合作化政策给边疆带来的巨大变化，并创作出短篇小说《锻炼》。小说以游民麦提亚孜在合作化运动中的成长为中心，呈现了这一时期维吾尔族农村的经济生活。区别于很多作品中对无用的好人的呈现，小说中的主人公麦提亚孜是一个有用的好人。他为人和善、忠厚，爱说俏皮话，与人关系不错；他聪明有能力，修鞋、打铁、理发、做家具什么都行，算是一个出色的手艺人。但就是这样一个有用的好人，混了大半辈子还过着食不果腹的游民生活。一方面固然是因为本身的懒惰所致，这是他的致命缺点，另一方面则是他所处的维吾尔族农村在解放前极端落后，小农经济的生产方式除了让极少数富人通过剥削农民能吃饱外，绝大多数人都处于贫困的境地。新疆地区解放后，国家在农村推行土改，农民都分得土地，但懒散了半辈子的麦提亚孜依然过不好自己的生活。在这种情况下，互助组长艾木拉不顾其他人对麦提亚孜的成见，毅然把他吸纳进自己的互助组。从互助组到后来的合作社，艾木拉始终没放弃麦提亚孜，始终以极大的热情劝导、教育、帮扶他。其实麦提亚孜内心有着对美好生活的向往，在组长的关怀下，在其他组员的温暖下，在党的政策所给予的可能下，他发生了彻底的改变，他通过努力证明了自己可以成为一个合格的社员，他也通过努力获得了幸福的家庭。小说以一个农村的例子微缩地呈现了整个少数民族地区在党的民族政策和经济政策下发生了翻天覆地的变化，从而引发了少数民族民众对新政权的真正"认同"。这样的例子在维吾尔族作家柯尤慕·图尔迪、蒙古族作家玛拉沁夫的创作中也均有呈现。在《吾拉孜爷爷》中，哈萨克族老人吾拉孜爷爷不顾年事已高全心带领各族青年修建水渠；在《暴风在草原上呼啸》中，巴拉珠尔先是牧民，后做战士，最后又成为出色的工人，为改变自己深爱的草原释放着青春和热情。

再次，与各少数民族新生相伴的"成长"书写成为少数民族小说创作中不可或缺的内核。十七年时期是新中国从起步到成长的重要阶段，作为与新中国一同成长的文学创作，"成长"自然是各类文学题材无法避免的主题。贺仲明就提出，"在 20 世纪中国文学史上，'十七年'是一个比较特殊的时期。这在根本上缘于其独特的现实文化环境——新生共和国的诞生和成长是'十七年'最基本的身份特征"①。比如此前提到的《欢笑的金沙江》，凉山地区作为彝族的一个聚居区，当时人口将近 100 万。在 1953 年之前，他们备受历代统治者的压迫和摧残，聚居于深山老林中，过着奴隶社会的生活。是新中国的成立，带动他们从奴隶社会走向社会主义社会，这是一个民族的成长。同样，在祖农·哈迪尔的《锻炼》中，麦提亚孜从一个年届四十还依旧单身，一个饥一顿饱一顿的流浪手艺人，变成一个出色的合作社社员，拥有了幸福的家庭生活，这是个人的成长。无论是民族的成长还是个人的成长，都在共同指向新中国的成长。"成长"叙事实际上也是"认同"书写。而这方面表现最为出色的是玛拉沁夫的长篇小说《茫茫的草原》。

蒙古族作家玛拉沁夫 15 岁就参加了八路军，他完整见证了蒙古族人民为了自由、幸福而不断抗争的历程。在小说一开始，作家就以一段极具隐喻意味的描述呈现了一个处于水深火热亟待新生的蒙古草原："一千九百四十六年的春天，察哈尔草原的人们生活在多雾的日子里。每天早晨，浓雾湮没了山野、河川和道路，草原清净而凉爽的空气，变得就像马群踏过的泉水一样，又混浊又肮脏！人们困惑、焦急地期待着晴朗的夏天。"玛拉沁夫有为蒙古族解放斗争写史的野心，但他坚守的又是文学的立场，始终围绕主人公铁木尔的成长来呈现一个民族的成长。自幼失去父母的铁木尔，他自小的理想是成为"肯吃苦、有耐性、枪法好、胆量大、能沉着"的好猎人，想过"多打几只野物多喝几壶酒，少打几只野物少抽几袋烟"的自由生活。但随着年龄的增长，生活教会了他去思索，他"一方面看到的是困难的民族、贫困的人民，一方面是那不平等的社会和欺压人民的势力"，他开始抱定为自己民族摆脱苦难而大干特干。但具体如何"大干特干"，他并不知道。铁木尔是草原之子，是天生的草原英雄，但小说的重点不在他的身体成长和个人能力的成长，而着重于他的精神成长，即如何找到自己的人生道路，抑或说，如何找到蒙古族人民的解放之路。与《欢笑的金沙江》不同之处在于，丁政委一出场已经是一个成长完成的英雄，他所要做的是以他成长的经验来带他

---

① 贺仲明：《新民族国家与"十七年文学"的身份认同——论"十七年文学"的现代性品格》，载《文史哲》，2006(1)。

的凉山同胞走出困难。而《茫茫的草原》重点书写的是铁木尔的成长过程。虽然从小说一开始铁木尔就在情感上倾向八路军,但他始终无法理解中国共产党胸怀天下的理想,他不能接受八路军中没有蒙古族人,他不能理解八路军解放蒙古的策略,以为他们不是真心为蒙古族人,他忍受不了八路军中严格的纪律,小说正是以大量篇幅呈现了铁木尔如何从一个追求自由的个人英雄主义者变成一个优秀的党的革命战士的历程。无论是上部中的女政委苏荣、骑兵队长官布,还是下部中在监狱里认识的周政委,都成为他成长中的引路人。

总之,无论是工业题材、民族资本家的书写,还是少数民族文学的呈现,所谓"新题材"也并不是全新的;说它们"新",一是因为此前文学书写过于零碎,二是因为它们是真正与新中国的成长同时繁荣起来的,它们所浸染的是新中国的精神风貌和意识形态。进一步说,新中国十七年的成长史真正在这些作品中得到了全面而深刻的反映。

# 第四章
# 跨代作家的转型

　　1949 年 7 月，第一次全国文艺工作者代表大会在北京召开，这标志着曾经在解放区和国统区的两支文艺工作者队伍会师。这支新融合的队伍大都是卓有建树的文艺家，他们在新中国成立前就已经享誉文坛，形成了自己的风格和文坛地位。但在新的时代，他们都面临着相似的问题——如何在新中国继续书写辉煌，书写伟大的时代。而最紧要的任务就是书写人民共和国的伟大诞生及其成长，这是他们作为文学工作者的任务和使命。

　　"所谓跨代作家，简而言之，就是横跨中国现当代文学两个时段的作家。一指其自然生命和文学创作活动延续到 1949 年以后很长时间，甚至一直延续到八九十年代；二指其在现代成名，当代仍然处于文学圈子里且有显在的文学影响。"[1]就出席第一次文代会的情况看，符合这一条件的作家不在少数，郭沫若、茅盾等跨代作家仍然是这支新队伍的领导者和主力军。作为文艺

---

① 刘勇、姬学友：《20 世纪中国文学整体观的实践难题》，载《文学评论》，2007(3)。

工作者而言，"跨代"作家正值精力旺盛、思维活跃的人生"黄金期"；他们有经验，有阅历，是书写共和国成长历程的最佳人选。

但跨代作家也面临巨大的挑战。新中国的成立是一场空前重大的历史伟绩。新中国成立后政治制度、社会环境、意识形态都发生了巨大变革，在这一根本变革下，文学制度、文学规范、出版机制和文艺理论都有不小的调整。而与之相称的作家身份、社会地位和生活条件都在变化。跨代作家尽管正值中年，处在人生和创作的黄金期，但能否适应这种变化是摆在他们面前的最大考验。郭沫若、茅盾、老舍、巴金等作家已经经历过现代文学阶段的几次文艺转型，他们在社会大潮中调整自身，充当文学变革的先锋者和中流砥柱，这是他们被时代铭记的原因。而 1949 年的这次变革，从某种程度上而言远远超过了 1919 年或者 1928 年，因此他们能否再次扬帆远航，在时代的大潮中建功立业实属难测。但站在今天的角度看，跨代作家们在适应环境和转变自我方面都做出了很大的努力，他们尽力做出改变，调整心理，学习新的文艺思想，尝试着改变自己的风格，寻找着自己的位置，发挥自己的光和热，为共和国文学做出贡献。

尽管他们全都心系文学，且在新中国成立前已成就斐然，但他们在新中国成立后的调整不尽相同，适应能力也有所差别。大体而言，在转型中呈现三种类型：以郭沫若、茅盾、曹禺、老舍为代表的多重身份的转型；以巴金、孙犁、丁玲、艾青为代表的艰难的复出群体；以沈从文、萧军、林语堂、徐讦为代表的沉寂或消失的一批作家。

# 一、作家多重身份的交织

第一种类型的跨代作家以多重身份为典型特征。新中国成立后，他们在政界或文艺界担任了重要领导职务，同时依然笔耕不辍，心系文学。

其实作为知识分子的一部分，作家自古以来就有建功立业的传统。新中国成立后，他们肩负着共和国委托的重任，承载了新中国文化建设和精神文明的职责；他们从自己擅长的工作做起，制定和宣传相关文艺政策。这种类型的跨代作家往往身份多重，在共和国多种工作岗位贡献力量，但他们在繁忙的管理工作之余，继续从事和文学相关的活动。最具典型性和代表性的是郭沫若、茅盾、曹禺和老舍四位作家，他们从不同方面诠释了多重身份的跨代作家。

郭沫若早年加入中国共产党，从文学创作初期他就兼具诗人和政治演说家的双重气质。新中国成立后，郭沫若承担了更多的政治任务，如政务院副总理、政协副主席、人大常委会副委员长、中国科学院院长……从这些头衔不难看出郭沫若的职务之高，责任之重。他不仅是文艺界的领导，更是政界要人，这就决定了郭沫若要肩负更多的使命和任务。这些身份的赋予当然是党和国家给予他的信任，是莫大的荣誉，但同时也是巨大的责任。共和国成立伊始，百废待兴，需要有能力的领导者整合文艺界，打造一支文艺新军。郭沫若身上的重担可想而知。

事实上，中国作家抑或是中国文人自古就有学而优则仕的传统，仕是知识分子的责任和追求，是知识分子兼济天下的使命。郭沫若早就有人是"政治的动物"的观点，他认为作家是脱离不开政治的，他说"离开了政治的要求，人类便只好是动物而已"①。在他看来，文学与政治要亲密无间。

郭沫若十七年时期写了大量的作品，这些作品尽管具有政治色彩，但其文学性和艺术性更为醒目。郭沫若的创作主要有以下几个部分：

首先是诗歌，主要是对新中国的歌颂。郭沫若是中国新诗的缔造者，新诗对他来说运用得得心应手。新中国成立后，郭沫若率先用诗歌歌颂共产党、歌颂毛泽东。《新华颂》《毛泽东的旗帜迎风飘扬》，都是郭沫若以极大的热情对新中国的赞歌。除此之外，他还注重诗歌的宣传功能和政策推广功能，《学文化》《防治棉蚜歌》在农民工人中广为流传。他最杰出的诗歌是《骆驼》，表现了新中国成立后诗人所展示的新生活。诗人这时心目中的骆驼是"有生命的山"，"导引着旅行者走向黎明的地平线"，并引导旅行者"渡过了灾难"。

其次，郭沫若写了两部大型历史话剧：《蔡文姬》和《武则天》。戏剧也是他的当行本色，《蔡文姬》这部历史剧是比较成功的。它不单写活了蔡文姬，更把曹操写得有血有肉。在剧中，郭沫若"替曹操翻案"，而且

---

① 郭沫若：《郭沫若集外序跋集》，成都，四川人民出版社，1982。

翻得很成功。曹操历来被视作奸雄，是"宁教我负天下人，休教天下人负我"的小人，是"挟天子以令诸侯"的奸雄。但在郭沫若的剧作里，曹操雄才大略，堪比一代雄主，是中国古代最具个性和特色的政治家，在中华民族的团结和发展文化建设方面有很大的历史贡献。《武则天》同样是塑造了有历史争议的人物，体现出郭沫若新中国成立后戏剧的总体倾向——运用马克思主义历史观，以历史为题材，为新中国服务，对人民进行历史主义的教育。

第三是文学评论。郭沫若将其新中国成立后的文学评论编为《雄鸡集》(1959 年)，他用评论的方式引导文坛。雄鸡也因此成为郭沫若一种象征，即像一只总是高昂着头的雄鸡，见到太阳，就唱赞歌。这种说法刻画出新中国成立后郭沫若集"歌颂"与"战斗"于一身的"雄鸡"形象。

歌颂新中国以及共产党是当时知识分子的普遍心声，更是作家对新中国成立以及共产党艰苦卓绝奋斗的自有情感。由于较早加入中国共产党，郭沫若亲身参与了这项伟大事业，更明白其中的艰苦和伟大。面对新中国成立的伟绩，只有歌颂才能体现出那个红色时代的精神气质。新中国成立后，相对而言，郭沫若作家的身份退居次要位置。面对新中国成立后的局面，建设新文艺、歌颂人民共和国是全体文艺工作者的应有之义和紧要任务。

邓小平在郭沫若的悼词中说他"是继鲁迅之后，在中国共产党领导下，在毛泽东思想指引下，我国文化战线上又一面光辉的旗帜"。这可以视作党和国家对郭沫若所做工作的最高肯定。

新中国成立后，茅盾也身兼数职，他同样是多重身份的跨代作家，但茅盾的情况和郭沫若不尽相同。茅盾并不像郭沫若那样坚持政治和文学的一致性，他始终纠结于文学与政治的关系——正如他的笔名。在茅盾的回忆录《我走过的道路》里，有一节的标题是"文学与政治的交错"。某种程度而言，文学和政治分别占据了茅盾新中国成立前后两个阶段。学界一般以新中国成立为坐标，将新中国成立前作为小说家的茅盾和新中国成立后成为文化部长的沈雁冰区分开来。

茅盾似乎始终在文学和政治之间挣扎，但这种挣扎其实只是文艺范畴内部的犹豫，他对政治的理解从未动摇，从来没有容忍过那些试图篡夺文学的美学作用的宣传。

新中国成立后，茅盾是文化部长，是新中国文化部门的最高行政领导。他明白自己肩负的使命和重担。为新中国的文艺事业保驾护航，为文学艺术工作者指引方向他责无旁贷。因此，将国家意志和文学艺术协调统一是茅盾在新中国成立后的主要工作。在这一点上，茅盾从未有过犹豫，他坚守了文化部长的职责，同时也为文学做出了贡献。

茅盾未能像郭沫若那样产生大量作品，这的确是令人遗憾的。1949年，茅盾53岁，正值阅历和经历的巅峰，但这样一位现实主义小说的大师却未能继续创作出《子夜》那样的小说。茅盾自己坦言："当时实未料到全国解放的日子来得这样快，也未料到解放以后我会当上文化部长，忙得没有了创作的时间，更未料到……写抗战时期那些资产阶级、小资产阶级知识分子的故事，将被视为不合潮流。"①

这段话透露出诸多缘由：职务繁忙是最明显的客观存在。新政权建立伊始，百废待兴，身为领导干部的茅盾自然有大量的工作要做。而他熟悉的内容和他所参与制定的文化方针又相左。此外，他的适应能力也遇到了问题。毕竟年近半百，转换思路，调整创作风格殊为不易。尤其是他写小说历来以宏伟的全景把握为主要特色，如《子夜》，就是建立在他对20世纪30年代总体的准确把握之上的。他可以从容不迫地写出新中国成立前中国的社会全景，可以把握事物发展的总体趋势。但新中国成立后，改革日新月异，年过半百的茅盾已经力不从心，他无法建构新中国的全景图。既然做不到胸有成竹，那索性封笔不写。

身为文化部长，茅盾不再属于自己。他是文艺方针的实施者，他必须将自我的部分牺牲掉，以全力带动文艺政策的落实。事实上，茅盾无形中成为标杆，他既要推进党和国家的文艺政策，又要接受数以万计的作家的反馈。许多场合茅盾需要以文化部长的身份出现，宣传和解读文艺政策，引导和指引作家们的创作方向，调整和协调创作方法和创作领域。

实际上，作为一位创作经验丰富的作家，茅盾懂得艺术的发展规律和创作情况，明白好的作品需要作家的个性。但作为文化部长，他必须强调文艺的发展方向，从共性上来要求作家。当他从具有独立个性的作

---

① 茅盾：《我所走过的道路》（下），634页，北京，人民文学出版社，1997。

家立场看问题时，其见解常常是切近文学自身规律的；当他从政府官员的立场看问题时，明知其主张背离了文学艺术的自身规律，却也难以顾及。

新中国成立前茅盾擅长长篇小说，但新中国成立后，茅盾创作长篇小说的时间很难保证。他曾多次试图重操旧业，书写新中国的人和事，但却未能如愿。于是他改弦易辙，用旧体诗继续文学创作。作为新中国的领导干部，茅盾必须出席各种各样的政治活动，也难免需要用文学的形式进行表达。旧体诗短小轻快，却又不失文雅，是最佳的表达方式。新中国成立后，茅盾走访多国，为了歌颂国家间的友谊，茅盾写了《祝日本前进座建立三十周年》《西江月·为日本蕨座歌舞团作》《听波兰少女弹奏肖邦曲》《访玛佐夫舍歌舞团》等诗词。这些诗词体现了茅盾精湛的旧学功底，展现出现代小说大师的另外一面。

新中国成立后，茅盾最主要的文学影响体现在他对文艺机制的建构和文艺评论两个方面。

文艺方针的制定是茅盾作为文化部长的职责和使命。新中国成立后，茅盾不仅对党的文艺方针、政策热情地宣传，而且对新中国文艺理论的发展也有自己的创新和贡献。影响巨大的"两结合"方法实际就是由茅盾最早提出的。毛泽东肯定了茅盾的提议，"两结合"的创作方法在文艺界引起广泛讨论，并涌现出许多实践"两结合"方法的作品。茅盾认为"两结合"是"我国文艺工作者努力探索并运用于创作实践的唯一正确的指南"。他称赞"毛主席的诗词是革命现实主义和革命浪漫主义相结合的崇高的典范"[①]，并把"革命现实主义和革命浪漫主义的结合"单独列为一部分，对"两结合"进行了系统的论述，并深入比较了革命现实主义和革命浪漫主义的"两结合"。

在现代文学发展之初，茅盾对《小说月报》的革新令人称道。新中国成立后，作为文化领导者的茅盾将自己改革报刊的优势发挥到了极致。《文艺报》和《人民文学》这两大核心刊物均凝聚了茅盾的心血。《文艺报》的试刊工作不仅由茅盾亲自负责，而且他还是重要的作者和活动的参与者。后来《文艺报》成为中国作协的机关报。而《人民文学》的第一任主编

---

① 茅盾：《漫谈文艺创作》，载《红旗》，1978(5)。

也是茅盾，他充分发挥职业期刊人的专业优势，使得《人民文学》在短时间内成为国内文坛影响力最大的文学期刊。

新中国成立后，茅盾虽然没有长篇小说问世，但他的文学活动从未停止过。进行文艺评论是茅盾作为文化部长的业内职责，也是作为文学鉴赏家的当行本色。众所周知，现代文学初期，茅盾正是以文艺评论走上文学道路的，即使后来转向小说创作，他的文学批评也从未中断过。新中国成立后，茅盾以饱满的政治热情和敏锐的艺术眼光，写了大量的批评文章，其中包括《夜读偶记》《鼓吹集》《读书杂记》《关于历史和历史剧》等论著。据统计，茅盾新中国成立以来的文艺评论和理论文章，字数超过 100 万，可见其笔耕不辍的程度。

这些文艺批评显示出茅盾艺术家的气质和鉴赏家的修养，不但准确敏锐而且富有创造力。更难能可贵的是，以茅盾文化部长的身份，他的肯定或者鼓励对于文学青年而言是更大的荣誉。因此，茅盾的文艺批评不仅在文艺内部显示出巨大的价值，更在作家队伍、培育新一代作家方面显示出巨大的功能，如他对《百合花》的评价，对陆文夫的提携。

茅盾给予初出茅庐的茹志鹃极高的赞誉，他说《百合花》"是我最近读过的几十个短篇中间最使我满意，也最使我感动的一篇。它是结构严谨、没有闲笔的短篇小说，但同时它又富于抒情诗的风味"[1]。茹志鹃回忆道："我从先生（茅盾）二千余字的评论上站立起来，勇气百倍。站起来的还不仅是我一个人，还有我身边的儿女。"[2]作为一位跨代作家，茅盾引领新一代作家的功绩是无出其右的，在他的帮助下，许多青年作家得到帮助和鼓励，迅速成为新中国的优秀文艺工作者。

1981 年，茅盾病危，此时他仍然心系新中国的文学事业，将一生稿费 25 万元作为长篇小说文艺奖金的基金，设立了"茅盾文学奖"，这也成为新中国最高、最重的文艺奖励和荣誉。

1949 年，曹禺在中国共产党的协助下返回北京，回到祖国见证了新中国的成立。新中国也张开怀抱迎接了中国这位现代最杰出的戏剧家。

---

[1] 茅盾：《淡最近的短篇小说》，见《茅盾评论文集》（上），173 页，北京，人民文学出版社，1978。

[2] 茹志鹃：《忆茅公》，393 页，北京，文化艺术出版社，1982。

毫无疑问，曹禺是中国戏剧界的泰山北斗，在新中国成立之前他就以《日出》《原野》《北京人》等剧作盛名远扬；《雷雨》更成为中国话剧成熟的标志。新中国成立后，曹禺加入中国共产党，并被共和国委以重任。党和国家委任他为文联执行主席、戏剧家协会副主席、北京市文联主席、中央戏剧学院名誉院长、北京人民艺术剧院院长等职务。在跨代作家中，他也是多重身份的代表。

与郭沫若、茅盾不同之处在于，曹禺尽管身兼数职，但他最重要的工作仍然是戏剧创作。新中国成立后，曹禺从自由知识分子转变成为新中国的文艺工作者，他的世界观、人生观都发生了巨大转变。

众所周知，曹禺的戏剧种子主要基于童年和求学阶段的经历。他出生在天津一个封建官僚家庭，从小听曲观戏，传统戏曲对其影响颇深。成年后，他在南开又接触到西方戏剧，莎士比亚、契诃夫、易卜生、奥尼尔的剧作给他带来了新的世界。

新中国成立前，曹禺戏剧中的冲突主要用以表现家庭内部矛盾，在旧式大家庭中展现人物的情欲、个性、伦理以及命运等元素。随着新中国的成立，曹禺身兼数职，他接触到更广阔的生存空间，原有的家庭戏剧模式已经不能束缚曹禺的眼界和见识。此外，曹禺加入了中国共产党，他也自觉地用无产阶级、马克思主义世界观来寻找答案，解读生命。因为他是戏剧大家，文联常委，所以他的作品是新中国文艺路线的标杆，而曹禺也逐渐放弃了新中国成立前业已成熟的创作风格。

应该说，曹禺的转型是顺利的，至少比茅盾顺利。他的作品不再局限于家庭、个人的命运和冲突，而把眼光扩展到国家、民族之中。他不再纠结于命运的无常，转而用马克思主义认识世界。新中国成立后曹禺完成了他的最后三部戏剧：《明朗的天》《胆剑篇》《王昭君》。今天来看，这三部剧作依然保持了较高的水准。

《明朗的天》是一部写知识分子的戏剧。这部戏剧也可以视为曹禺对马克思主义世界观和无产阶级文艺观的接受之作，是曹禺转型的新起点。曹禺参加过协和医学院知识分子的思想改造运动，依此为蓝本，曹禺写出了《明朗的天》。剧作比较成功地运用马克思主义分析了燕仁医院的知识分子情况：第一类以江道宗为代表，是帝国主义的亲信，受美帝腐化，作者严厉批判了这类知识分子。第二类以何昌荃、宋洁方为代表，他们是剧中的正面典型，不断向党靠拢，清醒地认知到科学也具有政治性。第三类则是凌士湘，他埋头学术、不问政治，但在当时的情境中"第三类人"这种不问政治的态度显然是不负责任的。剧中凌士湘被坏人（贾克逊）利用，就显示出这种态度的危害性。全剧突出了当时知识分子需要思想改造的主题。这部作品虽然一度遭到质疑和批判，但毫无疑问剧本是值得肯定的：曹禺以戏剧的形式如实反映出了新中国成立伊始知识分子接受改造的内在心态和外部环境。

第二部作品《胆剑篇》是历史题材。剧本原名《卧薪尝胆》，主要讲述了吴越之战的历史。春秋无义战，但曹禺创造性地运用马克思主义历史观，把越王勾践视作正义的一方。勾践十年生聚，依靠人民最终打赢了这场战争。这部戏剧显然十分成功，剧情始终处于尖锐的矛盾冲突中，人物形象，对白感人，极富感染力。这部作品显然是具有现实意义的：1960年，刚刚成立不久的共和国处于困难期，人民缺衣少穿，曹禺之所以写勾践带领的越国百姓战胜强敌就是为了鼓舞人民的斗志。

《王昭君》也是一部历史剧，同样也具有相当明确的政治意图。曹禺说："我领会周总理的意思，是用这个题材歌颂我国各民族的团结和民族之间的文化交流。"[1]昭君出塞是著名的历史题材，在民族团结的主题下，曹禺将汉朝和匈奴的和亲视作进步，是促进民族团结的善举。昭君主动请行，不顾艰苦远赴大漠，完成汉朝的和亲使命，并以"长相知"劝解汉元帝，终使汉元帝摇身一变为开明雅量的君王，很大方地把昭君嫁了出去。而在匈奴一方，匈奴单于也希望和亲，真心迎娶昭君。匈奴百姓对汉朝使团，对昭君充满了好感。

从以上三剧不难看出，新中国成立后曹禺的戏剧创作依然保持了较高的水准，正如田本相在《曹禺剧作论》中所说的："解放后，作家不是缺乏热情，也并没有失去艺术才华。"

1949年第一次文代会上，面对600多名文艺代表，周恩来想到了老舍，"现在我们南北两路大军在这里会师了，只缺我们的朋友老舍先生，我已去电报，邀他赶快回来"。受到国家领导人的高度关怀，对老舍这样的一介文人来说就注定了新中国成立后的多重身份。新中国成立

---

① 曹禺：《曹禺全集》，第4卷，117页，石家庄，花山文艺出版社，1996。

后，老舍也被委以重任：除了全国文联副主席、北京市文联主席、全国人大代表、全国政协常委这些政务工作之外，老舍还有大量社团兼职。如果按照政治职务和社会兼职统计，老舍可能是同辈作家中最多的一位。虽然老舍也曾对担任过多行政职务有所抱怨，但其职务还是有增无减，其中许多职务和文学、文艺的关系不大。不过依照老舍的性情，既然身兼数职就要做好每一项职责。

在繁忙的工作之余，老舍每天都要挤出时间写作，"他起得很早，吃过早饭就开始写。……下午开会或者参加社会活动。晚上如果在家就又伏案工作。他从来不知道星期日和节日"①。刚开始老舍还能通过这种方法勉强挤出创作时间、兼顾公务与文学，后来随着职务的增多，老舍越来越难以做到二者兼顾了，在这种情形下，他想到的不是放弃文学，而是萌生了"弃政从文"的想法。他说："我从去年就打算辞去一切职务，专心写作，可是各有关方面都不点头。在这里，我再一次呼吁：允许我这样作吧！……我已经是五十八岁了，现在还不加劲写作，要等到何时呢？"

尽管兼具多种身份，会务政事缠身，但老舍新中国成立后的创作并未滑坡，在跨代作家中他是为数不多又迎来高峰的作家。事实证明，老舍要么是位善于在会务、政治事务中脱身的政治高手；要么是新中国成立前"文协"的经验让他能更自如地应对和处理各种具体事务。当然，他的"高质""高产"主要基于以下两个方面原因：

一方面，老舍拥有极大的创作热情。老舍回国后，涌现出极为高涨的创作热情。老舍回国后的转变，与他回国后看到的新中国新气象所产生的激动、兴奋、喜悦之情有很大关系，这也是许多老舍的同时代人和后来的研究者普遍认同的观点。当他回到阔别已久的北京，看到新中国、新首都日新月异的可喜变化，看到像他姐姐家那样的穷苦人家都真正翻身做了主人，心里自然是十分高兴的。因此，老舍保持了新中国成立前的高产，他笔耕不辍，堪称"文牛"。

另一方面，老舍对政治并不陌生，甚至在他内心深处对文学和政治并不是截然分清的。新中国成立前，老舍大多数作品刻意回避和政治的

---

① 胡絜青、舒乙：《散记老舍》，76 页，北京，北京十月文艺出版社，1986。

直接碰撞，但也不难看到文章中潜伏着他的政治理想——老舍谨慎地埋藏了政治意识，只是用幽默或者玩笑的话语来进行表达。新中国成立后，国家领导人的重视和新的民族政策的影响使老舍可以光明正大地谈论政治了。

1952 年，老舍写了《毛主席给了我新的文艺生命》一文，记述了他回国近三年的思想和创作情况，从中我们得知，他回国后读的第一本书就是《毛泽东选集》。"我首先找到了一部《毛泽东选集》"，"头一篇"读的是"毛主席《在延安文艺座谈会上的讲话》"。这样看来，老舍虽然在美国待了三年多，但回国后他还是迅速、准确地感觉和把握到当时国内的形势。更重要的是，从他的这篇文章来看，他对《讲话》规定的新话语系统表现出较为成熟的掌握和应用。他说自己读完《讲话》后，"不禁狂喜"，一下明白了"文艺是为谁服务的，和怎么去服务的"，他"决定了态度"，要"听毛主席的话，跟着毛主席走"。老舍说新社会让他"恢复了写家的尊严，可以抬着头走路了，可以自由地走路了，我的头不再发昏"[1]。他要加倍努力，为新社会写作，"这个变动太大了，我的喜悦也就变成一团火，燃烧着我的心，催着我写作"。"这团火"点燃了他的创作激情，他只恨"自己只有一只手会写字"[2]。此后，老舍就不停地挥着手中的这支笔，并结出累累硕果，为新中国成立初略显寂寥的文坛带来了生机和活力。

回国仅半年，老舍就开始创作一部反映北京解放前后鲜明变化的剧本——《龙须沟》，离别祖国 4 年，老舍比其他作家更强烈地感受到新中国的变化，这些变化反过来又激发了他对北京的热爱之情。"我爱北京，我更爱今天的北京——她是多么清洁、明亮、美丽！我怎么不感谢毛主席呢？是他，给北京带来了光明和说不尽的好处哇！"[3]老舍不满足于只看、只感受，他还要歌唱，"我热爱北京，看见北京人与北京城在解放后的进步与发展，我不能不狂喜，不能不歌颂"。

从选题角度而言，《龙须沟》是个绝佳的题材。周恩来总理从政治的高度对《龙须沟》给予了高度评价，认为这是党所需要的，他希望老舍继

---

① 老舍：《写于一九五零年十月十一日》，载《新民报》，1950-10-11。
② 同上。
③ 老舍：《我热爱新北京》，载《人民日报》，1951-01-25。

续写话剧，为人民服务，《龙须沟》之后，周总理似乎格外关心老舍的创作，几乎每次都看老舍剧作的彩排，还请毛主席看《龙须沟》的演出。北京的市民也对老舍的剧作表示出浓厚的兴趣，每次有老舍的剧作上演都争相观看。《龙须沟》使老舍真切体会到上至国家领导人、下到老百姓对他的鼓励和支持，"我受了感动，党鼓励我，人民鼓励我，这些鼓励使我不能不要求自己既要写得多，还要写得好"。老舍因此获北京市"人民艺术家"的光荣称号。

老舍自觉按照当时的理论指导创作。他歌颂新中国，歌颂新社会，叙写新人物，他说他要抓紧学习，诚诚恳恳地向人民学习。于是老舍沿着《龙须沟》的方向写下去，《春华秋实》《红大院》《西望长安》《女店员》《全家福》……他的许多剧作都是"赶任务"之作，可他不但不以此为苦，反以之为乐、以之为荣，"赶任务不单是应该的，而且是光荣的。别人不赶，我们赶，别人就没有成绩，而我们有成绩。赶出来的作品不一定都好，但是永远不肯赶的，就连不好的作品也没有。我们不应当为怕作品不好，就失去赶写的勇气和热情"①。老舍的"勇气"和"热情"实在不小，有时都把剧作"赶"在了"任务"前面。

老舍对政治的敏锐性在于他知道任务的所在，他了解政治，可以投入政治的洪流中，和刚刚成立的共和国一起激荡，也可以保持自己独立的思考。新中国成立后，老舍创作的高峰是《茶馆》和《正红旗下》。

《茶馆》是第一部走出国门的话剧，也是今天用以接待外国友人的戏魂国粹。1980 年，《茶馆》在欧洲巡演，整个活动历时近 50 天，访问了 15 个城市，在席勒、布莱希特和莫里哀的故乡共计演出 25 场，受到欧洲观众的热捧，被称作"东方舞台上的奇迹"。西方舆论普遍认为《茶馆》访欧，不仅是中国话剧舞台重新走向繁荣的证明，更"是中国逐渐地向世界开放的一个象征"。1983 年 9 月，北京人艺携老舍名剧《茶馆》赴日演出，25 天演出 23 场，大获成功，轰动全日本。这是中国话剧在日本的首演。本书写作的同时，《茶馆》又收到了当今世界三大戏剧节之首的阿维尼翁戏剧节的邀请，将在 2019 年 7 月 9 日至 20 日在剧场连演 10 场。这同样被视作大国外交的一部分。

---

① 老舍：《老舍文集》，第 16 卷，287 页，北京，人民文学出版社，1984。

《正红旗下》尽管未完成，但已经初具史诗气象。在小说中老舍通过各色各样的人物形象要告诉读者清朝是怎样由心儿里烂掉的，满族人是怎样向两极分化的，人民是怎样向反动派造反的，中国是一个何等可爱的由多民族组成的统一的大有希望的国家……如果老舍写完他的《正红旗下》，那么中国"文化大革命"前十七年的文学会出现一部真正的，不带任何政治色彩，不受当时政治干扰的伟大作品。即便只有八万字，也让我们看到了它辉煌宫殿的一角。

尽管老舍在新中国成立前已经是成熟的作家了，基本形成了自己的风格，但在新中国成立后，老舍的学习能力和融入新中国的勇气依然令人钦佩。在老舍身上能看到共和国的成长和挫折。

## 二、艰难的复出

郭沫若、茅盾、曹禺、老舍在新中国成立后身兼数职，但仍以不同方式影响中国文坛，虽然在他们身上也有过转型的艰难，但他们的困难或许源自多重身份：一方面是党和国家的机关干部（领导干部），一方面又是文学工作者。他们需要在多种身份中选择、平衡。尽管事务繁忙且有身份的焦虑，但总体而言他们一直活跃在新中国的文坛上。相比而言，巴金、孙犁、丁玲、艾青等作家身上都曾不同程度地出现一度消失而又归来的经历，艰难的复出也体现了跨代作家积极融入新中国的决心和愿望。

新中国成立前，巴金已经用小说奠定了文坛领袖的地位，他的"激流三部曲"影响了大量青年。新中国成立后，巴金也积极学习新的文艺政策，为新中国的文学事业贡献力量。他说："既然走上了新的道路，参加了新的队伍，就必须拿出全力跟着大队前进。"[1]巴金的确使出全力，他笔耕不辍，而且亲赴战场，在朝鲜前线和志愿军一起生活了两年。在新中国成立后十几年里，他写出大量散文，结集出版有：《新声集》《友谊集》《赞歌集》《华沙城的节日》《保卫和平的人们》《生活在英雄们中间》《大欢乐的日子》《倾吐不尽的感情》《贤良桥畔》等。主要表现朝鲜

---

① 巴金：《新生集》，1页，北京，人民文学出版社，1959。

战场志愿军的英雄事迹，歌颂新成立的中华人民共和国，记载中国人民和世界各国人民之间的深厚友情。这些成绩当然是显赫的，但正当巴金全力以赴抒写新中国的时候，突如其来的"文化大革命"打乱了他的生活。他不仅被剥夺了写作的权利，还被限制了自由。于是，一位泰斗级作家停止了写作。

然而，沉寂并不意味着消失，写作的停止并不意味着思维的停滞。在"文化大革命"的艰苦岁月里，巴金更能深入地思考，他更加关注人性和历史。他的沉寂反而让他更早地反思，这为他随后的复出奠定了基础。

复出是艰难的，这种艰难有年龄、身体等客观因素，也包括思想和精神的内在因素。但怀着对新中国的热爱，怀着对共和国的责任，巴金义无反顾地写出了《随想录》——这部足以超越《家》《春》《秋》的作品。巴金在艰难复出之后，迎来了他文学创作的又一个巅峰。

巴金最后一个创作巅峰主要是源于《随想录》的伟大。这一系列作品带有明显的反思性质，巴金在复出之后明显气质内敛，社会热点当然也在他的视野之内，但他聚焦之处却在人的思想层面。《随想录》记录了当时的思想解放运动的全过程，是一部社会史，也是一部思想史。这一系列作品按时间顺序包括五个主题词。

首先是"争鸣"，从社会热点中寻找题材，并发表自己的见解。其次是"探索"，在社会问题的背后继续探索，寻求背后的答案，因此进入深度反思。第三是"讲真话"，反思的难度不仅在于思维的能力，更来自讲真话的勇气。第四为"病中"，这一方面是实指（巴金和亲属相继生病），另一方面也在暗示——共和国正在遭受病痛。第五为"无题"，难以明说的主题即反思"文化大革命"，集中思考"文化大革命"的问题，提出了建立"文革博物馆"的建议。《随想录》凝聚着巴金谢幕期的沉思，是他一生智慧的总结。同时，文章又让我们感同身受地去体验这段历史，而又不断地提醒我们需要铭记这段历史，因为："不仅和我们有关，我看和全体人类都有关。要是它当时不在中国发生，它以后也会在别处发生。"

《随想录》的反思深刻而又尖锐，但其基调却不同于伤痕文学，巴金更多的是忏悔而不是控诉。因此《随想录》又被人称为中国的《忏悔录》。面对"文化大革命"，巴金首先审判的是他自己，他将自己送进灵魂的拷问室，他说："我不是为了病中消遣才写出它们；我发表它们也并不是在装饰自己。我写因为我有话要说，我发表因为我欠债要还。"①因此巴金在新中国文坛名声日隆，被称为"社会的良心"，这也是法国作家卢梭、伏尔泰所获得的光荣称号。《随想录》还体现出了巴金的进一步成长，这种成长未必是文学风格，而是思想和阅历的成长，是伴随着共和国一起度过的青春期的成长。不难看出，巴金的反思越来越深刻，"随想"越来越尖锐，但不变的是巴金对共和国的热爱和新中国的主人翁意识。

孙犁的创作也被中断过。但和巴金的曲折艰辛不同，孙犁的一生没有大起大落的遭遇。孙犁成长于解放区，1942 年加入中国共产党，是新中国文学中"根正苗红"的一员。他创作手法多样，适应能力极强，可以驾驭多种笔法为工农兵服务：无论是柔美细腻的《荷花淀》还是慷慨悲壮的《铁木前传》，他都能从容不迫地应对。

然而就在孙犁创作《铁木前传》（1956 年）时他却突然眩晕，从此一病十年。在这十年，孙犁在青岛、小汤山、西湖等名胜景区疗养，读书成为他写作中断期的主要消遣。可以说孙犁因病避开了 20 世纪五六十年代的政治运动，在名山大川、荒山野寺间寻求到一份安宁。但此种生活也不禁令人想到孙犁创作中的回避矛盾、回避战争的诗化特征。

后来几经寻医求诊，就在病愈康复之时却又遇到"文化大革命"的十年，孙犁再次推迟了复出。直到"文化大革命"结束，孙犁才出现在人们的视野中。这次复出转型明显，人们甚至以"文化大革命"为界，把孙犁区分成"老孙犁"和"新孙犁"。

1977 年孙犁应《人民文学》约稿，写了《关于短篇小说》，并由此复出。未曾想到，封笔 20 年的孙犁又迎来自己的第三个创作高峰。从孙犁的创作轨迹来看，他的创作有三座高峰：第一次是以《荷花淀》为代表的 20 世纪 40 年代中期的解放区文学；第二个是以《风云初记》《铁木前传》为代表的新中国成立前后的新中国文学；第三个就是"新孙犁"时期，也是共和国文学的新时期。

从 1979 年到 1995 年，他先后出版了"耕堂文录十种"，包括：《晚

①　巴金：《巴金全集》，第 13 卷，234 页，北京，人民文学出版社，1990。

华集》《秀露集》《澹定集》《尺泽集》《远道集》《老荒集》《陌巷集》《无为集》《如云集》《曲终集》。《曲终集》带有显而易见的告别情感。此后，孙犁彻底告别文坛。

总的来说，孙犁的复出不算艰难，但也是一次破茧成蝶的飞跃。在运动大潮风起云涌的时代，孙犁却保持了一种难得的安静。晚年他很少写小说，多用散文体裁，把自己一生中的所见所闻以极为精练的文笔熔铸在作品集中。在这最后的十本集子中，"乡里旧闻""耕堂序跋""耕堂读书记""芸斋小说""芸斋书简""芸斋琐谈""书衣文录"等类别是孙犁用朴实的语言塑造出的宁静灵魂和心态。孙犁一生不喜争斗，即便是写战争也往往描写侧面。新中国成立后，孙犁避开了多种职务，也极少参加运动。他远离热闹，自甘寂寞，在最后的十本书中，作者保持了一贯的宁静，更是进入到一般人难以企及的宏大深邃的艺术境界，这种静谧最为孙犁研究者们津津乐道。随着时间的流逝，孙犁的文章越来越显示出迷人的魅力和不朽的艺术特质，孙犁在天津文坛、在整个中国文坛的地位也越来越重要。

相比巴金、孙犁，丁玲的遭遇更为曲折。因此她的复出也更显艰难。丁玲是"红军抵达陕北后，第一个来到苏区的知名作家"，是"第一位从国统区来的名作家、左联负责人"。与丁玲这种"第一个"的身份紧密相连，她来到保安后，受到党中央的热情欢迎、高度重视和信任。毛泽东、周恩来、张闻天、林伯渠等人都出席了为她举行的欢迎宴会并讲话，安排她与长征到此的成仿吾、李伯钊等人筹建党的第一个文艺协会——中国文艺协会，毛泽东、张闻天、秦邦宪等参加协会成立大会并讲话，选举丁玲为主席。在日常生活中，丁玲还享有可以到毛泽东、周恩来、林伯渠、徐特立等领导人的窑洞拜访做客的"特殊"待遇。

"昨天文小姐，今日武将军"也正是她生活的真实写照——刚刚风尘仆仆地到达保安，就投入了戎马倥偬的军旅生活，之后又在抗战的炮火硝烟中率领西北战地服务团辗转各地做抗日宣传工作，成为"现代中国最勇敢的女战士之一"。

新中国成立后，她先后担任中国作家协会副主席、中宣部文艺处处长、文联常委、《文艺报》和《人民文学》主编、中央文学研究所主任等职。新中国成立后，丁玲对自己的定位首先是共产党员，其次才是作家。《从群众中来，到群众中去》《跨到新的时代来——谈知识分子的旧兴趣与工农兵文艺》《要为人民服务得更好》，这些较有代表性的篇章展示了新中国成立初期一位身为政府官员的老作家感人肺腑的经验之谈以及对一代年轻人的谆谆教诲与殷切希望。

1952 年起，丁玲就构思长篇小说《在严寒的日子里》，并在 1954 年动笔。但是，她的创作努力尚未结出新的硕果，就随着"丁、陈反党小集团"、反右运动的开始戛然而止，并且中断了 20 多年。

1979 年丁玲从山西回到北京，不久之后组织上给她平反，她恢复了党籍、恢复了工作，古稀之年的丁玲重返文坛。当时，"伤痕文学"引起国人普遍共鸣。20 多年的坎坷不平在丁玲的笔下该是怎样的一部"伤痕文学"呢？但是，丁玲的所作所为可能是让那些出于同情、好奇、期待或其他的心态来倾听她谈论自己 20 多年来的生活的人们都惊诧不已。"我们的国家损失了多少东西，我那一点点算得了什么呢?"她没有像许多历尽磨难、从"文化大革命"走来的人那样哭哭啼啼地揭露"伤痕"，"我的经历可以使人哭哭啼啼，但我不哭哭啼啼"[①]。重获话语自由后，她想诉说的不是委屈、伤痛，她首先要讲的"最心里的话"是"我感谢党"，她说在北大荒养鸡"也很有趣味"。当时"伤痕文学"风头正健，她却号召大家"也要写新生的，写希望，写光明……但终究是要给人以力量，给人以爱，给人以前途，令人深思，促人奋起"。

从"文小姐"到"武将军"，从大后方到抗战前线，从土改现场到国际会议，在时代的惊涛骇浪里，丁玲一次又一次转变自己，始终走在时代发展的前列。在"暴露"之风盛行的文学大潮中，丁玲却扬起"歌颂"的旗帜，决定以《杜晚香》作为新时期向读者的亮相之作。《杜晚香》的发表并不顺利，反倒是被丁玲自嘲为"时鲜货"的《牛棚小品》阴差阳错地成为她复出后发表的第一篇作品。即使在《牛棚小品》获奖后，她仍然认为"我还是应该坚持写《杜晚香》，而不是写《牛棚小品》"。

以小说成名的丁玲在她生命的最后几年里，只创作散文、回忆录、杂文和文论等，字数近百万。其中文学回忆《魍魉世界》和《风雪人间》堪称精品。

---

① 　丁玲：《和北京语言学院留学生的一次谈话》，见《丁玲全集》，第 8 卷，294 页，石家庄，河北人民出版社，2001。

丁玲的复出还表现在《中国》期刊的编辑工作上。正是这本期刊刊发了舒婷、顾城、北岛三人的作品，此后欧阳江河、杨炼、多多陆续在丁玲主持的期刊上登场亮相。今天，当研究者提起"朦胧诗"总还是要提到《中国》。

艾青的复出之路最为典型，他在复出后把诗集命名为《归来的歌》，某种程度上他代表了新中国文坛的一种现象或者一群人，即归来的诗人。

毫无疑问，艾青对祖国是非常热爱的，早年他的诗歌总是包含着沉郁深沉的爱国之情。最为脍炙人口的就是《我爱这土地》。诗人写道：

> 假如我是一只鸟，
> 我也应该用嘶哑的喉咙歌唱：
> 这被暴风雨所打击着的土地，
> 这永远汹涌着我们的悲愤的河流，
> 这无止息地吹刮着的激怒的风，
> 和那来自林间的无比温柔的黎明
> ——然后我死了，连羽毛也腐烂在土地里面。
> 为什么我的眼里常含泪水？
> 因为我对这土地爱得深沉……

新中国成立后，诗人的爱国情怀自然地延续。新中国的成立给他以新的情怀，没有了悲伤的情感和深沉的风格，艾青和人民一起"欢呼"这辞别了严冬的祖国的"春天"。他要为"新的日子歌唱"。艾青热爱这新的生活。新中国成立后，艾青迅速创作了《新的年代冒着风雪来了》《好！》《春姑娘》等诗歌，他一反过去沉郁顿挫的风格，用明朗欢快的语句来表达新中国、新生活，但作品却并不成功。因为作为一个成熟的诗人，他的风格已经形成，沉郁顿挫已经注入他的灵魂深处。改变诗风，转而明亮和欢快，艾青艰难地在尝试。不过艾青的创作力是非凡的，他迅速转换视角，将视线投向世界，他的诗歌《维也纳》《大西洋》等作品融合了现代主义元素，用象征等手法继续新诗的探索和创作。然而就在艾青找到新方向，即将迎来又一个创作高峰的时候，他的创作被打断了。

　　1957 年艾青赴黑龙江、新疆等地劳动，在中国的边疆生活。而他的创作也因繁重的劳动和难以言说的心病中断了 20 余年。但长时间离开文坛、远离诗歌却让艾青更深入地理解生活，也为他的荣耀归来打下了坚实的基础。

　　《鱼化石》是艾青复出之后的杰作。他被"埋藏"了 20 年，情感也沉郁了 20 年。这首诗共八段，作者首先写了鱼在水中的自由；接下来急转直下，原本自由的鱼儿"不幸遇到火山爆发，/也可能是地震，/你失去了自由，/被埋进了灰尘"。火山和地震都是无法抗拒的环境变化。然后"过了多少亿年，/地质勘察队员/在岩层里发现你，依然栩栩如生"。"但你是沉默的，/连叹息也没有，/鳍和鳞都完整，/却不能动弹"。

　　《鱼化石》体现了艾青归来后诗歌的特色。首先，那种被埋藏的经历是深刻的悲伤，同时也是一种难得的财富。伤痛和悲伤使艾青的诗歌继续保持了他擅长的创作方式，但又以极端的自律压制了情感的喷发，诗歌哀伤，但却克制，从而在情感上形成完美的艺术表现。其次，艾青将象征手法运用到了极致。艾青的长处不在于直接抒情，他更擅长用象征的手法在日常生活中提炼具有象征意象的事物。鱼化石本身不包含诗意，但在艾青笔下，却具有了象征性，包含了深邃的思想和广阔的经历。

　　复出之后，艾青最用心力的是《光的赞歌》。现实的道路无论如何艰辛曲折，艾青从未失去对共和国的信仰，他是坚定的爱国者，他对光的追随从未停止。在 20 年的沉寂期，艾青更加坚定了对光的崇拜。

　　《光的赞歌》，就是这一思考的结晶。光，再一次启示了诗人，使诗人在光的指引照耀下，去思考，去观察……可以这样揣测：在诗人看来，此时此刻，只有光的形象能传达自己的心绪，任何其他形象，都显得太轻了，都在光的面前黯然失色。因而，诗人再一次选择了光，来寄托自己的情思。《光的赞歌》是艾青复出的新起点，也是中国新时期的新起点，诗人用这首诗歌宣告了他和共和国一起成长，心向光明的信念和决心。

　　在长诗中，诗人首先写了光的诞生："诞生于撞击和摩擦/来源于燃烧和消亡的过程/来源于火，来源于电/来源于永远燃烧的太阳"。继而，艾青把"光"塑造成社会之光，即科学与民主。同时对那些为"光"而战斗的人们进行了热情的礼赞："光荣属于奋不顾身的人/光荣属于前赴后继的人"。最后，诗人也表露了自己的信念："我是大火中的一点火星/趁生命之火没有熄灭/我投入火的队伍，光的队伍"。归来之后，艾青要继续为新中国歌唱，为祖国歌唱。

《光的赞歌》气势恢宏，情感热烈，令人难以相信这是 70 岁的老诗人的手笔。《光的赞歌》代表了艾青归来之后的新追求，他努力创作，尽情书写。5 年的时间里，艾青写下了 200 多首诗歌，出版了《归来的歌》《彩色的诗》《雪莲》三部诗集和一部诗论集《艾青谈诗》。归来后的艾青又迎来了创作的高峰。

## 三、沉寂者的低吟

在中华人民共和国成立后，沈从文、萧军、林语堂、徐訏等活跃在中国现代文坛的作家以不同的方式退出了，他们代表了沉寂或者消失的一类。

沈从文在新中国成立前已经是成就斐然的小说家。他的《边城》等作品被译成多国文字，后来甚至和诺贝尔文学奖传出过"绯闻"，尽管并未获奖，但也可从一个侧面说明沈从文的影响力。除了写作，沈从文长期担任文学系教授，培养了大批学生，其中包括汪曾祺这样的作家；他还担任过平津多家刊物的主编、编辑。在当时的文坛，尤其是北京文坛，沈从文占据着重要位置。但沈从文自由主义的文学观念却遭受左翼作家的批判。因此，新中国成立后，沈从文被一定程度地排斥在新中国文坛之外，1949 年的第一次文代会，沈从文未获得邀请，1953 年，沈从文是以美术代表的身份与会。作为文艺工作者的沈从文并没有消失或者沉寂，但文学天才的沈从文却消失了。

新中国成立后，沈从文"转业"了，但他并没有完全放弃文学创作，文物和文学成为他眷恋的"双履"。只不过，他在文物研究方面硕果累累，而文学园地则几近荒芜，虽然数次提笔，却几乎没有有价值的作品问世。沈从文曾经一次又一次提笔创作，虽然每次创作的具体情形有所不同，但结果却是相同的——都以失败告终。沈从文曾对自己的写作充满自信，他对自己今后靠文为生的生活也有过打算。他说："因体力与生活方式，实在都不宜卷入政治，且已深深感到学校也不相宜，既不想作官，也不拟教书，所以很希望一个人能回来住住。生活需要简单，维持一二年生活下去有办法。因卖去一本书，总即可支持半年也。还有几十种未印行，还有五六卷新书待付印。家中人在此大致不会为难，有照料的。"①但很快沈从文这种卖文为生的自信就消失殆尽。

实际上，沈从文是愿意为新中国的文学事业做贡献的。党和国家领导也都希望沈从文继续创作，时任中共中央副秘书长的胡乔木曾特意叮嘱"一定要请沈从文为副刊写一篇散文"。其后，沈从文也为《人民日报》副刊创作了《天安门前》。周扬也点名提到沈从文，希望沈从文等跨代作家重新写作。沈从文当然也希望继续写作，但却未能成功。

很难说清沈从文消失的原因。但沈从文遇到了跨代危机是不争的事实。实际上，沈从文的创作风格基本定型，作为一个成熟的作家，沈从文正是以他特殊的叙事取得文坛地位的，如果让沈从文放弃他自己固有的叙事风格，肯定难出佳作。张兆和曾任《人民文学》的编辑，她对沈从文新中国成立后所做的小说做过初步评价，她认为沈从文新写的小说如《老同志》等作品"都不怎么好"。

沈从文是有些跟不上时代的变化了，他原本不善于写"变"，他的风格是写"常"。湘西的美感保存在一幅宁静的山水画里，是循环往复，不被人打扰的世外桃源。一旦外人进入这个世外桃源，湘西或者边城的美就消失了。但新中国的成立，这是不容忽视更不能回避的变化，沈从文不能对此视而不见。他心中的湖南湘西也在发生翻天覆地的变化，他也意识到这点，于是多次提到社会的"变"，"世界变了"，"世界在动，一切在动，我却静止而悲悯的望见一切，自己却无份，凡事无份"②。沈从文的创作基石是建立在过去的人和事上的，因此研究文物不能不说是他最好的选择。晚年，沈从文谈起他的"转业"，也说"实因为我不能适应新的要求，要求不同了，所以我就转到研究历史文物方面"。

新中国成立前，还在湘西当小兵的时候沈从文就已经喜欢古书、字画等文物了，其后他一直对文物抱有很大的兴趣。如上所强调，沈从文对过去的事物抱有好感，尽管失去了文学创作的灵感，但能沉浸在文物

① 沈从文：《沈从文全集》，第 18 卷，515 页，太原，北岳文艺出版社，2002。
② 同上书，487 页。

的世界里也乐得其所。于是小说家的沈从文，成了文物研究者。汪曾祺在《沈从文转业之谜》一文中写道："从写小说到改治文物，而且搞出丰硕的成果，失之东隅，收之桑榆，就沈先生个人说，无所谓得失。就国家来说，失去一个作家，得到了一个杰出的文物研究专家，也许是划得来的。"①

的确，沈从文在研究文物方面仍是专家，他的成就集中在织绣服饰的研究上，这得益于沈从文的审美素养和美术功底。他在故宫博物院做兼职研究员，出版了《中国古代服饰研究》，这本书至今仍是服饰界的必读著作。

近年有学者开始关注沈从文书信，试图发现其文学价值。在书信中，沈从文可以畅所欲言，他又恢复了京派批评家的本色，虽然毒舌，但却生动形象，又不乏精辟的见解。他说："近来在报上读到几首诗，感到痛苦，即这种诗就毫无诗所需要的感兴。如不把那些诗题和下面署名连接起来，任何编者也不会采用的。很奇怪，这些诗都当成诗刊载，且各处转登不已。"又谈到"如照赵树理写农村，农村干部不要看，学生更不希望看。有三分之一是乡村合作诸名词，累人得很"。这些精彩评论大都是在书信中，在当时不可能被人注意。但在今日重新翻阅这些旧日书信却不难看出沈从文的审美标准。

沈从文是跨代作家中沉寂的一类，这种沉寂也许伴随着他才气的消退，对环境和时代的不适应，但沈从文却用另一种方式为共和国做出贡献。沈从文虽然"转业"了，但他的风格和京派文脉却一直延续，重视抒情，对古物津津乐道，寻求散淡自由的气质小说在他的弟子身上得以延续。

和沈从文不同，萧军的沉寂多了些悲壮的色彩。从某种程度上说，萧军并未停止写作，但他的影响力减弱却是不争的事实。他顽强而倔强地写作，和命运做殊死的搏斗，但这都无法阻碍他"消失"的事实。

新中国成立前，萧军的《八月的乡村》显示了抗日文学的成绩，同时也奠定了萧军在文坛上的地位。此后，萧军长期在延安工作和生活，担任过鲁迅研究会主任，《文艺月报》编辑，鲁艺文学院的教员。但萧军的

---

① 汪曾祺：《沈从文转业之谜》，见《花花朵朵坛坛罐罐——沈从文文物与艺术研究文集·序》，5页，北京，外文出版社，1994。

生活和写作并不顺利，他被排斥在文艺界之外，远离文坛 30 年。

但萧军仍然顽强地写作，他在极其困难的情况下写出《五月的矿山》《吴越春秋史话》以及《第三代》最后部分等大量作品。他克服重重困难要为自己争口气。萧军在小说、诗歌、戏剧、散文等多种体裁均有尝试，这既表明了萧军创作的宽度，也反映了萧军对文学的热爱。

新中国成立后，萧军创作了一部工业题材长篇小说《五月的矿山》，一部历史题材的长篇小说《吴越春秋史话》。从这些创作来看，新中国成立后萧军并未停止创作，也保留了自己的个性和创作水准，甚至较之新中国成立前有所突破，但无论是在文学史还是在读者印象中，萧军的文学时代截至新中国成立前。他的消失是另一种"被消失"。

在中国现当代文学史上，萧军是一位富于战斗性格的作家。他适合生长在战斗的时代，在战火中，萧军的笔像用刀和枪对敌人发起一次次冲锋和攻击。但在和平的时代，建设的时代，萧军似乎失去了存在的价值。尽管英雄仍是共和国所需要的形象，萧军也善于塑造男性英雄，他本就有英雄的气概，但在格调上，萧军是悲怆的、批判的，是战斗的。"文化大革命"结束后，党为萧军同志彻底平反，恢复了名誉，重新做了符合历史事实的公正的结论，充分肯定了他早年投身于民族解放运动，并以自己的文学创作宣传抗日救亡，称赞他拥护中国共产党，拥护社会主义，是一位有民族气节的革命作家。

林语堂和徐訏的消失属于另一种"消失"。新中国成立后，林语堂和徐訏离开大陆，以一种空间位移的方式"消失"在文坛。这种消失带有典型性，同时也更具感伤的色彩。

1949 年解放战争结束，新中国即将成立。林语堂和徐訏等知识分子必须做出最终的政治选择。林语堂和徐訏最终选择前往港台。但是事实上这种选择并不是好的选择。无论是对于久居海外的林语堂还是熟悉上海的徐訏而言，大陆成了他们思念的故土，而晚年的游子之痛更难以消除。

在中国现代作家中，大概没有人比林语堂更西洋化。他一生的大部分时间是在国外度过的，他的大部分作品是用英文写作的。林语堂在海外创作的时间有 30 多年。虽然他的宗教文化思想是繁杂的，历来有"亦孔亦耶""半东半西"之说，但毫不夸张地说，林语堂的一切创作灵感都源自中国。当离开大陆母体，林语堂的创作灵感也随之衰竭。在台湾，林语堂只完成了《当代汉英词典》，还有一本不被人注意的《无所不谈合集》。因此可以说林语堂是站在中国传统文化上进行写作的。他的思想根基或有争论，但创作根基更多地源自中国传统的儒家和道家。林语堂非常赞赏孔子"温温无所试"的幽默态度与"道不行，乘桴浮于海"的隐逸精神。他又说"我想中国人生下来就是一个道家"。有道家文化为根基，林语堂才可能立定脚跟，放眼中外，把表现说、性灵说、幽默、闲适等融为一体，创造一个"独立"的文艺理论体系。可以说，老庄思想是林语堂实现其东西文化综合的关键。是老庄思想使林语堂理解的东西文化得以交汇融合在一起，也是道家思想激发了他的文学灵感。他的散文、小说几乎都透露出明显的中国本土精神，离开了大陆，林的灵感也逐渐消失，他淡出文坛是不可避免的。

徐訏一生创作长、中、短篇小说约 70 部，有 500 多万字，著作等身，是高产作家。新中国成立后，徐訏在 1950 年 5 月悄悄地离开上海去了香港，他生命中最后的 30 年基本是在香港度过的。然而，香港也是徐訏心中永远的痛，从他到香港那一刻，他对内地的思念之情就从未中断。

徐訏的游子情怀颇为深重，他说："住在香港的人，大家都是暂住性质，流动性很大，没有人当它是永久居留地"。在香港，他是一个异乡人。他说："文学作品离不开乡土，正如有文化必须有属民一样。一个才华出众的文学家，一旦离开自己国家的土地便无法继续发光。""离开了中国生活的作家，作品往往就缺乏一种根。"[①]

因此，离开的徐訏表现出一种强烈的思乡情怀和对中国文化的强烈崇拜。他说："我们的文化是诸子百家、光焰万丈的文化，正如一颗太阳，……如果人类缺少中国文化，这将减少多少色彩与光辉。中国文化就是中国文化，是整个不可分割的东西，它有五千年之历史，是前后几十亿人民血汗的结晶。它曾经兴旺，也曾经衰微。但仍是存在，而且将继续存在。如果我们自爱、谦虚、努力，随时可以兴旺。"

然而徐訏离开大陆，这种文化的根被斩断，他内心深处留下了无尽

---

① 徐訏：《徐訏文集》，第 10 卷，423 页，上海，上海三联书店，2012。

的孤独。徐讦的这种"孤独"悲凉的心理直接投射在创作实践中。他后期创作中的主人公大都处于一种漂泊的"无根"状态。

跨代作家从五四到新中国成立，他们从二十几岁的青年到逐渐步入老年，世纪中国社会的征程上深深地刻下了他们的足迹。五四时期、大革命时期、抗日战争时期、解放战争时期、新中国成立后十七年、"文化大革命"十年、改革开放的新时期，一代知识分子的经历曲折复杂，他们经受过战争的炮火，忍受过生活的贫困，遭受过肉体和精神的折磨，也得到过崇高的荣誉和人民的爱戴。面对时代的巨变，他们有过彷徨和苦闷，但更多的是勇气和不懈的追求，无论是作为作家、知识分子还是普通人，他们的文学和人生有成就，也有遗憾。

面对时代的巨变，作家的确要面临各种挑战。有的公务缠身，身兼数职，难以脱身，虽然在文坛身居高位，但却淡出了文学创作。有些作家艰难地复出，有的则彻底退出了文坛。无论道路如何，新中国成立这一时代巨变对跨代作家而言是一次艰难的考验，是伴随共和国一同成长还是被时代抛弃，都是对作家最艰巨的考验。

正如艾青《诗与时代》所写的那样，这伟大而独特的时代，正在期待着剔选着属于它自己的伟大而独特的诗人。

# 第五章
## 特殊的时代与特殊的文学

20 世纪 60 年代，与"千万不要忘记阶级斗争"的要求相适应，思想文化界开展了一场持续时间长、涉及范围广的批判运动。在文艺领域，涉及对一大批文艺理论、电影、小说的批判。随着 1966 年"林彪委托江青召开的部队文艺工作座谈会"的召开，《林彪同志委托江青同志召开的部队文艺工作座谈会纪要》（以下简称《座谈会纪要》）出笼，"文化革命"的激进派确立了其在文艺界的主导地位。因此，在批判一部分文艺作品的同时，激进派们提出了自己的一套文艺标准，并设法将其打造为"样板"，意图使其成为整个文艺界创作的标杆。然而，在以自由、多元为本质特征的文学艺术领域，这显然是一种脱离实际的做法。在主流文学圈以外，仍旧活跃着一些自由的灵魂，他们用另一种隐蔽的方式传达着内心最真实的声音。总体来说，在这个特殊的历史时期，文学以中心或边缘的不同形式谱写着自身发展的轨迹，显示出时代赋予的独特色彩。

# 一、戏何以成"样板"

"样板"的叫法最初见于 1965 年 3 月 16 日上海《解放日报》发表的《认真地向京剧〈红灯记〉学习》的文章："看过这出戏的人，深为他们那种战斗的政治热情和革命的艺术力量所鼓舞，众口一词，连连称道：'好戏！好戏！'认为这是京剧革命化的一个出色样板。上海戏剧工作者更是争相传告，纷纷表示要向京剧《红灯记》学习。""样板戏"的概念则最早见于 1966 年 6 月 15 日，《解放军文艺》第八、第九期合刊推出"革命现代京剧样板戏剧本特辑"，同时刊登了《红灯记》《智取威虎山》《沙家浜》《奇袭白虎团》的剧本。"革命现代京剧"与"样板戏"的概念首次结合。

京剧作为中国传统文化的精髓，是一种具有深厚群众基础的艺术形式。早在延安时期，陕北革命根据地的文艺工作者们就采用这一形式来反映生活，为革命斗争服务。在"坚决进行一场文化战线上的社会主义大革命"的背景下，京剧也被推到了"革命"的前沿。经过 20 世纪 60 年代初期的探索，《红灯记》《沙家浜》《智取威虎山》《奇袭白虎团》等就已经陆续公演，成为"革命现代京剧"的代表作品。不但如此，像芭蕾舞剧《红色娘子军》、交响音乐《沙家浜》、泥塑《收租院》等艺术形式的创新，也令江青等"文化革命"的发动者自信地认为，无论是传统色彩十分浓厚的京剧，还是西方的芭蕾舞、交响乐、雕塑，都是完全可以经过无产阶级艺术改造后拿来为我所用的。

1966 年的《座谈会纪要》认为，"十六年来，文化战线上存在着尖锐的阶级斗争"，为了"巩固阵地占领阵地"，"打掉反动派的棍子"，"文化革命要有破有立，领导人要亲自抓，搞出好的样板"。如何出"样板"？"我们要标新立异，我们的标新立异是标社会主义之新，立无产阶级之异。要努力塑造工农兵的英雄人物，这是社会主义文艺的根本任务。""在创作方法上，要采取革命的现实主义和革命的浪漫主义相结合的方法，不要搞资产阶级的批判现实主义和资产阶级的浪漫主义。"[①]他们意图建立一套新的文艺标准与样式，以达到文艺更好地为政治服务的目

① 《林彪同志委托江青同志召开的部队文艺工作座谈会纪要》，北京，人民出版社，1967。

的，更好地发挥其政治教化功能。正是在这一政策背景下，"样板戏"得以产生。

事实上，样板戏的产生，经历了一个较长的酝酿过程。1963 年 2 月，江青看了上海爱华沪剧团演出的《红灯记》，表示了肯定。她向林默涵推荐了这个本子，建议改编成京剧。林默涵把任务交给了中国京剧院的总导演阿甲，最后在阿甲和翁偶虹的合作下，剧本很快改编完成并搬上了舞台。11 月，江青研究了 12 种《红灯记》的剧本后，选择其中她认为最好的一个交给中国京剧院，要求改编后的京剧突出工人阶级的英雄形象李玉和。她说，李玉和既是一个工人阶级的代表，又是一个革命先烈的代表，一个共产党员。他是一个伟大的人物，是无产阶级的英雄，应当把重点放在李玉和身上，突出李玉和的高大形象。1964 年 5 月，中国京剧院首先排出了《红灯记》前五场，在文艺界内部征求意见，赢得了人们的赞赏后，决定参加当年 6 月开幕的京剧现代戏观摩演出大会。

紧接着，为迎接"全国京剧现代戏观摩演出大会"，上海京剧院院长周信芳指示对《智取威虎山》进行再加工，并指派陶雄、刘梦德修改剧本。经上海市委同意，又从上海电影制片厂借来老导演应云卫任导演。第二稿基本上保留了第一稿的结构，只是压缩了部分反面人物的戏，加强了杨子荣、少剑波的戏。上海市委高度重视，先由市委宣传部长石西民负责，石西民调京他任后，改由宣传部副部长张春桥接手。1964 年 5 月，上海京剧院重新上演大型现代剧《智取威虎山》。

在改编剧本的过程中，文艺理论界还专门进行了专题讨论。《戏剧报》第五期发表了《关于京剧演现代戏的讨论》的综合材料，介绍了 1963 年下半年以来，各地报刊关于戏曲演现代戏问题的讨论情况。材料综合讨论了三个主要问题：一是京剧要不要演现代戏。一种意见是，根据美学上的"距离说"，提出"分工论"，认为京剧只能演历史剧，可以让适合于表现现代题材的剧种演现代戏。另一种意见主张京剧应该积极演出现代戏，要与今天的时代"同呼吸"。二是京剧演现代戏还要不要像京剧。有人认为应当重视群众的欣赏习惯，保留剧种特色。有人则认为可以打破框框不像京剧，认为"话剧加唱好得很"。三是怎样才能演好现代戏。在这个题目下，探讨了怎样从生活出发，在京剧艺术传统的基础上进行艺术创作和利用现成传统程式创造新程式，以及京剧现代戏的唱、念和小嗓怎样处理等问题。

1964 年 6 月 5 日，标志着京剧改革工作进入新阶段的京剧现代戏观摩演出大会在北京揭开了序幕。历时近两个月，与会者有全国文艺工作者 5000 多人。演出大戏 25 台，小戏 10 出，其中有中国京剧院的《红灯记》《红色娘子军》，北京京剧团的《芦荡火种》《杜鹃山》，上海京剧院的《智取威虎山》，山东京剧团的《奇袭白虎团》，等等。这次演出结束后，各大权威报刊都对主要演出剧目进行了大量的报道，主要是肯定这些改编剧本所获得的巨大成功，并对传统戏剧如何进行革命性改造进行总结。

在推翻经典，重塑"样板"的过程中，文化激进派们利用自身的资源优势，调动全国最有影响力的艺术团体、编创班子，改编和移植一些经典剧目或地方剧种，通过在北京举行大型观摩演出，号召全国各地的文艺工作者以此为蓝本，创作符合特定思想艺术规范的作品。在集中优势力量编创的基础上，产生了第一批样板戏。1966 年 12 月 26 日，《人民日报》发表文章《贯彻毛主席文艺路线的光辉样板》，将京剧现代戏《沙家浜》《红灯记》《智取威虎山》《海港》《奇袭白虎团》和现代芭蕾舞剧《红色娘子军》《白毛女》，交响音乐《沙家浜》并称为八个"革命艺术样板""革命现代样板作品"。此后，又有新的作品不断加入到"样板"的行列中来，比如钢琴伴唱《红灯记》，钢琴协奏曲《黄河》，京剧《龙江颂》《红色娘子军》《平原作战》《杜鹃山》，舞剧《沂蒙颂》《草原儿女》，交响乐《智取威虎山》等。后期的这些"样板"，从艺术质量上来说，已不能和初期相比，且这种高度程式化的刻板创作，也渐渐呈现出不可避免的艺术危机。

1967 年 5 月，为纪念毛泽东《在延安文艺座谈会上的讲话》发表 25 周年，八个"样板戏"全部调进北京，举行盛大的"革命样板戏大会演"。这次盛大的演出，历时 37 天，演出 218 场，接待了将近 33 万名观众。同年 6 月 18 日，《人民日报》的社论中发出了"把样板戏推向全国去"的号召。这八个"样板戏"在当时的权威媒体上都得到了相当力度的宣传。以对《智取威虎山》的评价为例，《红旗》杂志 1967 年第 8 期发表评论文章，认为它坚持从现实生活出发，从政治思想内容出发，突破了旧京戏的行当限制，对于只适宜于表现帝王将相的显赫地位和所谓风度的那些艺术形式，以及抒发封建官吏和封建文人闲情逸致的那些轻飘飘的唱腔，坚决加以摒弃。同时，该剧调动各种有用的艺术形式，来为塑造英雄形象服务。充分采用了京剧中激昂的唱腔，丰富的音乐，创造了成套的、有层次的、优美的唱腔，来抒发英雄的革命豪情，表现他们的精神世界，塑造了光辉的音乐形象。这出戏运用了京剧的艺术夸张手法，在舞台调度上突出表现了正面人物和反面人物的对立，从对比中衬托出英雄的高大。这出戏还借鉴其他艺术（如现代音乐和舞蹈），创造了许多表现革命内容的新形式，如杨子荣骑马上山的舞蹈，就吸收了蒙古舞中骑马的动作，追剿队滑雪进军的舞蹈和最后拼刺刀的动作，也是根据部队的生活，借鉴了现代舞蹈的动作创造出来的。总之，无论唱腔的设计，舞台的调度，人物的表演，以至灯光、布景等每一个细节，无不从生活出发，服从于表现革命的政治内容这一基本前提。

1969 年至 1972 年，为了解决"看戏难"的问题，普及样板戏，北京电影制片厂、八一电影制片厂、长春电影制片厂等，由谢铁骊等执导，将它们先后拍成舞台电影片，在全国发行、放映；300 多种地方戏曲剧种还对样板戏进行移植，录制成各类唱片发售。因为样板戏被神化，拍摄电影、录制唱片和移植成地方戏曲，都严格要求不能走样。

"样板戏"的演出，收到了一种"狂热"式的激情轰动效应。往往在一场演出结束后，全体观众群情激愤，高唱革命歌曲，歌颂伟大的无产阶级革命精神。但囿于条件，演出地点主要还是在北京和上海。为了进一步扩大"样板戏"的影响力，在广大革命群众中起到广泛的宣传教化作用，组织者们或组织剧团到各地巡回演出，或在北京举办学习交流会，同时采用电影或书报的形式向全国各地的文艺工作者们提供标准不走形的"样板"。

从艺术批评的角度来看，"样板戏"的代表性理论是"三突出"，即"在所有人物中突出正面人物，在正面人物中突出英雄人物，在英雄人物中突出主要英雄人物"。这种要求，使每部戏都要遵循一个统一的范式，从而表现出一种脸谱化、程式化的特征。

每部戏的题材必以阶级斗争、路线斗争为主线，人物以其阶级归属、政治态度分为"正面人物和反面人物"。无论哪一出戏，必以"正面人物"取胜、"反面人物"失败为结局。"正面人物"里，又分出"一般正面人物""英雄人物"和"主要英雄人物"三个等次。这个"主要英雄人物"是戏的中心，他（她）必须是"出身本质好，对党感情深，路线觉悟高，斗争策略强，群众基础厚"，智勇兼备、品质全优，连相貌也得英俊魁梧，光彩夺人……他（她）从成为无产阶级战士之日起，在人生旅途中，无私心、无畏惧、无困惑、无迷惘，性格中全无矛盾冲突，起点多高，终点也多高，完美的性格，无须发展变化。改造主观世界的任务，早已完成，在这里只是行使改造客观世界的使命。所谓改造客观世界，在戏里都表现为"打仗"，不是军事仗，就是政治仗，由于"战争是政治的继续"，因此，从本质上说，都是政治斗争。"主要英雄人物"一出马，反复交锋，多少回合，竟是只胜不败，所向披靡。万一有点小失利，责任也全在旁人，"一贯正确"论，"样板戏"首先树标。"反面人物"的谱式也很清楚：反动、自私、虚伪、残暴、卑鄙……集人性缺点之大成。若说"长处"，就有那么半点不堪一击的反动伎俩而已。

正面人物的胜利，反面人物的失败，说明了什么？那就是戏的主题思想。这个主题思想，其实就是人们熟知的一个政治观点，不过是借戏里的人和事，再证明一次罢了。而观众对于主题思想，用不着深思细辨，但看主要英雄人物的言论行动，都是在阐发主题思想。正所谓"人物为主题而设"。样板戏的人物观，是用单一的阶级斗争、路线斗争的视角来观察人。戏中的好人、坏人都是理念的化身，阶级的代表，每一位都必须以"阶级人"的面貌在戏中存在，动辄讲求"代表性"。主要英雄人物身上集中了无产阶级全部优秀品质，但他们作为个别的人、具体的人的形象却是苍白的、干瘪的，除了年龄、职业、性别的不同，给了人物一个不同的外观，很难谈到有什么独特的风貌、独有的性格。依照这种人物观。每部戏都将原剧本做了蹩脚的增删。比如为了突出武装斗争主题（不论该剧有无可能以此为主题）硬将原本中并不重要的角色，提拔为"一号人物"。所谓加强，并不在人物个性上努力，而是大添抒情唱段，抒革命之情（实则是大唱主题），用"最好的舞蹈、最佳的舞台位置、最强的灯光"之类突出人物。再如为了强调阶级斗争主题，在写社会主义建设的戏里，一律安排一名阶级敌人，此人时时处处都为本阶级说话，执行破坏和捣乱的任务，但却能隐藏多年不被发现。以上这两种形象，不能不说是概念化、政治标签的注脚。从艺术角度来看，李玉和、乌豆（样板戏改称雷刚）这样的人物，原本可以成为颇具深度的艺术形象，但是一经这种人物观的删削、挖补、涂抹、堆砌，棱角磨尽、风采流失，反而显得平面化、类型化了。再比如，《红灯记》演绎了一个特殊家庭里三代人的命运，人物各有特殊的经历，人物之间又有特定的关系，这样有个性的题材在样板戏中是少见的。李玉和的形象亦是难得的：他有平凡普通、劳苦清贫的一生，却有辉煌壮烈、惊世骇俗的一死。他没有婚姻竟有家庭，在义母跟前，他是孝子；在养女心中，他是慈父。他要肩担道义、眼观风云，为民族和阶级去战斗，也要起早贪黑、不知疲倦，为老的和小的去谋食。然而他也有毛病，爱喝几口酒，为此还常挨母亲的训斥。在严峻的考验面前他的表现不用多说，但面临生死的抉择，他也应有痛苦，也该有遗憾；他无愧于革命，献身于事业，虽然应该含笑从容，但他永别了老母，抛下了女儿，又怎么能不感到撕心裂肺？刻画这样的人物，原本应该将他的内心矛盾、性格发展过程淋漓尽致地展现出来，但剧本却一律采用豪言壮语代替了所有的内心斗争。

在样板戏尚未形成之前，电影、话剧、沪剧乃至不同的京剧改编本中，人物的内心世界都有真挚的描绘，而样板戏"人物观"反对这样写，它将那些渲染家庭气氛、骨肉之情的戏，描写真情实感、心灵搏斗的戏，一律斥之为"资产阶级人性论"，"叛徒哲学"，说是"丑化英雄形象"，硬是一笔抹掉。在样板化的新本里，李玉和刮了连鬓胡，成了英俊青年，不再爱喝酒。《刑场斗争》中的李家三代与鸠山，四个人物的性格发展早已完成，不能发生逆转。虽然每部戏中都有大段繁重的唱功来装潢修饰，但不过是夸耀意志、表示决心。由于缺乏积极的"动作"，而使戏剧矛盾停滞定格。真正成功的艺术形象，是与样板戏人物观所谓的高大完美截然两样的。成功的人物讲求个性，千人千貌，百人百心。其中有伟大者，但他这伟大必然表现在一方面或几方面，决不会百善集于一身。他要与渺小者相比较而存在，同时也要与自己性格中的渺小成分相较量。客观世界在变化，主观世界也要更新。而所谓的"三突出"其实就是瞿秋白批评过的"一些百分之百的'好人'打倒了一些百分之百的'坏人'的简单化艺术"。瞿秋白还指出："这种简单化的艺术，会发生很坏的影响。生活不这么简单……假定在文艺之中尚且给群众一些公式化的笼统概念，那就不是帮助他们思想上武装起来，而是解除他们的武装。"①这个几十年前的批评，是很有道理的。"三突出"本意也许是要强化文艺的教育作用，但效果适得其反，它们削弱了文艺的教育作用。

"样板戏"的内容多数描写中国共产党领导下的革命斗争与社会主义建设，除去个别描写社会主义建设时期"阶级斗争"的内容外，没有直接描写"文化大革命"的作品。且不论深刻与否，应当说，思想倾向基本上是好的。同时，艺术家们前赴后继、忍辱负重，总结了京剧多年来表现现代生活时积累的经验，努力做出新的探索与实践。在剧本文学方面，改编者在一定的条件限制中，为结构的严谨、人物的鲜明、情节的生动、语言的精美而字斟句酌，反复修改。从某种意义上说，显示了相当的文学性。在音乐唱腔方面，设计者在增强时代气息与保持京剧特色之间尽了极大的努力，采用了中西合璧的大乐队，丰富了音色，增加了表现力；将传统的编腔方法与歌剧的作曲法结合起来，努力改变老戏的"一曲多用"为"专曲专用"，一些优美的唱腔，确曾赢得为数众多的新观众的喜爱。在表导演艺术上，导演、演员努力缩短现代生活与戏曲程序之间的距离，保留唱念做打的气韵、精神和功力、技巧，吸收话剧、歌舞等新艺术的可用成分，使剧中的表演准确和谐，又具有戏曲的观赏价值。在浩如烟海的京剧剧目中，它们既不是内容反动的坏戏，也不是质量极低的劣品。但是人们如果只停留在这个认识层次上，那还是相当浅薄的。真正成功的艺术作品，不应该是正确而苍白的内容与绚丽华美的形式的简单相加。对于戏剧来说，若无生动具体、内涵丰富又真实可信的人物形象，那么它的"正确内容"必是一些空洞教条，它的"完美形式"必是一组技术拼盘。由于政治偏见，"样板戏运动"拒绝接受人类文艺史上塑造人物的成功经验，在作品思想性与艺术性、倾向性与真实性、人物的阶级性与人性、共性与个性诸方面的关系上，奔向"左"的极端，自诩塑造了"人类文艺史上前所未有的英雄典型"，其实，正是在写"人"这个文学艺术的重要命题上，"样板戏"倒拨了时针，树立了公式化概念化的"样板"。

---

① 史习坤：《瞿秋白研究资料》(下)，511页，北京，中央民族学院科研处，1982。

## 二、"艳阳天"与"金光大道"

在"样板"成为"文化大革命"文艺关键词的年代，激进派们试图从戏剧领域的"样板戏"开始，逐渐扩大到文学的其他领域之中。小说方面，尽管金敬迈的长篇小说《欧阳海之歌》也曾被当作"样板"来培育，且一度受到狂热的吹捧，但后来由于作品在艺术方面的缺陷和作家本人受到政治迫害的原因，这部作品终究淡出了"样板"的视野。

在小说领域难以出现"样板"的情况下，浩然的作品打开了局面。早在 20 世纪 50 年代，浩然的《喜鹊登枝》《苹果要熟了》等表现农村新人新事、充满浓郁泥土气息的作品，就已受到文艺界的关注。1964 年 9 月和 1966 年 3 月、5 月，《艳阳天》第一、第二和第三卷先后出版，在全国文学界和农村都引起强烈反响，1973 年还被改编成同名电影。这部长篇小说通过京郊某农业合作社在 1957 年麦收前后发生的一系列矛盾冲突，反映了社会主义革命和社会主义建设时期农村复杂尖锐的阶级斗争。在东山坞农业社，混入革命队伍的阶级异己分子和被推翻的地主、富农勾结在一起，利用富裕中农的资本主义自发倾向，煽动闹土地分红，企图打击党的领导。东山坞党支部书记在上级领导的正确指示下，坚决贯彻党的阶级路线，发动广大贫下中农，终于在这场斗争中把邪气打下去，使正气大张。作品通过栩栩如生的人物形象，表达了社会主义永远是"艳阳天"的坚强信念。全书不论是描写、叙事还是抒情，对社会主义的赞美贯穿始终，无处不洋溢着一种乐观主义精神。《艳阳天》发表后，收到了激进派们如潮的好评，署名"初澜"的评论文章说："浩然同志的长篇小说《艳阳天》，是在我国文艺战线上两个阶段、两条路线激烈斗争中产生的一部优秀文学作品。"[1]

与浩然的早期作品相比，《艳阳天》无论是写作主题还是叙事风格，都有了很大的变化。在《艳阳天》中，作者具有更鲜明的阶级斗争意识和政治意识，他对 20 世纪 50 年代发生的农业合作化运动的叙事，目的就是以艺术的形式表现阶级斗争理论的正确性。小说中的主要人物萧长

---

① 初澜：《在矛盾冲突中塑造无产阶级英雄典型——评长篇小说〈艳阳天〉》，见王尧、林建法：《中国当代文学批评大系 1949—2009》，卷 3，37 页，苏州，苏州大学出版社，2012。

春、焦淑红、喜老头等人代表了具有清醒阶级理念、坚定政治立场的革命干将，不但自身的思想觉悟高，而且经常教育广大干部群众"脑袋里把阶级斗争的旗子挂起来"，在他们的引导下，马翠清、焦克礼等人也逐渐地转变了思想认识，他们开始紧随革命领袖，向广大群众宣传阶级斗争的理论和意识。作者不仅在人物塑造方面紧扣阶级斗争的主题，在故事场景的描绘上，也力图彰显自觉的政治意识。

浩然早期的小说中有大量以农村田间地头、灶旁炕头等生活场景为主的描绘，但到了《艳阳天》之后，这一情形有所变化，对农村劳动场景的刻画被各类大小会场所取代，比如社员代表会、积极分子动员会、支委会、干部碰头会、反动分子密谋会，等等。个中原因不难理解，会场无疑是政治斗争、思想意识较量的核心与焦点，有利于矛盾冲突的集中展开。此外，就是大量的农业生产场景，像治水、开荒、麦收等，火热的劳动场面集中凸显了党在农村的集体化道路的无比优越与正确。小说中尽管也穿插了一些情感故事、家庭矛盾的情节，比如萧长春与焦淑红的爱情，马翠清和韩道满的婚姻，马小辫父子和马老四父子的家族矛盾，孙桂英的故事等，但总体来说，仍旧是围绕阶级斗争的主线来展开的。

相对于这一时期同类题材的小说而言，《艳阳天》具有更丰富和更激烈的阶级斗争描绘，阶级立场和政治属性在个体身上的区分成为十分醒目的外在标志。小说中既有以萧长春为领导的我方阵营，也有以马之悦为首的敌方阵营，还有以马连福为代表的中间派。阶级斗争因此呈现出错综复杂的形态。马之悦既是历史反革命分子，又是党内走资本主义道路的当权派，他是混入党内的叛徒、特务、阶级异己分子、反革命分子，萧长春与马之悦的斗争，不但代表了贫下中农与地主富农的阶级斗争，而且也是党内正确路线与错误路线的斗争。这两个人物及其所代表的阵营之间的矛盾冲突，无疑成为小说中贯穿始终的主线。

由于《艳阳天》的写作配合了"文化大革命"期间的政治形势，评论界将这部作品视为阶级斗争的活教材，从政治宣传的角度对它给予了全方位的热情的评价。比较早的是王主玉1965年发表在《北京文艺》上的《评长篇小说〈艳阳天〉》，主要针对第一卷进行了评论。王主玉认为，作品深刻地反映了社会主义革命和社会主义建设时期农村中复杂尖锐的阶级斗争，艺术地再现了农业集体化中两条道路的争夺战，有力地表现了党的领导的伟大意义，表现了党的农业合作化政策的无比正确；作品展现了我国新农村激烈的斗争生活风貌、沸腾的生产劳动场景，歌颂了贫下中农在阶级斗争和两条道路的斗争中，保卫社会主义的强大威力和坚决走集体化道路的革命精神。这个小说既有重要的历史意义，同时又有现实教育意义。王主玉充分肯定了小说的主题思想及人物形象的塑造，尤其是主人公萧长春，具有无产阶级敢于革命到底的优秀品质，是贫下中农坚持社会主义方向的"硬骨头"。王主玉还详细分析了浩然从工作、劳动、爱情和对家庭的态度等方面对无产阶级英雄萧长春的刻画，并在最后总结道："萧长春坚守着农业集体化的社会主义道路，能有那样永不后退的决心和必胜的信心，关键就在他听党的话。党指向哪里，就奔向哪里，党的教导是他汲取不尽的力量源泉，是他前进和工作的动力。当东山坞面临复杂的阶级斗争时，他便向党请示，依靠党、依靠群众，粉碎了敌人的阴谋。"①王主玉的评论可以说基本上奠定了"文化大革命"期间文艺界对《艳阳天》评价的基调。这个时期，关于《艳阳天》的 35 篇评论文章中，有 15 篇的关键词都与"阶级斗争"或"路线斗争"相关，它们将《艳阳天》称作是"党的基本路线的活教材"。

1974 年 5 月 5 日，《人民日报》发表署名初澜的文章《在矛盾冲突中塑造无产阶级英雄典型——评长篇小说〈艳阳天〉》，文中评价道：

> 　　浩然同志的长篇小说《艳阳天》，是在我国文艺战线上两个阶级、两条路线激烈斗争中产生的一部优秀文学作品，长时期以来，受到广大工农兵读者的热烈欢迎。这部小说，以党的八届十中全会的精神为指导，深刻地反映了我国社会主义农村尖锐激烈的阶级斗争，成功地塑造了"坚持社会主义方向的领头人"萧长春的英雄形象。②

---

① 王主玉：《评长篇小说〈艳阳天〉》，见牛运清：《长篇小说研究专集》（中册），612 页，济南，山东大学出版社，1990。

② 初澜：《在矛盾冲突中塑造无产阶级英雄典型——评长篇小说〈艳阳天〉》，见王尧、林建法：《中国当代文学批评大系 1949—2009》，卷 3，37 页，苏州，苏州大学出版社，2012。

这篇评论文章，基本上在官方层面确立了《艳阳天》在"文化大革命"期间不可撼动的政治地位。

浩然在1972年发表的一篇谈创作经验的文章中说："根据革命斗争需要和我的生活经历和积累，我正在写一部反映中国农村在毛泽东思想指引下，怎样从分散的、个体的小农经济，走向社会主义集体化道路的长篇小说。我打算通过艺术形象再现中国农村二十年间两个阶级、两条道路、两条路线激烈搏斗的历史面貌。书名就叫《金光大道》。我将把这一次的创作过程作为我对《在延安文艺座谈会上的讲话》这一伟大著作精神深一步理解和实践的过程。"①浩然酝酿的这部《金光大道》共计四部，200多万字，从1970年12月到1977年6月，历经七个寒暑方得定稿。该书的第一部和第二部分别于1972年和1974年出版。在这部小说中，作者更自觉地运用"在所有人物中突出正面人物；在正面人物中突出英雄人物；在英雄人物中突出主要英雄人物"②的"三突出"原则，塑造高大完美的英雄形象，在"文化大革命"文学中受到高度评价。

作品通过冀东平原一个名叫芳草地的村庄的革命演变，深刻地表现了我国农村社会主义改造过程中两个阶级、两条道路、两条路线的斗争生活。小说前两部所生动描述的故事，发生在20世纪50年代初期。当时，土地改革运动刚刚完成，农民的生产积极性普遍高涨，芳草地广大贫下中农在毛主席革命路线指引下，团结在共产党人高大泉的周围，在同资本主义势力、阶级敌人的种种破坏活动，以及错误路线做斗争的过程中，逐步走上了毛主席为广大翻身农民所铺展的集体化的金光大道。他们在党的领导下，战胜了反社会主义势力的挑战和自然灾害的威胁，进一步在斗争中巩固和发展了互助合作组织，胜利地建立起农业生产合作社。第三部写初级社成立后及实行粮食统购统销前后的农村情况；第四部写农业合作化运动高潮的兴起和农村社会主义改造运动的完成。小说沿着互助组、农业社再到高级农业社的发展流程，按照出现问题、解决问题的叙事模式，最后表现农民选择互助合作发展的道路无疑是一条社会主义"金光大道"。小说以党的基本路线为纲，遵循革命现实主义和革命浪漫主义相结合的创作方法与典型化的创作原则，塑造了高大泉这

---

① 浩然：《为谁而创作》，见《浩然谈创作》，8页，合肥，安徽人民出版社，1976。
② 甘肃师范大学中文系现代文学教研组：《学习革命样板戏资料汇编》，280页，1974。

一无产阶级英雄形象，描绘了大批先进人物在斗争中成长的过程，意在表现社会主义新生事物必然战胜一切腐朽势力而茁壮成长的历史发展规律，热情歌颂了毛主席无产阶级革命路线的伟大胜利。

20 世纪 50 年代，农业合作化运动成为社会主义改造的一项重要内容，由此而产生的文学叙事也就成为理所当然的一种现象。有关这方面的代表性创作有马烽的《三年早知道》、柳青的《创业史》、周立波的《山乡巨变》、赵树理的《"锻炼锻炼"》，等等。浩然在借鉴这些作家的同时，将围绕合作化运动所展开的关于两条路线的斗争作为叙述的主线，并极力歌颂与赞美。相比之下，《金光大道》更充分地表现了农业合作化问题中执政党内部的矛盾与分歧，这一点主要通过对高大泉与张金发之间的矛盾而展开。这实质上也是浩然以文学的形式对毛泽东理论进行形象化的阐释，意在说明，农民只有组织起来坚定不移地走农业合作化道路才是唯一正确的选择。

"文化大革命"后，在谈及这个小说的创作时，浩然说："《金光大道》所描写的生活情景和人物，都是我亲自从五十年代现实生活中吸取的，都是当时农村中发生过的真实情况。今天可以评价我的思想认识和艺术表现的高与低、深与浅，乃至正与误，但不能说它们是假的。"①正如他在 1994 年回忆时说的，他创作《金光大道》的初衷是"想给中华人民共和国的农村写一部'史'，给农村立一部'传'"②，小说不仅描绘了宏大的历史事件，同时在英雄人物的塑造上也取得了重要的突破。据粗略统计，全书出现的有名有姓的人物达 100 多个，其中血肉丰满、个性鲜明，给读者留下深刻印象的不下 20 个。小说的主人公高大泉，被塑造成一个"高、大、全"式的阶级英雄，成为"文化大革命"中无产阶级英雄人物的样板。对此，浩然晚年回忆时说道："至于'文革'中把'高大泉'作为写作样板，让大家都这么去写，说实话，我觉得没有一个人能超过我。这个路子是我蹚出来的，最合我的脾气。"③"新英雄人物"也就是"先进人物"的标准，在 20 世纪 50 年代的文艺界有过明确规定："先进

---

① 浩然：《小说创作经验谈》，110 页，郑州，中原农民出版社，1989。

② 浩然：《有关〈金光大道〉的几句话》，见《金光大道》，第 1 部，4 页，北京，华龄出版社，1995。

③ 《浩然口述自传》，238～239 页，天津，天津人民出版社，2008。

人物是先进阶级的代表，先进的社会力量的代表，时代的先进思想的代表。"①在高大泉的心中，充满了社会主义和共产主义的伟大理想，他兢兢业业地为人民服务，"日夜操劳，东奔西忙，勒着裤带干革命"。高大泉常说，自己"浑身这一百多斤交给党了"。在龙虎梁遇险，他的腿被大车压折，面临生命危险之际，他依然乐观地对贫下中农们说："顶多就是一条腿，就算它折了，锯掉它，我照样能跟你们一块儿在社会主义大道上奔哪！"②在互助合作运动中，在党的培养下，高大泉成为芳草地的党支部书记。他具有高度的阶级斗争、路线斗争的觉悟；既具有走社会主义道路的坚定立场，也有嫉恶如仇的阶级情感，也不乏领导实际工作的政治思想水平和能力。他有气魄，有干劲，始终站在战斗的最前线。对于高大泉的形象，有人说就是高、大、全，对此，浩然并没有否认，且坦承这一人物形象正是其作为"样板"的突出之点，但同时他也承认，"这样做抹杀了生活和创作的多样性"③。

相比于《艳阳天》，浩然自己更倾向于《金光大道》，认为其在艺术上要更为成熟。但多年以后他逐渐认识到，"当时受观念和水平的限制，过于强化了阶级斗争和路线斗争"。④ 不能否认，依靠"文化大革命"文艺培育"样板"的运动，这两部作品确实为浩然带来了一片文学创作的"艳阳天"，似乎就此走上了一条事业成功的"金光大道"。在《三里湾》等被批判为"毒草"的时候，《艳阳天》则被誉为"深刻地反映了我国社会主义农村尖锐激烈的阶级斗争，成功地塑造了'坚持社会主义方向的领头人'"⑤。《人民日报》1974 年 12 月 26 日发表任犊的署名文章《必由之路——评长篇小说〈金光大道〉第二部》，称这个作品是"一部进行党在社会主义历史阶段基本路线教育的形象化教材"，"通过精心提炼的情节，概括了那个时期的斗争风貌，无论在思想深度的开掘和英雄形象的塑造上，都取得了较大的成就"⑥。《艳阳天》和《金光大道》在"文化大革命"

---

① 周扬：《在全国第一届电影创作会议上关于学习社会主义现实主义问题的报告》，见《周扬文集》，第 2 卷，197 页，北京，人民文学出版社，1985。

② 浩然：《金光大道》，第 2 部，291 页，北京，华龄出版社，1995。

③ 《浩然口述自传》，239 页，天津，天津人民出版社，2008。

④ 同上。

⑤ 初澜：《在矛盾冲突中塑造无产阶级英雄典型——评长篇小说〈艳阳天〉》，见王尧、林建法：《中国当代文学批评大系 1949—2009》，卷 3，37 页，苏州，苏州大学出版社，2012。

⑥ 任犊等：《走出"彼得堡"》，171～172 页，上海，上海人民出版社，1976。

期间不仅多次再版，同时还被陆续改编成电影、连环画、小人书，国家电台多次播出，浩然也因此拥有了无数的读者与听众。可以说，正是因为他紧跟政治形势、严格遵守"三突出"原则来创作，从政治理念出发，反映两个阶级、两条道路的斗争，使他在这个特殊的年代备受宠爱，一枝独秀。然而，当我们拂去历史的尘埃，本着文学自身的审美标准来衡量作品得失的时候，还是不能不看到《艳阳天》和《金光大道》在创作上的一些缺憾以及《西沙儿女》和《百花川》图解式的粗糙。如果说在十七年和"文化大革命"时期，评论界对浩然的作品普遍持肯定和褒扬的态度，那么进入新时期以后，情况就急转直下了。

## 三、地下文学的潜流

"文化大革命"期间，由于受到"四人帮"的钳制，能够公开发表的作品大受限制，于是，另一种以秘密或半秘密形式传播的文学随之产生，后来人们将其称为"地下文学"，它通常以手抄本的形式在一定范围内传播，是民间创作反映"文化大革命"生活侧面的一面镜子。因为当时不曾公开发表，人们得以见到它们的时候已经是 20 世纪 80 年代了，且由于作者后来的修改，实际上作品与其最初的面貌已经有所不同。

在"文化大革命"中，文学艺术的发展受到了相当大的遏制，但并没能消泯人民群众对于真艺术的追求。在公开的文艺圈中，人们看到的是各类样板化的创作；而在隐蔽的地下文学中，人们却在以极大的热情传播着反映真性情的声音。这些珍贵的文字，涉及诗歌、小说、戏剧，以迥异于当时文坛主流的形式反映了"文化大革命"时代的真实面貌，在艺术风格、流派和题材等方面都对十七年文学有所反拨和超越。在那个禁锢重重的年代，地下文学不啻于"是东方的微光，是林中的响箭，是冬生的萌芽"。

地下文学虽然以隐蔽的形式存在，但并不缺乏民众的参与。从传阅到创作，都有大批热情的读者与作者。在"文化大革命"的特殊历史环境中，由于文化事业备受摧残，不可避免地出现了传统文化继承的中断。这一方面导致地下文学缺乏深厚的历史滋养，另一方面也给他们的自由创造提供了巨大的空间，面对过去的政治和文化，他们能以一种自由而严肃的姿态加以批判和反思。并努力从古典主义、现代主义，以及民间文化的精神宝库中汲取营养，从而创造性地表现生活，反映现实。地下文学以一种迥异于"文化大革命"话语的思维，用一套属于自己的话语系统，来进行内部交流，不但保存了独立思想的火种，也为追寻前路的探索者们投射下一道思想的亮光。这是地下文学最可宝贵的地方，也是它对当代文学最大的贡献。

在全国的政治形势进入"批、斗、改"的时期，文学界诞生了最初的地下沙龙。许多后来知名的青年诗人、文学青年都曾参与其中。这些沙龙对组织和保存"地下文学"发挥了重要的作用。比如食指和依群等人，以及后来形成的白洋淀诗群，都与赵一凡的地下沙龙有过接触。在"地下文学"中，诗歌占据了显著的地位。食指的《相信未来》成为"文化大革命""新诗歌"的发轫之作。此后，新诗歌渐渐成为一种趋向，它们有着共同的脱离现实生活的梦幻色彩、儿童心态，可以说影响了"文化大革命"后中国诗坛的面貌，促成了"朦胧诗"的产生。另一个较有影响力的诗歌群落是白洋淀诗群，其中的代表人物是姜世伟（笔名芒克）、岳重（笔名根子）、栗世征（笔名多多），他们都曾参加过徐浩渊的沙龙。这个诗歌群落都是"文化大革命"时期被下放到河北白洋淀插队的知识青年，大多是北京著名中学的学生。他们很多出身于干部或知识分子家庭，因此有着良好的文化熏陶和知识背景。可以说，白洋淀成了"文化大革命"时期诗歌的摇篮，从中走出的诗人除上述三位以外，还有宋海泉、林莽，后来的赵振开（北岛）、江河（于友泽）、甘铁生等，也都前往白洋淀游历、做客。这些年轻人经常在一起创作并交流，在诗歌内容和形式方面，"白洋淀诗群"都展现出自己独特的个性和激扬凌厉的创新精神。岳重的《三月与末日》《白洋淀》《橘红色的雾》《深渊上的桥》，多多的《回忆与思考》《蜜周》《万象》《致太阳》等，体现出对于现代主义诗歌创作的探索。比如岳重的这首《三月与末日》：

　　既然/大地是由于辽阔才这样薄弱，既然他/是因为苍老才如此放浪形骸/既然他毫不吝惜/每次私奔后的绞刑，既然/他从不奋力锻造一个，大地应有的/朴素壮丽的灵魂/既然他浩荡的血早就沉寂/既然他，没有智慧/没有骄傲/更没有一颗/庄严的心/那么，我的十九次的陪葬，也却已被/春天用大地的肋骨搭成的篝火/烧成了升腾的烟/我用我的无羽的翅膀——冷漠/飞离即将欢呼的大地，没有/第一次没有拼死抓住大地——/这漂向火海的木船，没有/想要拉回它……①

　　芒克 1970 年开始写诗，代表作有《心事》(诗集)、《泪梦》(诗集)、《阳光中的向日葵》(诗集)、《群猿》(长诗)、《没时间的时间》(组诗)。"文化大革命"期间，他创作了一批有影响力的诗作：《致渔家兄弟》《城市》《天空》《冻土带》《白房子的炊烟》《路上的月亮》《太阳落了》《十月的献诗》《给》《街》《我是风》等。多多称芒克为自然诗人，因为他的诗歌中表现出一种心与自然融为一体的亲切。

　　　　我要举起浪花
　　　　向着陆地奔跑
　　　　我要亲切地呼唤
　　　　扑进她温暖的怀抱②

　　　　　　　　　　　　　　　　　　　　——《海风》

　　　　在波涛的上面
　　　　我竖起胳膊的桅杆③

　　　　　　　　　　　　　　　　　　　　——《船》

　　　　只有云层
　　　　把它野性的面孔
　　　　朝我挨近
　　　　我感觉到了
　　　　她那乡土的气息
　　　　和带着汗味的肉体
　　　　只有云层纠缠着我

---

　　①　岳重：《三月与末日》，见李少君、吴投文：《朦胧诗新选》，48～49 页，北京，现代出版社，2017。

　　②　芒克：《荒野》，见《重量芒克集(1971—2010)》，62 页，北京，作家出版社，2017。

　　③　同上书，63 页。

我用力地挣脱着

你走开吧

让我独自留在这里①

——《荒野》

在"文化大革命"中运用现代主义手法进行诗歌探索的诗人还有林莽、田晓青、严力、杨炼等，他们的创作都发轫于"文化大革命"期间，都曾受到"地下诗坛"的滋养，"文化大革命"结束后，他们成为新诗歌"先锋派"的主力，取得了令人瞩目的成绩。

除了知青诗人以外，"文化大革命"期间不幸失去自由的诗人，也曾写下许多个人遭遇和心得的文字。流沙河在"文化大革命"期间，以幽默、辛辣而又酸涩的诗篇，在"地下诗歌"中呈现出不一样的风貌。这个时期的创作，大多表现"文化大革命"时期的生活情景。一把铁锯，诗人既"爱他铁齿有情，养我一家四口"，又"恨他铁齿无情，啃我壮年时光"（《故园九咏·中秋》），反映自己被劳动改造，艰辛谋生的画面；心爱的书籍在抄家时损毁，"留你留不得/藏你藏不住/今宵送你进火炉/永别了/契河夫！"（《焚书》），表现心中的无限难过；还有这个特殊年代的人情世态，"他家小狗太糊涂/依旧对我摇尾又舐舌/我说不要这样做了/它却听不懂/语言有隔阂"（《苦邻》）。这些，不仅仅是诗人流沙河独有的遭遇，也是那个时代许多知识分子生活状态的共同缩影。

此外，"七月派"诗人牛汉、曾卓也相继遭遇审查、关押、劳改的命运。1970年曾卓写下《悬崖边的树》，"不知道是什么奇异的风/将一棵树吹到了那边——/平原的尽头/临近深谷的悬崖上"，"它孤独地站在那里/显得寂寞而又倔强"，"风"和"树"这两个核心意象，反映了那个特殊年代中知识分子的命运；尽管身处逆境，内心不免"寂寞"，但性格中又始终表现出"倔强"的一面，并不失去对"展翅飞翔"的信心。牛汉是"七月派"诗人的重要代表。1955年5月，他因胡风案被拘捕、审查，直到1980年秋才得到平反。1973年秋牛汉写了《悼念一棵枫树》，诗人此诗更多地着眼于整个时代、整个民族的命运，此诗既是对饱受摧残、历尽

---

① 同上书，64页。

沧桑的中华民族的每个优秀的个体，包括自我的痛悼，更是对我们的民族和祖国命运的思考。诗人的悼念是悲凉，但更是悲愤的、雄强有力的，一棵"最高大的""雄伟和美丽"的枫树虽然倒下了，它散发的"浓郁的清香"和生命的"芬芳"却满溢于"整个村庄"和"这一片山野上"，体现出一种充满阳刚之气的悲壮美。

"文化大革命"期间的小说同样以"手抄本"的形式秘密流传，比较有名的是张扬的《第二次握手》（原名《归来》）。这部从湖南传出的长篇小说，是当时北京普遍收缴的六部手抄本之一。《第二次握手》初次写于1964 年，最初是名为《浪花》的短篇小说，后来改成中篇《香山叶正红》，主题也由"消极"改为积极。第二次大的改动是在 1970 年，就是这一次，改名为《归来》的手抄本开始在全国广为流传。第三次修改是在 1974 年，篇幅扩充为 20 万字，最终出版的《第二次握手》就是在这个版本的基础上修改而成的。

故事讲述了青年男女苏冠兰与丁洁琼在海湾的一次风暴救助中相识、相爱，可由于家庭反对、社会战乱和他人挑拨，两个人最终被迫离散。20 多年后，丁洁琼已成为一名著名核物理学家，她不顾帝国主义的阻挠，毅然返回祖国效力。但此时的化学家苏冠兰已经与其干姐叶玉菡结婚成家。丁洁琼深感悲伤失落，当她正准备离开北京时，周总理赶到机场做工作，终于说服她留下来，与科技战线上的同志们一起努力攻坚，5 年后中国成功地爆炸了第一颗原子弹。这个故事以男女主人公的恋爱故事为主线，前后两次握手，成为他们唯一的身体接触，小说的命名彰显了那个特定年代的爱情与道德。他们的内心情感体验，代表了一代知识分子共同的情感历程和爱国主义精神，因而打动了无数的读者。对知识分子的充分肯定，对周总理的热情讴歌，对缠绵爱情的凄美述说，在小说中有着淋漓尽致的呈现，表现出一种难能可贵的创作勇气，这正是这部小说在当时取得的重大突破。

作者试图通过对主人公刻骨铭心的爱情故事的叙述，将人物思想提升到爱国主义情操的高度。小说的结尾，丁洁琼和苏冠兰虽然遭受了情感的极度冲击，内心充满了创伤，但出于对祖国的热爱，他们终于选择将个人情感置于民族大义之下，这种更博大更崇高的精神，使苏、丁、叶三人共同开始了一种纯洁、美好的新生活。小说终结时，读者也似乎经历了一种精神的洗礼与升华，从人物的情感纠葛中解脱出来，最终达到了一种崇高忘我的爱国主义境界。

小说中弥漫着一种人生悲苦的气息。比如书中引用陆游的词句："东风恶，欢情薄，一怀愁绪，几年离索。错，错，错！……山盟虽在，锦书难托。莫，莫，莫！"小说中苏冠兰和丁洁琼的爱情悲剧，看似是旧式婚姻礼教干预的结果，实则还包含有现实的政治因素。男女主人公默默承受着个人情感的痛苦，将生活中的诸多磨难、苦衷消解于内心，取而代之的是将民族、祖国的利益置于首位。这种内心体验，集中表现了当时中国一代知识分子共同的情感历程和当时爱国主义精神的实际内容。苏、丁的爱情悲剧成为一代知识分子悲剧体验的象征。

在具体情节、场景的选择、设置上，作者特别注意画面感的营造，力图还原出故事最真切的情景。这是一种强调可视效果的手法。比如有这样一个场景：电闪雷鸣，巨浪翻腾的黄浦江上，苏冠兰跃入江中救出一名少女。再比如：美国新墨西哥州半沙漠地带，第一颗原子弹试验场。在水泥地下建筑内，丁洁琼坐在中心控制室的指挥仪前的安乐椅上，在原子弹起爆前的 11 分钟，奥姆霍斯在传真机、荧光屏前向丁洁琼求婚，受窘的丁洁琼急忙喊："绿线完成！准备试爆！"这些文字营造的画面让人产生一种现场既视的观感。此外，作者在语言上也致力于追求丰富的表现力，以达到感染读者的目的。

《第二次握手》获得了极大的成功，在 1979 年 7 月出版时，三个月内就印刷了三次，仅第三次印数就达 50 万册，累计印数达 430 万册。称之为"文化大革命"中的一部奇书，实不为过。

# 第六章
## 从伤痕到反思：几代人的痛与伤

　　1976 年 10 月粉碎"四人帮"宣告了十年"文化大革命"的终结，标志着一个政治时期的结束。1978 年 12 月召开的党的十一届三中全会，全面认真地纠正了"文化大革命"中的错误观念。此次会议影响深远，它标志着中国从此进入了社会主义现代化建设的历史新时期。

　　随着我国政治上的拨乱反正，荒芜已久的文艺百花园，终于告别凋敝的寒冬，沐浴着时代春风，迎来了复苏的春天，开启了文学的新时代。

　　"冬天来了，春天还会远吗？"其实，在严寒中已然孕育着春的希望。新时期文学的发端，可追溯到 1976 年清明节前后的天安门诗歌运动。当时，人民群众冲破"四人帮"的重重阻挠和压制，纷纷创作诗文悼念周总理、缅怀革命先烈，并辗转传抄，波及全国。这场诗歌运动体现了"愤怒出诗人"的创作姿态，是新时期文学创作中"悲愤"式悲剧文学审美形态的滥觞。天安门诗歌运动是非常历史时期的特殊文学现象，它不仅展示了人民群众的智慧和力量，而且拉开了新时期文学复苏的序幕，具有不可低估的文学价值和史学意义，被称为"春天的号角"。

"文化大革命"给党和全国各族人民造成了深重的灾难，"文化大革命"结束后，政治家关注着历史前进和社会变革的步伐，而文学家则将视野聚焦于历史进程中留下的点点滴滴。备受压抑的郁结一经解放，喜悦的兴奋和屈辱的悲愤涌聚激荡，形成一股疾风骤雨似的宣泄狂潮，文学恰在此时承载了人们的情感诉求，率先担当起了揭批"四人帮"的社会政治使命，以回忆、揭露和控诉的方式，淋漓尽致地展示了"文化大革命"带给国人的历史创痛，伤痕文学应运而生。

# 一、作为叙事前提的"文化大革命"记忆

"伤痕文学"是特定时代背景下的产物，是以展现个人及国家创伤为内容，以彻底否定"文化大革命"、张扬知识分子主体精神为立场的文学思潮，是"文化大革命"后文学转型的重要标志，在新时期文学中具有开拓性的作用。

## （一）对"文化大革命"历史的创伤言说——"伤痕文学"的由来

1977 年，十年严冬已过，但春寒料峭、乍暖还寒，文学天空中的阴霾还未尽除，曾经的"文艺黑线专政论"的影响没有完全消弭，在这最难将息时刻，是刘心武创作的短篇小说《班主任》真正唤醒了文学的春天，堪称新时期"伤痕文学"的发轫之作。作品以"批判与启蒙"的姿态率先揭批了"四人帮"。小说还以充满希望与生机的春天的意象作结："这时，春风送来沁鼻的花香，腼腆的星星都在眨眼欢笑，仿佛对张老师那美好的想法给予肯定与鼓励……"应该说，1977 年《人民文学》第 11 期登载的这篇小说，引发了读者强烈的共鸣和社会空前的反响。

《班主任》的第一位职业读者，是当时《人民文学》的编辑崔道怡，他称这篇小说为"新时期文学的第一朵报春花"；小说登载之后，《人民日报》评价其"是一只报春的燕子，报告大家春天到了"。复旦大学陈思和教授还将之与白桦借古讽今的剧本《曙光》和徐迟为知识分子鸣不平的报告文学《哥德巴赫猜想》并称，称其为"三只携带着春意的燕子"①。

① 陈思和：《新时期文学简史》，15～16 页，桂林，广西师范大学出版社，2010。

小说《班主任》从班主任张俊石的视角，讲述他接收有前科的插班生宋宝琦的故事，刻画了两个鲜明而迥异的人物形象：主人公宋宝琦虽然体格健全，但因深受"文化大革命"的影响，思想早已被严重扭曲。从外表看，他身体壮硕，满身瘪肉，嘴唇上有一条可怕的瘢痕，外表的丑并不是最可怕的，精神上的愚昧、空虚才是看不见的可怕内伤。他不羡慕科学家、工程师，也不认为知识有用，他崇尚的是考试交白卷的张铁生，是造反有理。与蛮横粗鲁、愚昧无知的宋宝琦相对的是"品学兼优"的好学生谢惠敏，她单纯、真诚、进步，具有"劳动者后代的气质"，但因受政治教条影响，她思想僵化、内心偏狭，是一个不折不扣的、没有判断能力的、政治规范的盲从者，她认为凡是报纸没推荐的书都是坏书，穿裙子的都是资产阶级作风，她关注同学们的思想动态不是出于帮助他们进步，她不理解班主任对宋宝琦的接纳和帮助，等等。

虽说《班主任》艺术上略显粗拙，采用的是传统文学的有序结构，人物塑造有较明显的"三突出"印痕，但它是第一个将批判精神真正注入文本的新时期小说，扭转和开拓了文学创作的新思路，揭开了新启蒙主义运动的序幕，因而在中国文学史上具有里程碑的意义，"起到引领创作潮流、甚至划分文学时期的重要作用"①，为当代中国文学的创新发展提供了思想上的启蒙。伤痕文学也由此奠定了揭露和控诉的基调：在饱含血泪的记忆中，诉说历史伤痛。

虽然《班主任》是伤痕文学的开山之作，但许多学者认为 1978 年发表于《文汇报》上的卢新华的短篇小说《伤痕》才是伤痕文学的真正源头。

《伤痕》描述的是出身于革命干部家庭、从小受到良好革命教育的中学生王晓华，无法忍受"叛变革命"的母亲，誓与家庭彻底决裂，与母亲断绝关系，之后更是 8 年未曾回过家，但深爱她的母亲在为自己拖累女儿深深自责的同时，还不忘为女儿寄衣服和食物。粉碎"四人帮"后，身心受到重创、已疾病缠身的母亲写信告诉王晓华真相，悔恨交加的女儿怀着"激动"和"难过"的心情赶回上海看望母亲，但母亲没能等到她回来就与世长辞了，这成为王晓华心头难以弥合的创伤。王晓华深爱自己的母亲，但当年由于年纪小、缺乏社会生活经验，无法承受母亲对革命的

---

① 毕光明：《从"伤痕"到"反思"——新时期文学回叙之一》，载《海南师范学院学报（人文社会科学版）》，2002(3)。

背叛以及以由此造成的亲情与信仰之间的背离，因而选择与母亲划清界限，从上海跑到辽宁农村插队，以至于母亲去世时也没能守在跟前。

从总体上看，《伤痕》唤醒了人们心中压抑已久的情感。同时，《伤痕》加深了国人对"文化大革命"的认知，为当代中国的改革开放、市场经济等进行了思想启蒙。

《班主任》与《伤痕》发表后引起了强烈反响，也引发了人们激烈的讨论，同时还引发了新的创作思潮，《枫》《姻缘》《在小河那边》《生活的路》《将军吟》等一大批文学作品先后面世，这些作品都将"文化大革命"作为清算的对象，以感伤的色彩淋漓尽致地表现了在"文化大革命"背景下人们遭受的苦难和摧残，结束了"非人"的文学历史，形成了新时期第一个小说创作思潮。

不管是《班主任》《伤痕》，还是《将军吟》《我应该怎么办》，都具有强烈的意识形态性，作者以经历者的身份讲述"文化大革命"中发生的悲剧事件，以文学的形式关注社会政治变革、抚摸创伤、寻求慰藉，以对伤痕的直接裸露和展示浇心头的块垒。

伤痕文学作为新时期文学的开端，不仅帮助人们认识了历史，而且还重塑了文学质疑生活的功能。但是，作为一个特殊历史时期的产物，离开了"文化大革命"这一历史背景，伤痕文学就失去了生存的土壤，读者也较难理解和正确解读作品的内容。所以，伤痕文学也被称为是对"文化大革命"时期的暴露和历史记忆性书写。伤痕文学对"文化大革命"的这种历史性书写，充分发挥了文学批判社会、反思社会的功能，对于人们理性认识"文化大革命"、客观评价"文化大革命"、总结"文化大革命"经验教训等具有重要意义。

**（二）理性自觉寻求历史本质——伤痕文学的影响**

《班主任》《伤痕》等文学作品发表后引起了强烈的反响，一时间支持者有之，非议者有之。有的人认为伤痕文学揭露和批判了"四人帮"的罪行，歌颂了人民群众与"四人帮"战斗的精神，显示了新的文学潮流的来临，具有进步意义。如屠岸、杨子敏、王纪人等人认为这类作品暴露的是社会主义的敌人以及他们带给人们身体和心灵上的伤害，揭露的是"四人帮"的罪行，歌颂的是人民群众的顽强斗争精神，给了人们希望和信心，这些都是合理的、正确的，并不是贬斥者说的"暴露文学"。但也有人认为伤痕文学对社会阴暗面暴露太多,揭示社会阴暗面太尖锐,影响了实现四个现代化的斗志,是给社会主义抹黑,甚至有人使用"暴露文学""感伤文学"等来抨击、贬斥这类作品。

1979 年年初,文学界出现了明确批评伤痕文学的文章,《广州日报》在 4 月 5 日发表了《向前看呵! 文艺》,文中明确认为揭露和控诉"四人帮"的伤痕作品属于"向后看的文艺创作",在作者看来,伤痕作品描写的悲惨遭遇"情调低沉",展现的是深重灾难和严重创伤,容易带给人"命运之难测,前途之渺茫"的悲观心理,因而他认为应该"提倡向前看的文艺"。文章一经发表,在引发文艺界广泛而强烈的"向前看向后看"争论的同时,受到了文艺界的一致批评,大家认为他的这种分类(文中将伤痕文学分为三类:歌颂与"四人帮"勇敢斗争的英雄的、描写"四人帮"肆虐下的个人悲惨遭遇的以及揭示"四人帮"肆虐下产生的社会问题的)缺乏科学性,割断了历史的延续性,人为地给文艺创作"设禁区",不利于文学艺术的发展。虽说伤痕文学在争论中向前迈进了一步,但文艺界内部已初现分歧的端倪,如《四川文艺》《山东文学》等编辑部纷纷表态不再发表伤痕文学。林默涵指出文学创作要防止感伤主义,伤痕文学散布感伤、消沉情绪,容易使人消沉。对此,绝大部分文艺者为伤痕文学正名,肯定了伤痕文学的社会意义。

为统一思想认识,中宣部召开了一次座谈会,会上胡耀邦要求大家破除老框框,要解放思想,大胆创作,以满足群众的需要。在第四次文代会上,周扬指出文学作品是潮流的产物,文艺创作者借助文学作品帮助人民认识惨痛经历,化消极因素为积极因素,才能凸显文学作品的现实意义和历史价值。会后,茅盾、周扬等文艺界领导人在肯定伤痕文学的积极作用,支持伤痕文学发展的同时,也对伤痕文学的发展方向做了新的调整,即正确引导伤痕文学转换题材。转换题材,已成为文艺领导对伤痕文学发展达成的共识,如茅盾指出伤痕文学向前发展必须转换题材,周扬也提出要正确引导伤痕文学作家,多创作使人奋发向上、胸襟开阔的作品,就连坚定支持伤痕文学的《文艺报》也做出支持改革文学的调整。不过,文艺界的争论和分歧,也为其后控诉文学和反思文学的发展奠定了基础。

可以说,在中国文学史上,伤痕文学因迎合了社会政治与文化变革的需要而引起广泛的争鸣，但转瞬即逝。作为现实主义文学的一脉，伤痕文学突破了"文化大革命文学"的模式，使现实主义传统得到恢复。伤痕文学以审美的形式观照苦难，表现那个时代人们肉体和精神上的"伤痕"，激发人们心灵深处的爱与恨，虽说伤痕文学起点低，技术层面限制较多，但因其关注的是人类生活中的细节，是直露浅显的抒情，因而成为吸引读者的魔杖。[①]

### （三）伤痕文学的局限性

2004 年卢新华在重审"伤痕文学"后认为，当年的伤痕文学虽然宣泄了人们对"四人帮"迫害的怨恨和愤懑之情，使文学回到了人学的轨道，但由于它过于注重悲伤和愤怒情感的宣泄，表露出强烈的政治批判意识，因而它必然是短暂的。伤痕文学从形成到消失只持续了三年多的时间，伤痕文学的产生和繁荣有着特定的社会现实需要和历史价值，但它的转瞬即逝也有其自身的局限性。

从社会意义上来看，伤痕文学作为刚刚摆脱"文化大革命"创作模式的新思潮，以文学特有的方式描写和批判"文化大革命"造成的悲剧，作家们以清醒真诚的态度关注和描述了那段不堪回首的悲剧性遭遇。不过，这类作品多关注造成悲剧的表面因素——坏人做坏事，而对背后深层次的文化心理、封建意识等深度解析不足，"具有感情宣泄比思想表达更为突显的特点"[②]。"文化大革命"结束后文艺路线的"解冻"才使文艺呈现出历史性的转变，《班主任》就是在这种历史背景下产生的；但同一时间的《伤痕》虽然对"四人帮"罪恶的控诉更为深刻，却经历了退稿以及多达 16 处的修改，由此可见，伤痕文学不完全是当代作家自觉的意识产物，它与特定的时代环境、伟大的历史变革、个人的特殊经历等都有着密切联系，同时也与国家意识形态建设、社会价值观嬗变等密切相关。在这种情况下，不能完全从人的解放和人道主义的角度考察伤痕文学的发展演变、文学局限、思想内容、艺术水准等，而应当将伤痕文学放到宏大的时代背景进行全方位分析和考察。

从艺术表现上来看，伤痕文学冲破了题材、手法等禁区，情节跳

---

① 洪子诚：《中国当代文学史》，51～57 页，北京，北京大学出版社，1999。
② 王万森：《新时期文学》，15 页，北京，高等教育出版社，2014。

跃、结构灵活、艺术风格多样，但因偏重时代精神的宣传，而使得文学作品的艺术性受限，如受历史条件的限制和社会现实的需要，许多作品中存在着的二元对立的叙事模式，伤痕文学人物模式分为两大阵营——好的、善良的、进步的革命派和坏的、邪恶的、落后的反革命派，以"文化大革命"模式讲述反革命故事，最后的结果当然是邪不胜正。如从维熙的中篇小说《大墙下的红玉兰》就是二元对立叙述模式的代表作之一。在作品中，以葛翎为代表的正义派与以章龙喜为代表的邪恶派展开了"一场不见硝烟的战争"，正义派竭力维护党的路线方针，邪恶派则费尽心机地制造混乱、浑水摸鱼，正义与邪恶之间的较量，最终必然会以正义者的胜利而告终。伤痕文学的二元对立模式不仅表现在情节安排上，还表现在人物形象塑造、语言表达上，如《大墙下的红玉兰》中的正义者总是形象高大、有勇有谋、意志坚定、义正词严、爱憎分明，而邪恶者总是卑琐丑陋、阴险狡诈、欺软怕硬、唯利是图、言语闪烁。

悲剧意识和喜剧结尾也是伤痕文学中模式化的存在。悲剧就是将有价值的东西毁灭给人看，就文学作品而言，悲剧不仅要表现灾难，还应在灾难中展现崇高。伤痕文学虽然重新出现了悲剧意识，但其悲剧意识主要体现在悲惨故事的叙述上，即主要体现在对灾难的表现上，对人物性格刻画则显得有些单薄。伤痕文学形成于"文化大革命"刚结束不久，由于当时政治形势不明朗，加之批评和斥责声音众多，文艺界在文学创作上暂未摆脱"文化大革命"文学创作观念的影响，对悲剧意识的表现还有所保留，因而伤痕文学作品常以大团圆式的喜剧结尾或以蕴含暗示前途光明的预言结尾，这种喜剧式结尾淡化了悲剧效果，淡化了伤痕文学的批判色彩，也使文学作品的故事情节更符合传统审美意味。如孔捷生的小说《在小河那边》中，讲述的是因父母被打倒，主人公严凉在海南受到各种冷遇和打压，在工作的小河边他遇到了女主人公穆兰，克服困难后与她终成眷属的故事。这种爱情故事在现在看来是平常且庸俗的，但在"文化大革命""血统论"的错误导向下，严凉与穆兰的相识相爱并没有得到幸福，因为他们是"亲生姐弟"，可以说到这里作品的悲剧色彩已达到高潮，但随后作者笔锋一转，为作品"遗憾地拖曳了一条光明尾巴"——严凉和穆兰从父母处得到他们是没有血缘关系的姐弟，最终两人终成眷属。故事是圆满了，这种偶然性因素和大圆满结局弱化了作品的悲剧意味和批判色彩，强化了作品的社会教化价值，收到良好的文学传播效果。

伤痕文学作品中，作家多是从情感需要出发塑造人物形象的，这些可能导致导致人物形象不够丰满、缺乏立体感，也可能影响文学作品的内容深度、艺术水准，但在新时期中国文学的探索发展期，这些问题也是在所难免的。伤痕文学作品塑造的人物形象多为知识分子、青年（学生、知青）、老干部与将军，这些人物多是轮廓化的，许多人物形象都缺乏鲜明的性格特点，如《班主任》中的班主任张老师，《伤痕》中王晓华的母亲，等等。这样的文学创作手法能够更好地表达文学主题，表达作家的内心情感，但也往往使人物形象比较单薄，这无疑是伤痕文学的一些遗憾之处。此外，在伤痕文学创作中，作家多以饱满的情感、爱国爱民的心态进行创作，以直露浅显的抒情来表达观点，这些虽然使文学作品富有情感冲击力，但也使作品缺少了咀嚼和回味的文学深度。

## 二、"谁之罪"的追问与控诉

伤痕文学对"文化大革命"的苦难的书写不仅能愈合历史伤痛，而且还能提高阶级觉悟①，洁泯曾指出伤痕文学中的揭露和批判，既是合乎规律的现象，也是文学艺术发展史上的重大突破，毕竟美丑、崇高与卑劣都是相互依存的，人们通过对苦难的控诉（诉苦）掩盖创伤记忆的原始情境，重新构建自己的经验记忆，以此来愈合历史创伤。②

### （一）个体生命视域下的精神启蒙

"文化大革命"结束后，新时期文学以空前的热忱关注人、人性，被压抑已久的知识分子也成为文学创作的主人公之一。如《班主任》中面对谢惠敏和宋宝琦两类学生，班主任张老师发出"救救被'四人帮'坑害的孩子"的呼喊，这使人联想起五四时期鲁迅等启蒙知识分子提出的"救救孩子"的呼声，"文化大革命"后的启蒙潮流与五四时期的启蒙精神有着

---

①　郭于华、孙立平：《诉苦：一种农民国家观念形成的中介机制》，见《现代化与社会转型》，405页，北京，北京大学出版社，2005。

②　刘小枫：《沉重的肉身——现代性伦理的叙事纬语》，3页，上海，上海人民出版社，1999。

内在的关联性，二者在形式上是一脉相承的。或许有人会认为，与鲁迅的"救救孩子"相比，张老师的口号会显得大而空，但如果从当时的历史语境来看，这句口号不仅具有合理的社会、文化基础，而且还具有相当重要的启蒙意义——成长环境对个体生命成长的影响应当引起人们的关注。《班主任》在叙事上试图以控诉的方式来讲述反"文化大革命"的故事，显示了对个体生命走向的关注，开启了人道主义叙事立场。

戴厚英的长篇小说《人啊，人》是真正为个体生命价值呼喊的作品。作品以 C 城大学为背景，讲述了何荆夫、孙悦、赵振环等人之间的复杂关系，以及何荆夫与孙悦之间曲折的爱情故事，控诉了阶级斗争背景下扭曲的灵魂，表现了中国知识分子虽历经苦难，却依然热爱祖国、追求真理的人生观。主人何荆夫因为替华侨学生小谢鸣不平而被打成右派，他深爱着善良美丽的女主人公孙悦，而女主人公孙悦为了不背弃对青梅竹马的男友赵振环的誓言，拒绝了何荆夫的追求。何荆夫尊重她的选择，但他并未放弃自己的感情，他将真挚的感情深埋心底，并将其扩大至对生活的爱。他经历过开除学籍、父母过世、到处流浪等坎坷，但他从未失去对生活的信心。粉碎"四人帮"后，何荆夫回到学校，一边研究哲学，撰写《马克思主义与人道主义》一书，一边引导学生认真探索。在感情上，他忠于对孙悦的纯洁情感，最终以自己的深沉真挚获得孙悦的爱情。在作品中作者一改传统手法，不再追求故事情节的精心编织和人物形象的细腻刻画，而是通过何荆夫这一人道主义倡导者所遭受的坎坷经历和不公正待遇，呼吁着人性和人情，呼唤着人性的复归。正如刘再复所说新时期文学对早已被践踏如泥的人道主义的呼唤，不是依靠想象力下达的断语，而是围绕人的重新发现这个轴心展开的，是时代发展的需要。[①]

李泽厚在评价"文化大革命"后的文学发展时也指出"人啊，人"的呐喊遍及各个领域，都围绕着个体要求解放出来的主题旋转[②]，虽然中国文学史更倾向于使用"伤痕文学"来对新时期文学创作思潮加以描述，忽

---

① 刘再复：《新时期文学的主潮——在中国新时期文学十年学术讨论会上的发言（内容提要）》，载《文学评论》，1986(6)。

② 李泽厚：《二十世纪中国（大陆）文艺一瞥》，见《中国现代思想史论》，270 页，北京，生活·读书·新知三联书店，2008。

---

略了对新时期文学中人道主义思潮的描述，但在新时期文学作品中，尊重人、关心人、爱护人，始终是新时期文学的感人之处，也是新时期文学创作的主潮，除了《人啊，人》之外，像《苦恋》《离离原上草》《我是谁》《三生石》《没有被面的被子》《风雪茫茫》，等等，这些都是对人的价值、人的启蒙、人的觉醒这一人道主义价值观反复重申的作品。当然，新时期文学作品中人道主义创作思潮的产生并非孤立事件，而是以人道主义启蒙为依据，对文学创作与事实批判所做的归纳。"文化大革命"结束后，尊重人和人的价值成为知识分子批判"文化大革命"阶级斗争的参照，虽然这一时期他们对"人学"尚无严格的定义，但重申人的价值已成为他们的共识。

此外，对爱情观进行启蒙也是伤痕文学重要的精神启蒙内容。"文化大革命"时期，爱情被视为洪水猛兽成为文学创作的禁区，但在伤痕文学中，爱情又成为作家创作的重要题材。不过由于不同作家有着不同的感情观和感情经历，这使得文学作品体现出不同的旨趣。[①] 被誉为"文化大革命"结束后最早在文学中恢复爱情记忆的作品——刘心武的《爱情的位置》第一次冲破禁区，为爱情在文学艺术领域里恢复名誉，让文学开始真正反映现实生活。作品主要讲述的是青年女工孟小羽与烙火烧的陆玉春相识相知相爱的故事，作者通过小羽的朋友亚梅对小羽选择的不理解，直接点明观点：真正的爱情，地位和金钱是代替不了的。虽说《爱情的位置》突破了爱情在公开话语中的禁绝局面，让爱情获得了应有的位置，但作者对爱情的描述还是与工作融为一体的，表达的依然是作者对社会的关怀和对社会问题的思考。恩格斯认为只有以爱情为基础的婚姻才是合乎道德的婚姻，但在当时的社会环境下，又有多少婚姻是真正以爱情为基础的呢。基于对当时中国社会生活现实的观察以及对《家庭，私有制和国家的起源》的感悟，张洁创作出了具有浓厚理想主义色彩的短篇小说《爱，是不能忘记的》，揭示社会现实和传统观念对人性的压制。作者以人文知识女性的情怀向人们展示一种柏拉图式的爱情，虽然这种精神意义上的纯洁感情被后来文学作品中的肉欲所解构，但对于那些生活在反人道、非人道的"四人帮"肆虐年代的人们来说，这种超

---

① 方守金、路文彬：《伤痕记忆的拷问——论"反思小说"的历史叙事》，载《文艺理论研究》，2001(4)。

越肉体的、纯粹的、满足精神追求的爱情悲剧具有极大的心灵震撼力。

从整体上来看，这一时期的作者更关注个体生命价值，更善于从个体生命的角度关注和思考问题，因而，可以说以个体生命思考为立场创作出来的作品，不仅更能展现个体的独立性，而且更能突出个体生命的价值，这对个体精神世界的重建起着重要的作用。

### （二）宗教世界里的自我救赎

在伤痕文学中，作家们总是希望通过对伤痕记忆的描述来唤醒人们的精神世界，或借助于集体话语的力量来重构人的精神世界，但对于《晚霞消失的时候》这部伤痕文学作品来说，作者却并未从上述角度关注人的精神世界，而是站在宗教的视角关注人的精神世界。[①]《晚霞消失的时候》是新时期文学作品中极具争议性的作品，也是当代著名的手抄本小说之一。作品是一个伤感的爱情故事，少年时代的李淮平与南珊因读书相识，并互生好感，但三个月后轰轰烈烈的红卫兵运动开始了，出身于共产党将领家庭的李淮平在这场运动中造反、参军、提干，而对于出身于国民党将领家庭的南珊来说这场运动则意味着摧残和压抑，内心情感与社会角色的强烈冲突改变了他们之间单纯的情感，只留下一段扭曲的精神恋爱。作家以家庭背景、社会环境以及宗教背景的不同，展示人物命运、情感经历和精神世界的不同，体现了作者对科学与宗教、爱与恨的探索，可以说，这部作品无论在思想深度，还是在艺术方面都具有独特的魅力。有人认为这部作品将人生价值与宗教相统一，不仅使作品具有了哲学的品格，还为文学开启了精神拯救的可能；但也有人认为这部作品以抽象的善恶观念代替阶级观念，对于深刻的问题只给出肤浅的答案，具有强烈的宗教情结。不过作品涉及的问题都具有较大的思想深度，在当时的社会环境下能对人性、哲学、爱情进行深入深刻的反思，实属难能可贵。

当然，作为伤痕文学中少有的以宗教视角关注人的精神的作品，《晚霞消失的时候》对宗教的认识还不全面，不过在作品中，宗教的原始功能——灭除苦恼不安，获得希望与安心，对修复南珊精神世界的伤痕

---

① 毕光明：《从"伤痕"到"反思"——新时期文学回叙之一》，载《海南师范学院学报（人文社会科学版）》，2002(3)。

发挥着巨大的作用。作品以大量的篇幅来描述南珊幼小心灵中的痛苦和屈辱，隐藏的叙事动机在于说明宗教对心灵伤痕的抚慰作用。南珊相信原罪论，这与她是被俘的国民党高级将领的后人的身份有关，也为她经受的痛苦和悲哀找到合理解释。李淮平则认为南珊的信仰只是为自己虚构了一个可以安放灵魂的殿堂和一个抚慰创伤的永恒主宰。马克思认为宗教是人民的鸦片。南珊以顺从麻木的心接受生活带给她的一切苦难，放弃对爱情的追求，放下了对公允的执着，宽恕了背叛的李淮平。虽然宗教的救赎给了她生活的勇气，却也带走了她对爱情的向往。故事中两人从相遇、分离到再相遇、再分离，形成一个封闭的回环，暗示着李淮平有关爱情的幸福将永远缺失。

小说刚开始的时候，虽然南珊一直处于被压抑的自卑和屈辱状态，但她对许多事情都有自己的见解，即使面对一直处于优越地位的李淮平，她也没有失去自己的话语权；随着剧情的发展，政治上的优势使李淮平取得了绝对的话语权，而南珊则由于家庭出身受到批斗，她在李淮平面前彻底失语；在宗教中找到心灵寄托的南珊用爱与平静宽恕所有人，对带给自己伤痛的时代报以温柔，对"背叛"自己的李淮平不再执着，甚至当李淮平向她道歉时，她都不曾有过任何憎恨。此时站在南珊面前的李淮平再也没有当初的话语地位，而曾经失语的南珊再次获得话语权。其实南珊话语地位和话语力量变化的主要原因不在于外部环境以及他们彼此身份的改变，而在于宗教救赎带给她的心理优势。不过作品将生活的救赎寄托于宗教，这样的救赎终究是不圆满的，毕竟救赎就意味着对伤痛的接受，就意味着给自己找一个适当的理由去放弃，让麻木的心灵暂时脱离现实的苦难，这种救赎给了人活着的勇气，却带走了本该坚持的执着。作品对强烈宗教情结的描述受到许多学者的批评，有人认为作品离开了马克思主义阶级观点，也有人批评作品以抽象的道德尺度稀释历史，但在当时的社会环境下，作者从宗教的角度关注和审视人的精神世界超越了时代认知水平，为新时期文学创作提供新的视角。站在这个角度看，《晚霞消失的时候》可以说是一部"救赎小说"。

恩格斯说过："没有哪一次巨大的历史灾难不是以历史的进步为补偿的。"①动乱之后的历史进步，体现在政治、经济、文化各个领域的复

---

① 恩格斯：《致尼·弗·丹妮尔逊》，见《马克思恩格斯全集》，第39卷，149页，北京，人民出版社，1975。

兴和发展。国家不幸诗家幸。苦难的种种磨砺，点燃了作家们的灵魂，孕育了新的文学。伤痕文学不但勇于正视国家和人民的身心创痛，而且勇于破除"四人帮"的"主题先行论""三突出原则"等种种谬误戒律、教条清规，突破"人性论""真实论"等重重禁区，敢于大胆揭批"四人帮"，使久违的文艺现实主义传统复归。

揭开伤疤、回味苦痛，是为了充分疗救、轻装前行；痛定思痛后的记忆，是为了彻底告别伤痛、疗愈病苦、健康成长。血泪皴染的伤痕文学终将挥别历史，走向新生。

# 三、个人对历史的责任与困惑

伤痕文学现实主义深化的必然是反思文学。"反思文学"作为特定指称的概念，是指 20 世纪 80 年代初期，文艺界工作者对"文化大革命"甚至更早历史现实的追溯，以艺术的方式揭示社会谬误，并将其上升为历史经验教训的总结的一种文学思潮。

反思文学是伤痕文学的发展及其合乎逻辑的发展结果，因成就斐然而载入文学史册。与伤痕文学相比，反思文学波及面更广、反思的内容更深刻更全面、反思的主体更多元化、反思的触角更灵敏，它不再满足于对"文化大革命"、极左思潮带给国家和人民的伤痛、苦难和悲剧的揭露和控诉，而是要通过对历史的追溯找到造成苦难的历史成因，探究历史是非。文艺创作者开始以冷静、严肃的态度重新认识生活，重新评价历史，他们的思考更深入，对主题的挖掘更深刻，视野也更开阔，理性色彩也更为强烈。如从 1957 年的"反右"运动到 1966 年开始的"文化大革命"，都成为反思文学反思的内容。《天云山传奇》《剪辑错了的故事》《黑旗》《犯人李铜钟的故事》《活动变人形》《灵与肉》《芙蓉镇》《李顺大造屋》《布礼》《蝴蝶》《相见时难》《冬天里的春天》《绿化树》等是这一时期涌现出的红极一时的反思文学。

## (一)对历史的理性反思

对历史的回顾和思考是反思文学最突出的特征，当然思考是文学的重要元素，任何文学都离不开思考，但对于反思文学来说，在何种层面反思、反思的程度、反思的方式等，都成为反思文学思考的重要维度。

反思文学的早期作品如《剪辑错了的故事》《天云山传奇》《犯人李铜钟的故事》等，主要通过反思极左思潮对人的影响来更好地认识和推动现实。

《剪辑错了的故事》通过对比手法揭露了1958年"大跃进"运动带来的问题。作品通过正反对比手法，将现实与历史进行对比来表现人性的异化，追问老甘们在极左运动中发挥的作用。老甘和老寿相识于革命战争时期，为支援革命，共产党员老寿将自家的口粮全部拿给了老甘，老甘心疼老寿一家，临走悄悄在老寿家门闩上留下一半安家粮；为慰劳解放军，老寿家七棵枣树结的枣一颗没留全送到了部队；部队缺少柴草，老寿把家里的枣树砍了给军队做柴草。那时的老甘与群众可是骨肉相连、患难与共，为革命出生入死，事事为群众利益着想，群众对革命的奉献、对他的恩情，他是看在眼里记在心里，他是大家伙眼里的好干部、好领导。可是现在解放了、不打仗了，一切都变得不一样了，老甘不再是老甘了，而变成了"甘书记"，他与老寿的关系疏远了，感情淡了。在"大跃进"运动中，老甘虚报产量、砍倒即将成熟的梨树，甚至为了搬开老寿这块绊脚石，给他戴了顶"典型的、自己跳出来的右倾分子"大帽子。《剪辑错了的故事》可以说是当时第一篇反思历史问题的文学作品，作者采用剪辑错了的形式（七个相互独立的、时序颠倒的、自由联想的、突兀跳跃的生活场景的组接）来表现主题。

鲁彦周所著的中篇小说《天云山传奇》，反思的是1957年"反右"斗争扩大化对知识分子命运和爱情的影响，小说的主人公罗群是个思想敏锐、心胸坦荡、热爱生活、立志要将自己的青春奉献给党的事业的人，他因怀有开发天云山的志向而被打成反革命；吴遥与罗群一样都是党的干部，但他思想狭隘、精神空虚、多疑、权力欲重，在"文化大革命"中飞黄腾达，罗群与吴遥之间的对比，不仅是正义与非正义力量的代表，而且还是天云山开发中不同政治路线斗争的代表。而宋薇、冯晴岚、周瑜贞三人之间因罗群而形成复杂的对比关系。宋薇活泼单纯、性格软弱，考察队政委吴遥对宋薇颇为动心，但没过多久他就调走了。罗群作为新的政委来到考察队，并在工作中与宋薇建立了感情，不久因宋薇调往党校学习两人暂时分开。罗群与宋薇之间单纯明丽的感情因罗群被扣上反革命的帽子而迅速瓦解，宋薇写信断绝与罗群的关系，转身与吴遥结婚。冯晴岚与宋薇同时来到天云山考察队，冯晴岚细心含蓄、善于独立思考，她在罗群落难时，主动与他结合，以自己柔弱的身躯爱着罗群，挑起生活的重担，但因遭受迫害献出了自己年轻的生命。作为在"文化大革命"中长大的青年，周瑜贞爱憎分明、泼辣能干，因在寻找天云山规划书时结识罗群夫妇，冯晴岚去世后，她接过冯晴岚的担子承担起照顾罗群的责任。周瑜贞的接力不仅是对罗群正确政治路线的认同，也是对历史是非问题反思的认同。

其实，不管是《剪辑错了的故事》，还是《天云山传奇》，作家对社会问题反思的目的都是为了革命身份的认同，即便是反思社会问题也是为了身份确立的需要：一方面强烈的现实参与意识，增强了作家对主流意识形态的认同，另一方面由于长期的靠边生活，又使作家不愿意走进人的世界，不愿参与曾经伤害自己的话语体系，正如茹志鹃说的她盼望通过战争来分辨谁是真革命，谁是批判别人的革命家。[①] 反思文学还未完全脱离伤痕文学的影响，这一时期作家的文学素养和思想觉悟提高了，但文学思想仍深受伤痕文学的思想影响。

### (二)对人性的道德反思

伤痕文学打动读者依靠的是对伤痕的赤裸裸的展示和对苦难悲惨经历的揭露，反思文学则主要依靠情感打动读者。反思文学在对现实和历史进行思考时，既不能脱离历史环境，也无法超越政治认同，它是政治认同下的历史反思，而政治与人性、人道主义之间的密切关系又要求反思文学既要关注人性和人道主义等伦理问题，对人的价值和尊严做出探索，又要通过道德批判追求最大化的文学社会效应。

如张贤亮的小说《邢老汉和狗的故事》通过对邢老汉凄苦悲凉一生的叙述，思考特定历史生活情景对人的精神生活的影响。邢老汉不仅为人老实厚道，而且还非常能干，即便是在阶级斗争中，他也没有任何不道德或行为方面的过错，但命运却并未因此而青睐这位老人：一直到 40 岁才娶到一个病病歪歪的媳妇，没过一年，他那病媳妇在花光他多年的积蓄后去世了。不知何处来的要饭的女人虽然也曾带给他家的温暖，但由于成分问题最终也离开了他。要饭的女人离开的那天，他收留了一条小黄狗，然而狗也被生产队以除狗节粮为理由打死了。孤苦无依、懦弱

---

① 茹志鹃：《我对创作的一点看法》，载《语文教学通讯》，1981 (1)。

的邢老汉在经受一次次打击后直挺挺地死在了炕上。厚道勤劳的邢老汉本不该遭受如此厄运，但错误的政治路线对人性的压抑和迫害使得人的价值和尊严受到极大影响。①

《芙蓉镇》通过对胡玉音、李国香、秦书田等人物在特定历史时期的活动，反思了人物情感以及蠢蠢欲动的幽暗人性。人称"芙蓉仙子"的胡玉音是一个卖米豆腐的女摊贩，不仅服务态度热情，而且人长得细皮嫩肉，她的皮肤就像她卖的米豆腐一样，作品一开始就用"面如满月、体态动情"等词语赞赏胡玉音动人的容貌和性感的身材；写她和顾客调笑斗口，"就是骂人，眼睛里也是含着温柔的微笑"，写她苦吃勤做，"手指头都抓短了"，作者以丰满的人物形象、鲜明的人物性格特征以及人的自然欲求来反抗极左政治路线对人性的压抑。与以往作品相比，这部作品在人物形象塑造方面敢于探索、发掘和表现人物的内心情感世界，人物性格更为丰富，个性更为突出，人不再是干巴巴的政治工具。而作品中最能表现特定历史情境和政治特征的是"政治闯将"李国香和好吃懒做、好逸恶劳的"运动根子"王秋赦。李国香作为县里下来的女干部、国营饮食店的经理，作为极左路线的积极推行者，她嫉妒胡玉音的美貌、经营有方，她无法忍受自己被一个从提竹筐卖糠菜粑粑起家的胡玉音比下去，更无法忍受那么多男人被胡玉音吸引，幽暗的人性配合着当时的阶级斗争形势，激发了李国香心底强烈的嫉妒本性，所以她对这场运动极为投入，她要充分利用阶级斗争这个工具，可以说在李国香的身上体现出了明显的原生形态的人性存在。当三年困难时期结束，胡玉音靠劳动致富在镇上摆起摊子，盖起了楼屋，一家其乐融融时，李国香将其打成右派，楼屋被作为资本主义道路的罪证查封，致使胡玉音的丈夫自杀，害得胡玉音家破人亡；得知胡玉音与秦书田结为"黑鬼夫妻"时，她将秦书田投入监狱，让怀孕的胡玉音失去生活和精神上的依靠。作品对政治运动中的恶进行了批判。此外，作品在塑造李国香这一人物形象时并未突出人物的面貌，这不是作品的败笔，而是作者故意安排的，通过政治认同来达到道德认同的目的：凡是被批判的就是丑的、恶的，凡是善良的、美丽的就是有道德的。

---

① 贺志刚、宗匠等：《天真的时代译解：论"伤痕文学"——理论视界中的八十年代中国文学论之一》，载《南方文坛》，1996(1)。

反思文学最打动人心的是情感，在对历史和现实进行反思时，作家试图以道德批判的力量和情感的力量来呼唤人道主义，但反思文学不可能只关注人道主义，毕竟人道主义也有自己的社会政治诉求，[①] 就如《天云山传奇》中的罗群、《芙蓉镇》中的秦书田、《犯人李铜钟的故事》中的李铜钟等，他们都是善良正直的、忠于党忠于人民的、革命意志坚定的英雄式人物，他们虽然是受难者，但因他们承载着太多的意识形态话语，所以在政治话语上只能是二元对立的。相反，围绕在他们身边的人物则徘徊在政治认同和道德拯救之间，如《天云山传奇》中的宋薇因罗群落难而选择得势的吴遥，她对感情的选择本是人性的自然表现，但作品却将这种自然表现上升为道德拷问；冯晴岚在罗群落难时挺身而出，她如蜡烛一般燃烧自己拯救了危难的罗群，同时她也如同一面道德镜子使宋薇在"皮袍下找出自己的小来"。对落难者罗群的救助，对宋薇灵魂的拯救，人性反思与道德救赎融为一体。同样，《芙蓉镇》中胡玉音与秦书田之间的相互救助、李国香与王秋赦之间的狼狈为奸，胡玉音与秦书田身上所体现出来的善良、真诚，李国香与王秋赦身上所体现出来的贪婪、虚伪、凶残，谷燕山与李国香之间的政治道德对立，都形成了鲜明的对比，但最终依靠道德拯救实现了人性反思。

显然，反思文学不仅对"文化大革命"进行了历史思考，反思了"文化大革命"的利弊得失，以及"文化大革命"对社会生活所带来的各种影响，还以灵活多样的人物形象展现了"文化大革命"对人性的摧残，以及在特殊环境中人性深处的善恶斗争，深化了中国当代文学对人性的理解和认识，拓展了当代文学的内容和范围，为当代文学发展提供了新的思路。反思文学始终在政治认同与道德认同之间徘徊，以道德拯救的方式实现对个体生存状态的观照，反思人性，完成人性的建构，这无疑是对传统"文化大革命"文学的一种突破。

### (三)对国民性的哲学反思

国民性是文化在民族心理上的积淀，对国民性的反思是反思文学的重要内容。高晓声在《极其简单的故事》中生动地刻画出了深受封建压迫的农民的性格心理，反思和批判了农民的国民劣根性——看客心理。

---

① ［美］保罗·库尔兹：《保卫世俗人道主义》，9 页，上海，东方出版社，1996。

"文化大革命"开始了，农民陈产丙看到昔日的知识分子、领导干部被游街、被批斗，他就高兴地骂他们活该；而当他被批斗、被游街时，队里的其他农民也以同样的幸灾乐祸的看客心理对待他：陈产丙从大队办公室一出来，那些聚在外面的人就开始起哄了，打趣的、做鬼脸的、开锣喝道的，人人不亦乐乎。这种看客心理不仅被老一辈农民继承，而且还在潜移默化中影响着下一代农民。高晓声对农民国民性的批判和反思包含两种视角：国家制度性视角和农民自身的视角。但相对于同一时期其他作家而言，高晓声对农民的国民性反思更多的是源于文化层面的思考。正如他自己说的，他不是以作家的身份去体验和感受农民，而是以农民的身份生活着、体验着，他自身就是农民的一员，他认为自己想的就是其他农民所想的，所以他对农民国民性的反思和批判不是基于农民启蒙的基本要求，而是站得比农民更高更远，这种强调自己农民身份认同基础上的农民国民性反思和批判，没有廉价的感恩意识，也没有情绪化的倾诉，有的只是对农民生存的忧虑和对其劣根性的慨叹，这种反思和批判少了政治语境的功利性，却多了文化层面的深刻性。

《绿化树》对知识分子"毛"的国民性的反思和批判有着深入的揭示。章永璘作为错化的"右派分子"青年匍匐于原罪意识之下，在经历了物质和精神的双重饥饿考验后，依然虔诚地自惭自省自诛，真实地展现了当时的政治路线对知识分子精神的压抑。如对章永璘饥饿心理和眩晕的描写"全身每一根神经呼喊：要吃！要吃！……"眩晕带给人的感觉"就像一点水在一个大缸子晃荡"。为了获得食物，他挖空心思，这种真实而令人战栗的苦难感，令人唏嘘。对知识分子来说，物质的饥饿尚可忍耐，但精神和灵魂上的饥饿带来的则是巨大的杀伤力——诛心和自诛，在难以活命的境况下，章永璘不仅被人羞辱，还要承受自我认同的罪恶感，这种自诛同样令人战栗。作者张贤亮在谈到《绿化树》的创作时指出，自己从未放弃对知识分子"毛"的特性的自省，他认为知识分子应将知识化为力量，从而从畸形的人恢复为正常的人。[①]

对国民性的反思和批判的目的是为了达到人民认同。为引起大众的人性反思，反思文学往往采用全知全能的叙述视角、二元对立的人物形

①　张贤亮：《小说中国》，35～39页，经济日报出版社、陕西旅游出版社，1997。

象、民间口语化语言以及民间故事传说等叙述模式，引发大众对人性的反思。王蒙的作品可以说是最具代表性的。如《蝴蝶》中张思远变化前后的自我对立，第一任妻子海运与第二任妻子美兰之间的善恶对立，以二元对立的人性善恶关系构建人物形象谱系，以心理结构与情节结构相结合来打破传统小说的时空秩序，形成多时空交错的叙事模式，以展示人物丰富的精神世界。在《活动变人形》中王蒙跳出传统小说的情节结构模式，以随意化的结构书写人物的心理活动，以契合大众审美趣味与宣泄需求的语言叙述着保守派与现代派、改造者与被改造者之间的斗争。[①]

而在杂取种种，合成一个的《冬天里的春天》里，作者不仅采用了中国古典章回小说的过渡形式，戏曲的暗转手法，而且还把电影中的蒙太奇与意识流小说的表现手法运用于作品，独特的结构、曲折的情节、丰富生动的细节使得作品体现出强烈的艺术感染力和深刻的思想内涵。《剪辑错了的故事》中采用民间故事"寻找仙人"的模式描述老寿到深山寻找老甘的过程，这种民间口语化的叙述模式与民众的传统审美趣味一致。《陈奂生上城》采用古代评书的语言叙述模式开篇在叙述效果上满足了大众的阅读心理。[②]

文学创作的发展主要表现为两种形态：新文学思潮在旧文学思潮中成长并最终取而代之，或者新旧文学思潮之间不存在明显的分水岭，新文学思潮只是对旧文学思潮的延伸、拓展和深化。伤痕文学、反思文学都是在传统文学样式上生长的文学思潮，反思文学只是伤痕文学的拓展和深化。伤痕文学作为特定历史时期的文学产物，对揭露和批判"四人帮"罪恶，展现人们肉体和精神上的伤痕，宣泄人们对苦难、伤痛的情绪有着不可抹杀的功绩。即使在人性、人道主义成为基本创作主题的伤痕文学创作中，伤痕作家在塑造人物形象时，也常常将有血有肉的人轮廓化或抽象化，因为在这方面有太多惨痛的教训。正如敏泽指出的，作家在创作艺术形象时首先考虑的是阶级性、政治性问题，而非艺术的需要、人物形象的丰满和鲜活，结果导致每部作品创作出来的人物一个个

---

① 许子东：《契合大众审美趣味与宣泄需求的"灾难故事"——"文革小说"叙事研究之一》，载《文艺理论研究》，1999（4）。

② 江腊生：《文学反思与话语焦虑》，载《福建论坛（人文社会科学版）》，2013（10）。

如同干巴巴的土木偶像。[①] 但随着时代的发展，人们不再满足于对创伤和苦难的直观揭露，他们渴望走出悲伤的记忆，反思文学就是在这种背景下诞生的。从整体上来看，"文化大革命"以后的伤痕文学更关注个体生命价值，更善于从个体生命的角度关注和思考问题，以个体生命思考为立场创作出来的作品，对个体精神世界的重建起着重要的作用。同时，伤痕文学对"文化大革命"的理性反思、人性探讨、国民性思考等有着较强的现实意义，能够加深国人对"文化大革命"的惨痛教训的认识，为改革开放、体制改革、市场经济的发展提供思想启蒙。伤痕文学批判现实、反思现实的文学手法也推动了中国当代文学的创新发展，拓展了当代文学的思想内容和艺术表现手法。此外，十年"文化大革命"为伤痕文学的产生提供了特定的历史背景，而十一届三中全会的召开则为伤痕文学提供了深层反思的历史机遇，基于十一届三中全会解放思想潮流的特点，反思文学在文学主题上得到深化，在艺术审美空间得到拓展，在艺术结构和表现手法上得到变革，因而不管在社会历史方面，还是在文学发展方面都做出了积极的贡献，使文学在恢复现实主义精神的同时，提升了艺术感染力。

---

[①] 敏泽：《论人性、阶级性和文学》，载《文艺理论研究》，1981(1)。

# 第七章
# 从文学寻根到文化探源

随着"文化大革命"的结束，中国社会开始步入了全面改革的时期。在农村，1981 年下半年，家庭联产承包责任制代替了原有的"人民公社"；在城市，从 1984 年开始，城市改革全面启动，中国社会格局迎来了巨大而深刻的变革。1985 年前后中共中央陆续颁布了《中共中央关于科学技术体制改革的决定》《中共中央关于教育体制改革的决定》《中共中央关于社会主义精神文明建设的指导方针的决议》等一系列相关文件，这标志着思想文化领域里的改革也全面展开。正是中国社会这一系列全方位的改革，为 20 世纪 80 年代中后期当代文学的变革奠定了基础。新时期以来，当代文学在经历了伤痕文学、反思文学对僵化、极左观念进行全面清算和大规模重新辨识的基础上，也开始了从文学自身出发，不懈地探索并寻求突破。一方面，当代文学更多地迎来了直面世界文学的机遇，西方现代派文学思潮大量涌入，各种主义的纷至沓来，但对西方各种文学思潮没有及时予以分辨、检验，结果出现了唯现代派的论调，认为只要是现代便是好的，就应该加以学习模仿，出现了对现代派不加选择地推崇。另一方面，当代文学同样也面临着文学自身的主体性缺位的现象，但盲目地向西方学习借鉴的潮流中，还是有一些冷静旁观的作家，他们开始对中国文化自身的主体性进行思考。不难发现，寻根文学虽然仍无法完全摆脱对西方文学的模仿与借鉴，但寻根文学思潮发生在改革开放后的大背景下，正值国家经济重整之时，寻根作家们开始就如何坚守本民族文化自身的主体性，如何对自身的文化传统价值等问题做出多元的、有益的考察，努力使文学回归到民族生存的历史土壤。文化寻根的实质是对于本民族文化身份的认同，是处在文化变迁加剧时代的人，如何在传统与现代、世界与本土、主流与边缘、自我与他者的冲突背景中确认自己的文化价值取向的问题。因此，它既是每个人都无法回避的普遍性问题，又是迫在眉睫的当下性难题。虽然已经过了几十年，但当今中国同样面临着如何更好地借鉴外国，以及如何更有效地增强民族文化自信的现实问题。寻根文学所继承和延续的中国知识分子对于民族国家的思考、对民生的问题与文化认同等问题的思考，在当下仍具有借鉴意义。

## 一、何为"寻根"与为何"寻根"

20世纪80年代初，中国社会正处于改革开放的初始阶段，需要抛弃不适应时代发展的旧形式，吸取先进的思想文化和科学技术，开拓创新，文学的对外开放主要表现在对西方作品的翻译、写作手法的引进以及方法观念的大量引进上。形式主义批评、新批评、结构主义、精神分析学、接受美学、表现主义、象征主义、原型批评等当代西方的批评方法和理论都在1985年前后被大规模地介绍进来。因此，1985年和1986年，也被人们称为"方法年""观念年"。在这两年间，"新方法论的研究"在国内掀起了一次次的热潮，但很快人们意识到热闹的西方现代派文学的整体性观念，是与中国国情不相适应的。同时，一些作家意识到即使抛开暂时的政治、道德因素，人也不可能像动物那样，进入绝对自由的生存空间——一只无形的手在幕后操纵着人类，制约着"人"的心理、行为模式，这就是"文化"。作家们敏锐地感受到了"文化"对人类的深刻制约，并力图把握它。20世纪80年代初期，中国社会如何对待传统文化，中国的传统文化应到哪里去、如何生长等问题都成为当时亟待解决的文化思想课题。20 世纪 70 年代一场由海外学者发起的"新儒学"文化思潮开始蔓延到国内，这是一场五四以来的第一次大规模对中国传统文化进行反思的文化运动，受这个思潮影响，当代中国开始从文化视角特别是在传统反思的基础上，为中国的发展寻求出路。文学"寻根"思潮正是这一背景下产生的，作家们开始以"文化根"为主题，致力于对传统意识、民族文化心理的挖掘，为探索新时期文学发展的出路做出切实的努力，而这些创作，被称为"寻根文学"。

那么，文学之根在哪里呢？这恐怕是一个极其模糊的概念。从"寻根"口号提出之日起，寻根作家们就莫衷一是。1984 年 12 月，《上海文学》编辑部、杭州市文联《西湖》编辑部、浙江文艺出版社等文化单位，在杭州举办了青年作家、评论家对话会议。会议的主题是"新时期文学：回顾与预测"，这次会议与"寻根"思潮的发展关系很大，为"寻根文学"的理论建构以及作品创作产生了潜在的影响。年轻作家先后发表了大量的"寻根派"文章，李杭育的《理一理我们的"根"》、郑万隆《我的根》、阿城的《文化制约着人类》、郑义的《跨越文化断裂带》等文章都旗帜鲜明地表现出了"寻根"的姿态。其中，作为寻根文学的倡导者和主力作家的韩少功，在 1985 年 4 月刊发的《文学的"根"》一文中声明"文学有根，文学之根应深植于民族传统的文化土壤中"，他认为文学"寻根"，"是一种对民族的重新认识"，"去揭示一些决定民族发展、人类生存的谜"[1]，这篇文章后来被视为"寻根派"宣言。寻根作家李杭育指出："规范之外的，才是我们需要的根，因为它们分布在广阔的大地，深植在民间的沃土。"[2]作家郑万隆认为"独特的地理环境有着独特的文化"，"每一个作家都应该开凿自己脚下的'文化岩石'"[3]。李庆西则进一步指出，文学或文化的根，并不在儒学里面，而是在区域文化中——老庄哲学，以屈原为代表的绚丽多彩的楚文化，以幽默、风骚、游戏鬼神和性观念开放、坦荡为特征的吴越文化，等等。尽管年轻作家们对于"寻根"的内涵表述不尽相同，但他们大都意识到文化是一种本民族历史制约下的行为

---

① 韩少功：《文学的"根"》，载《作家》，1985(4)。

② 李杭育：《理一理我们的"根"》，载《作家》，1985(9)。

③ 郑万隆：《我的根》，载《上海文学》，1985(5)。

方式与生活观念。"传统文化作为一个被重新发现的领地而重新上升为认知的核心。"①

　　同时，寻根作家们处在一个文化开放与文化自觉的背景下，文化寻根意识的产生和确立也是基于一种世界性的思想文化背景。一方面，西方现代哲学、当代文化、美学与文学的各种理论被不断地引入，"介绍一个萨特，介绍一个海明威，介绍一个艾特玛托夫，都会引起轰动"②。苏联艾特玛托夫、阿斯塔菲耶夫等一些民族作家对于异族风情的描写，日本作家川端康成极具东方意味的现代小说，犹太裔美国作家辛格对边缘种族的固执书写，游走于家乡与世界的美国作家福克纳对于"邮票般大小"的故土的执着表现，尤其是 20 世纪 80 年代因拉美作家马尔克斯获得诺贝尔文学奖而掀起的"魔幻现实主义"的浪潮席卷大陆，这些无疑都为中国当代作家打开了广阔的文化视野。这些外国作家的作品在表现出浓郁的民族文化审美特质的同时，又兼具现代意识，帮助掌握了当代文化视角与认知方法的中国作家们找到了新的参照物。相同的民族际遇，相似的古老文化传统，也为急于寻求建立自己的审美对象与话语空间的作家们提供了现成的可供直接效仿的经验和巨大的激励，这些都使得当代中国作家深信，他们也同样可以通过发掘民族传统文化遗产而获得辉煌的艺术成功。

　　不难看出，"'寻根文学'自一开始就表现出现代意识与民族文化相互融合的愿望，这在某种意义上也正是对自 20 世纪 80 年代初以来的现代主义文学精神的延续"③。寻根作家们试图以理论自觉的姿态，从哲学本体论出发重新阐释文化寻根的概念，力图通过对民族生存现状和行为方式的"还原"，展示出民族意识、民族思维模式、民族生存状态以及行为模式的建构过程，重建民族文化的现在形态。文学史上把寻根文学按照"寻根"的不同类型，分为不同的流派，具体表现为以阿城为代表的"传统文化派"，"乡土文化派"，以刘索拉、徐星、陈建功为代表的"都市文化派"和以莫言、残雪、马原为代表的"后寻根派"。其中，"乡土文化派"又细分为以李杭育为代表的"吴越文化派"、以韩少功为代表的"湘

---

① 张清华：《中国当代先锋文学思潮论》，81 页，北京，中国人民大学出版社，2014。
② 韩少功：《文学的"根"》，载《作家》，1985(4)。
③ 陈思和：《中国当代文学史教程》，279 页，上海，复旦大学出版社，2001。

楚文化派"、以贾平凹为代表的"商州文化派"、以郑义为代表的"太行文化派"、以张承志为代表的"回族文化派"和以扎西达娃为代表的"西域文化派"。正如韩少功指出的那样，"'寻根'文学是一个先有旗号，后有创作，先有理论，后有实践的'有意为之'的文艺流派"，它成为继伤痕文学、反思文学、改革文学之后当代文学史上一个重要的文学创作思潮。

## 二、寻根文学的实践创作

"文化大革命"结束之初的 20 世纪 70 年代末，多数作家承继了五四文学启蒙的立场，自觉地肩负起了"文学为社会"的社会使命，承袭着中国文人自古以来"文以载道"的传统，对于置身其中的"拨乱反正"、改革开放等社会现实，进行自觉的言说。一时间，伤痕文学和反思文学对"人"的自觉意识进行了深入的挖掘，并在作品中力图解放"人"的生命与价值，作家的创作仍立足于社会政治层面，它们叙事的目的主要还是为当时的社会政治事件进行"文学"的论证。但随着文学"共名"时代的结束，20 世纪 80 时代的文学创作迎来了繁荣的时代，作家的创作个性、文学的审美追求也日益呈现出多元化的样貌。一些作家继续坚守着"伤痕""反思""人道主义""现代化"等时代主题，另一些作家已开始大胆地提出了"民族文化"的审美概念，这一时期的"文化诗歌"和"文化小说"无疑是践行这一审美概念的创作实践，并为此后大规模的寻根思潮的涌动提供了实践基础。

朦胧诗人杨炼的"文化诗歌"的创作可以看成是寻根思潮的发端。1981 年到 1984 年的几年时间里，关注文化诗歌探索的人和作品越来越多，江河是最早从理论上倡导文化意识的诗人，江河曾在随笔中指出："为什么史诗的时代过去了，却没有留下史诗？"他呼吁人们应该重新关注历史，他认为"民歌的本质在于民族精神。这才是我们该探求的地方，其中包括对民族劣根性的批评"①。此外，他还指出"任何民族都有自己的神话，自己心理构建的原型。作为生命隐秘的启示，以点石生辉。神话并不提供蓝图。他把精灵传递到一代又一代人的手指上，实现远古的

---

① 　老木：《青年诗人谈诗》，23 页，北京大学五四文学社内部印行，1985。

神话"①。1982 年宋渠、宋炜兄弟的《这是一个需要史诗的年代》一文指出，"对传统需要作出新的判断，历史上被忽略了的一切都应该重新得到承认"。这标志着更年轻的一批诗人也加入了寻根的队伍。杨炼在《传统与我们》一文中，更是旗帜鲜明地表明了当代诗人"以诗人所属的文化传统为纵轴，以诗人所处时代的人类文明为横轴，诗人不断以自己所处时代中人类文明的最新成就'反观'自己的传统的'重新发现'"的写作立场。由此开始，以杨炼、江河、石光华、欧阳江河、廖亦武、宋渠、宋炜、黎正光为代表的诗人，共同创造了一个辉煌的"文化诗歌"②的时代。

最能够代表"文化寻根"诗歌实践成就的是诗人杨炼。在诗人杨炼创作于 1981 年年初的诗作《自白——给圆明园废墟》里，就已经流露出对民族文化历史的反思。《自白》由"诞生、语言、灵魂、诗的祭奠"四个组章构成，展示了诗人对于本民族历史以及自身的文化境遇的深邃幽远的遐想。国家与个人、历史与现实紧紧呼应，明确地表达出文化寻根的脉络。诗人在《敦煌·飞天》中充满了对民族苦难历史的细致描摹：

> 我不是鸟，当天空急速地向后崩溃
>
> 一片黑色的海，我不是鱼
>
> 身影陷入某一瞬间、某一点
>
> 我飞翔，还是静止
>
> 超越，还是临终挣扎
>
> 升，或者降
>
> 朝千年之下，千年之上？
>
> ……
>
> 人群流过，我被那些我看着
>
> 在自己脚下、自己头上，变换一千重面孔
>
> 千度沧桑无奈石窟一动不动的寂寞
>
> 庞大的实体，还是精致的虚无
>
> 生，还是死——我像一只摆停在天地之间

---

① 江河：《太阳和他的反光·序》，北京，人民文学出版社，1987。

② 张清华：《中国当代先锋文学思潮论》，83 页，北京，中国人民大学出版社，2014。

　　舞蹈的灵魂，锤成薄片

　　在这一点，这一片刻，在到处，在永恒

　　正如诗人在谈到传统和我们的关系时指出的那样："传统在各个时代都将选择某些诗人作为自己的标志和象征，是的，我们已经意识到了这种光荣。"他创作于 1982 年前后的诗作《大雁塔》《诺日朗》《半坡组诗》《西藏组诗》《敦煌组诗》等，这些作品充满了对历史遗迹的吟赞、对历史的深层探询、对民族旺盛生命力的讴歌、对天人合一的传统哲思的再现。

　　寻根小说的前奏可以追溯至 20 世纪 80 年代初汪曾祺、邓友梅、冯骥才等作家创作的一系列"文化小说"。中国当代小说创作中最早流露出寻根意识的是老作家汪曾祺，就读于西南联大的求学经历，使得汪曾祺的小说创作较多地受到老师沈从文的影响，特别是其发表于 1980 年的小说《受戒》，在当时文坛曾引起了巨大的反响，同时也引起了不小的争议。刚刚从"文化大革命"中走过来的人们，惊异于汪曾祺小说的另类表现风格。《受戒》的写作手法和此时人们所习惯的小说写法迥异，它突破了 20 世纪中国当代文学"反映论""典型论"的框架，摆脱了现实题材中的政治、伦理规范，不再纠缠于现实的政治问题和道德批判，而有意识地表达出了一种超然的生活态度和理想境界。

　　《受戒》表面上写的是主人公明海与小英子的恋爱故事。小说没有常见的紧凑、激烈的故事情节，作家的叙述也常常表现出不受拘束的天马行空的特质，小说的开头将人物身于一个桃花源式的故事背景下，叙述者在小说开篇就提到当地"当和尚"的风俗：

　　　　明海在家叫小明子。他是从小就确定要出家的。他的家乡不叫"出家"，叫"当和尚"。他的家乡出和尚。就像有的地方出劁猪的，有的地方出织席子的，有的地方出箍桶的，有的地方出弹棉花的，有的地方出画匠，有的地方出婊子，他的家乡出和尚。人家弟兄多，就派一个出去当和尚。当和尚也要通过关系，也有帮。这地方的和尚有的走得很远。有到杭州灵隐寺的、上海静安寺的、镇江金山寺的、扬州天宁寺的。一般的就在本县的寺庙。明海家田少，老大、老二、老三，就足够种的了。他是老四。他七岁那年，他当和尚的舅舅回家，他爹、他娘就和舅舅商议，决定叫他当和尚。他当时在旁边，觉得这实在是在情在理，没有理由反对。

作家不断地在作品中插入对当地地方风俗的描写，那里不仅有纯真质朴的乡俗，还有自然健康的人性，不论是聪明善良的明海、天真多情的小英子，还是身怀绝技的三师傅以及淳朴热情的英子家人，他们都是现实世界中的凡夫俗子，人物之间朴素自然地交往，到处洋溢着理想的此岸世界的"生之快乐"，作家以纯美的视角刻画人物，营造了一个通脱自然的诗意生存空间。或许也只有在这个不受尘世沾染的世界里，明海和小英子纯洁懵懂的恋爱故事才有生发的可能。汪曾祺小说对于纯朴自然的民俗世界的书写，对于"超功利的率性自然理想"的高扬，一方面表现了汪曾祺对自然通脱美的极致人生境界的追寻，同时也使作品富有了如风俗画般的审美意趣，使得小说具有了民间传统艺术趣味。

在汪曾祺的另一篇小说《大淖记事》里，小说的前三节一直都在讲述当地的风土人情，直到小说第四节人物才开始出现。对于这种看似比例失衡的写法，老作家这样解释道，"这里的一切和街里不一样"，"这里的人也不一样。他们的生活，他们的风俗，他们的是非标准、伦理道德观念和街里的穿长衣念过'子曰'的人完全不同"。只有在这样的环境里，才有可能出现这样的人和事。汪曾祺后来创作的《岁寒三友》《八千岁》等一系列文化小说，也大多专注于表现故乡人情、旧事重提的主题，清新自然、率性自然的叙述语言，信马由缰的叙事风格，特别是其对淳朴温馨的民俗的书写，是真正从下层民间感受美，从道德角度认识民间文化之美，其民间文化认同和叙述立场，在当时的文坛引起了不小的轰动。

作家冯骥才在新时期调整了自己的注意力，把创作方向由政治批判转移到文化批判、文化启蒙，"另辟一条新路走一走"。他从自身熟悉的天津地域文化入手，创作了《怪世奇谈》系列中篇小说，《神鞭》即是该系列小说的第一篇。他以地道的天津味写清末民初津门的一些闲杂人和稀奇事，假借历史形态演绎现实灵魂，引导读者从民族文化心态中寻找和捕捉阻碍中国社会前进的心理因素。冯骥才将民族文化心理的症结分为三个层面：一是文化的劣根，二是文化的自我束缚力，三是文化的封闭系统。①《神鞭》针对的就是文化症结的第一个层面"文化的劣根"，小说采用了传统说书的形式，将一个荒诞不经的故事置于清末民初的特定时代氛围之下，描绘了半封建半殖民地大背景下天津的世态民情。《神鞭》又是一幅民俗风情画，作品从皇会表演到天津卫给孩子取名的民俗，从孩子"跳墙"的成人仪式到民间武功流派的源流，从南门外景色的绘制到服装、轿子、室内陈设的描摹都细致入微，但作者写民俗风情，并不是满足于表层形态的展示，而是以追根溯源为目的。作者笔下的"辫子功"神乎其神，傻二头上的那条辫子浓缩了一段中国社会的发展史，浓缩了中国人承受的文化压力，它是一种民俗，又是一种制度，更是中国人文化心态中正统意识和祖宗至上主义的表现。傻二的一条辫子横扫天津卫，打得各种人马魂飞魄散，人们对这条被看作"祖宗的精血"的辫子顶礼膜拜，穿凿附会，有些店铺甚至在门口挂出假的"神鞭"以辟邪除祟，似乎是凡祖宗的东西永远没有错。但面对八国联军的洋枪洋炮，这祖宗留下的宝贝却只有被削断、烧毁的命运。这样的反转揭露了传统文化中那种似乎永远不败的虚假的精神支柱，辫子成为一个民族整体精神病态的象征。小说把荒诞的内核，贴切地包容于逼真的现实主义描写之中，最后，傻二弃神鞭学神枪则充分体现了作者心中理想的民族精神的真谛——正视现实，适应时代变化，正确对待传统文化，在变革中勇于进取，敢于创新，不断克服自身的弱点，摆脱沉重的精神负荷，向着更先进的文明迈进。

此外，邓友梅的小说较多地继承了中国古典话本小说的艺术表现手法，他的代表作《烟壶》《那五》也同样将目光聚焦于小人物的市井生活，用白描的手法再现已消失了的民俗风情。小说《烟壶》围绕着烟壶的传统技艺的承传，从不同侧面展示了老北京的风物与人情，再现了晚清各阶层的众生相，清朝贵族、八旗子弟、市井小民、三教九流一一登场。《那五》的主人公那五是一个八旗破落子弟，小说借描述他流落街头遇到的各种遭遇，重点表现了民间社会的文化没落。陆文夫的"小巷人物"系列小说，则将民俗风情的描写与当代生活有机地结合起来，小说《美食家》通过嗜吃如命的老"吃客"朱自冶的经历来反映当代社会和文化观念

---

① 冯骥才：《关于〈阴阳八卦〉的附件》，载《中篇小说选刊》，1988(5)。

的变化，东方饮食文化也在朱自冶流连于姑苏街巷寻觅舌间美味的生命历程中获得了某种永恒。可以说，正是"文化诗歌"以及"文化小说"的早期创作尝试，为即将到来的"寻根文学"理论和文学作品高潮的到来奠定了重要的实践基础。

## 三、寻根意识的多个维度

如果说，伤痕文学、反思文学、改革文学的作品言说还是停留在社会政治层面，那么形成于 1985 年前后的"寻根文学"思潮则"超越了社会政治层面，突入历史深处而对中国的民间生存和民族性格进行文化学和人类学的思考"[1]。寻根文学的主要作家几乎都是知青出身，他们大多在 20 世纪 70 年代开始写作，大都经历了生活的窘境，急剧变化的时代步伐、面目全非的昔日家园、"无家可归"的失落感、与时代的隔膜、对于城市的心理距离、自我精神调整的迫切需求加之自身民间生活的经验世界。寻根作家的知青身份，使他们获得了对民俗传统天然的亲切感，"这使他们不约而同地在时空较为稳定的乡土生活中，以审美的凝视获得精神心理的稳定感，在历史的振荡、时代的纷扰与大都市的混乱生存中，完成艺术精神的自我确立"[2]。纵观寻根文学，寻根作家们把叙事放在了平凡的日常生活中，以封闭落后的小村庄为叙述对象，反映的是芸芸众生的生活。正是透过对这些庸常众生凡俗生活的描述，呈现出中国传统文化中恒久不断的文化形态。但寻根作家对待传统的态度却是千差万别的。

一类是在文学意义上对民族文化的重新认识、阐释并加以褒扬，从而完成古老传统的回归。阿城从平常人生的角度重新书写知青的生活场景，但又不同于一般的知青书写。小说的一开头，阿城用一句"下棋吗?"将素朴甚至有些寒碜的棋迷王一生，从生离死别的知青送站场景中超拔出来。王一生是个资深棋迷，只要谈到棋便会"眼里突然放出光来"，棋是他的生命，更是他的精神寄托。棋如人生，又超越人生，作

① 丁帆、何言宏：《论二十年来小说潮流的演进》，载《文学评论》，1998(5)。
② 季红真：《寻根文学的历史语境、文化背景与多重意义：三十年历程的回望与随想》，载《文艺争鸣》，2014(11)。

家将棋道与道家文化融贯于小说的叙述中，"若对手盛，则以柔化之。可要在化的同时，造成克势，柔不是弱，是容，是收，是含。含而化之，让对手入你的势。这势要你造，需无为而无不为。无为即是道……"阿城在日常生活的叙述中衬托了中国传统文化的深厚底色，赋予了小说道家的神韵。小说叙述王一生与九位高手"车轮大战"的场面时写道：

> 王一生孤身一人坐在大屋子中央，瞪眼看着我们，双手支在膝上，铁铸一个细树桩，似无所见，似无所闻。高高的一盏电灯，暗暗地照在他脸上，眼睛深陷进去，黑黑地似俯视大千世界，茫茫宇宙。那生命像聚在一头乱发中，久久不散，又慢慢弥漫开来，灼得人脸热。

阿城在对王一生这一场连胜九局的"车轮大战"的描绘中，使得古老中国的生命哲学再一次散发出熠熠的光辉，王一生身处乱世而独善其身，看似阴柔孱弱却内蕴强大的生命能量，他的身上浸透了佛道与禅宗精神。阿城通过这一人物的塑造探究的是社会的动荡与包括道家在内的整个汉民族文化的内在关系，将传统文化精神与当代人生联系起来，希望挖掘出民族传统文化的精神支柱，赋予其进取的现代意义。此外，阿城的另外两篇小说《孩子王》《树王》也表达了对中国传统文化精神的相似认同。阿城的小说无论在人生境界还是在修辞造句上，也多从古代传统小说中汲取营养，它们既是对中国文化的皈依，也是从另一个方面终结了知青文学在社会性和文学性写作的单一倾向。

贾平凹在《商州初录》里，以农民的视角观照乡情故土，尝试使用了一种拟笔记体的文本书写形式，给读者展现出了"商州这块富饶、美丽而且充满着野情野味的神秘的地方，这块地方的人勤劳、勇敢而又多情多善"。正是源于作家自身与故乡商州特殊的审美距离，在贾平凹的笔下，商州乡村是一片相较于喧闹的都市的诗意存在，在这里，曾经在五四作家笔下屡见不鲜的愚昧落后、尔虞我诈的乡土世界荡然无存，贾平凹呈现的是一个充满乡野气息而又和谐共生的美丽新世界。在商州人自然与诗意的生活方式中，既包括充满野性张力的各类人物，又饱含诗意盎然的陕南风情。商州世界成为一种文化的表征，一个被充分意象化了的文化符号。在贾平凹创造的这个世界里，自然之美、风情之美以及人情之美，一方面使人们远离冷漠、嘈杂的现实世界，另一方面也给人带来心灵上暂时的宁静和沉思，这个"商州世界"便集中体现了贾平凹对"文化之根"的追寻。

另一类是挖掘当代社会生活中所存在的丑陋的旧文化因素，并站在启蒙的立场上，对国民性或民族心理的深层结构加以批判。从这个意义上说来，"文化寻根，实际上又是一种反传统的回归"[①]。韩少功对"绚丽的楚文化"的追思、对古老传统的希冀，最集中体现在他的两部小说《爸爸爸》与《女女女》之中。小说《爸爸爸》以一种象征、寓言的方式，通过描写一个原始部落鸡头寨的历史变迁，展示了一种封闭、凝滞、愚昧、落后的民族文化形态，表达了作家对传统文化的深刻反思与批判。小说中塑造的主要人物丙崽，"三五年过去了，七八年过去了，他还是只能说这两句话，而且目光无神，行动呆滞，畸形的脑袋倒很大，像个倒竖的青皮葫芦"，这样一个"未老先衰"却又总也"长不大"的小老头，外形奇怪猥琐，只会反复说两个词："爸爸爸"和"×妈妈"。但就是这样一个缺少理性、语言不清、思维混乱的人物却得到了鸡头寨全体村民的顶礼膜拜，被视为阴阳二卦，被尊为"丙相公""丙大爷""丙仙"。缺少正常思维的丙崽形象本身正显示了人们愚昧而缺少理性的病态精神症状。在鸡头寨与鸡尾寨发生争战之后，大多数男人都死了，而丙崽却依然顽固地活了下来。这个永远长不大的形象，象征了人类顽固、丑恶、无理性的生命本性，而他那两句谶语般的口头禅，既包含了人类生命创造和延续的最原始最基本的形态，具有个体生命与传统文化之间息息相通的某种神秘意味，同时又暗含着传统文化中那种长期以来影响和制约人类文明进步的绝对"二元对立"思维方式的亘久难变。小说采用了魔幻现实主义的写法，将目光聚焦在丙崽这个怪胎身上，丙崽似乎是千百年文化衍生发展的一个产物，作家将人物作为文化符号的载体，通过作品对他的刻画，解剖了古老、封闭近乎原始状态的文化惰性，勾勒出了人们对传统文化的某种畸形病态的思维方式。韩少功以强烈的忧患意识审视民

---

① 李庆西：《寻根：回到事物本身》，载《文学评论》，1988(4)。

族劣根性，明显地表现出对传统文化的否定批判态度，以批判的立场对整个文化进行了反思和深省。

1984 年以后，王安忆从知青文学的创作转而进入了一个新的境界，她从中西文化的撞击中汲取营养和灵感，由过去偏重女性细腻的感觉转而向更深广的生活领域去开掘，开始以深邃的目光和深刻的文化视角来关照社会历史、人物的命运与情感变迁，常常站在中西文化冲突的高度，来思考民族文化的历史命运及其制约下的民间生存。王安忆的中篇小说《小鲍庄》是"寻根文学"中的优秀之作，作家以现代意识和现代文明为参照系，对一个古老村庄的古老家族给予民族文化心理结构的深层关照，并进行深入的透视。祖先治水的传说与野史，拾来神秘的货郎鼓，小翠悲戚地唱着的莲花落子，把我们引进这个浑然天成的小村庄，走进生于斯长于斯还将终于斯的人们，从而体味小鲍庄这幅世态生相图中的凄凉与温暖，卑微与崇高。小说展现了平庸而艰辛的人们周而复始的同生活的抗争，反映出了民族孤独前行的艰难，王安忆笔下的小鲍庄是个"重仁重义的庄子，祖祖辈辈，不敬富，不畏势，就是敬重个仁义"，但同时愚昧守旧，人们容不下青春和自由，容不下"拾来"和"二婶"的爱情。九岁的捞渣在突如其来的大水中舍身救人的仁义事迹，表现出小鲍庄最原始的自然美德，但这种美德却又在一年一度"文明礼貌月"的宣传中被扭曲成说教的榜样，这是对纯真自然、重义轻利的传统道德范式的无情嘲讽。王安忆没有停留在表面的伤痕，而站在更高的层次对人性做无情的剖析，发人深省。

无论是韩少功的《爸爸爸》、王安忆的《小鲍庄》还是李锐的《厚土》、郑义的《老井》，作家们在批判国民性弱点的同时，也表现出了对于人的生存方式与民族文化构成之间关系的思考。李锐在《厚土》系列小说里，试图探究山西吕梁山区特殊的闭塞、厚重的生存场域与村民特殊的封闭、迟滞的性格之间的内在联系。在郑义的小说《老井》中，同样以山西农村为故事的背景，打一眼深井成为老井村人世世代代的梦想，但由于村子的闭塞以及文化意识的落后，村民为此付出了许多无偿的劳动，作家并没有满足于仅仅再现历史和现实中农民的苦难生涯，而是深刻地挖掘了民族心理的嬗变，形象地表现了现实生活的矛盾与历史文化背景下深层的内在联系，再现了老井村村民苦难而又顽强的生命力。

第三类以现代人的感受世界的方式去领略古代文化遗风，寻找激发生命力量的源泉。《黑骏马》是张承志早期代表作之一，这是一个游子的故事，故事的叙述以辽阔壮美的大草原为背景。小说以一首古老的民歌《黑骏马》为主线，描写了蒙古族青年白音宝力格的成长历程以及他和索米娅的爱情悲剧。白音宝力格漂泊于他爱的草原和向往的都市，白音宝力格毕竟不是土生土长的牧人，他有读书的习惯，再加上几年的专业教育，一种强烈地走出古老的草原，用积极新生力量接近现代文明的渴望召唤他、驱使他去追求更纯洁、更文明，也更富有事业魅力的人生。额吉、索米娅是白音宝力格与草原之间的纽带，他爱她们的善良纯朴，爱草原的苍凉壮阔，却难以与其保持精神上的一致。白音宝力格最后选择背离草原，抛弃情爱，但当他真正来到都市后，又遇到新问题，像在古老的草原中渴望现代文明一样，都市中的他不由得怀念过去草原文化的美好。多年后，白音宝力格重新骑上伴他长大的黑骏马，在古老的蒙古族民歌的旋律中，那个忧伤的蒙古族青年踏上了漫漫的寻找长途，在古老的草原文明与现代文明之间游走，寻找平衡，寻找精神的皈依。小说的结尾，白音宝力格在离别草原时，"滚鞍下马，猛地把身体扑进青青的茂密草丛之中，悄悄地亲吻着这苦涩的草地"，由此，他不再是游子，他成了真正的草原之子。他对草原经历了从审视到接受，从背离到回归乃至皈依的过程，古老的草原文明与现代文明也在冲突中相互包容、尊重和理解。

张承志的另一部小说《北方的河》，近乎文学考古论文，小说几乎没有故事，是以主人公"我"的意识流向构成情节的。作品向我们展示的是一个浩大的空间——黄土高原，黄河和永定河的汇合处。作家把探求人生的触角深入到民族历史的文化渊源当中，以北方广袤的大地为背景，以厚重的民族历史为基点，再现了一个现代知识青年探索人生的精神历程。随着对北方河流的探索，他对人生的意义和价值的认识不断深化。黄河是北方的河的伟大象征和代表，黄河孕育了中华民族和中华文明，北方的河是我们民族的、历史的、文化的象征物。黄河使"他"认识到个人在历史进程中的渺小，个人的情感不可能超越历史，那种过分看重个人的得失和苦乐的想法是十分可笑的；湟水使"他"认识到个体的生命只有真正融入了历史，才能在获得意义的同时获得永恒；永定河使"他"懂得了无论怎样奔腾的河水最终都会变得平缓宁静，要成为真正的男子汉还需要宽阔的胸怀。在考察的过程中，自然给了"他"生命的激情和人生的启示，帮助"他"完成了正确的人生选择。小说以沉郁的抒情风格、强烈的思辨色彩和浓厚深邃的文化底蕴，给人以旷远恢宏之感。在这里，自然与人生，历史与现实，个人与民族都融合在一起。大河成为一首诗、一曲歌，一种勇往直前、奔腾不息的民族文化和人格力量的象征，寄托了作者对自己民族、历史的无比深挚的爱。这种象征意味使作品显示出明显的诗化风格，作品的主题在诗的旋律和意象中呈现出来，既凸显了主人公坚定执着、顽强不息的精神追求，又使作品洋溢着浓郁的理想主义色彩和诗化风格。

张炜的《古船》继承了中国小说的传统，从文化意识的层面来审视和观照历史，生动地描绘了洼里镇 40 多年来经历的重要历史事件。小说聚焦于隋家两代人的命运，从而折射出一个小镇的"镇史"，再现了一部中国当代史。整部小说置于一种浓郁而又深层的文化氛围之中，描写了中国农民 40 多年来的苦难历程。小说的主人公隋抱朴是一个历史铸就的苦难的雕像，一个孤独、痛苦的灵魂，他常常独自在古堡式的磨屋里自我反思，强烈的原罪感、忏悔意识以及救赎意识浸透了他的灵魂。《古船》用沉郁厚重，冷静的理性叙述，以对历史血腥的真实还原与对现实苦难的直面相结合，展现了厚重的民族心史。小说的标题"古船"本身就是一个总体的象征，象征着中华民族生存的风雨之舟，作品还用大量的意象群，如铁色的古城墙、古堡式的老磨屋、遭雷击的老庙、芦青河的隐退、地下河的发现等意象来象征性地表达了近代工业文明对古老的农业文明的冲击、搏击与较量，作家同时也曲折地表达了民族发展要避免重蹈覆辙，民族要振兴，必须做出新的文化选择。

综上所述，虽然寻根意识表现出了多个不同的维度，但事实上，在寻根作家们的笔下它们并非决然分开的，很多作品往往是综合地表达了多个层面的"寻根"意识，在寻根作品的字里行间渗入了作家们独立的理性思考，表现出了以韩少功为代表的作家们"寻根文学"的精神向度，他们"或是关于人类社会历史的思考"，"或是关于个人生存状态的思考"，可以说，这些都代表了整个"寻根文学"的集体思考。由此，综合来看，"寻根派"文学家们是希望能立足于我国自己的民族土壤中，挖掘分析国民的劣质，发扬文化传统中的优秀成分，从文化背景来把握我们民族的思想方式和理想、价值标准，努力创造出真正具有民族风格和民族气派的文学。

## 四、寻根文学的价值与局限

20世纪80年代的文学创作，作家们对人的探索，主要还是立足于族群内部的历史、社会和生命等领域，即使是探索人的文化属性，也多半是针对传统文化与现代化之间的关系，呈现了不同族群的文化对人的生存的巨大影响。但随着中国现代化步伐的加快，中国社会现代化进程不可避免地充斥着对人的冲击与撕裂，文化寻根思潮的出现，从特定角度上来说，是源于对现代化进程中人类遭遇迷惘的担忧。在这种意义上，我们可以将寻根文学视为一次文化反思，它是在现代性话语范畴内的自我质疑和自我批判。寻根文学属于现代性话语范畴，文化寻根是一种世界性的文化现象。当代寻根小说从宏大叙事到日常生活叙述的演变，是顺应时代潮流之举。强烈的自我文化身份的认同，也是一种不言而喻的事实。作为一股影响巨大和意义深远的文学思潮，寻根文学处于传统与现代、东方与西方文化思想的交汇点，其文化择取和价值取向，对于当代中国社会的思想建构，具有深刻的影响。

首先，寻根文学的出现，完成了中国当代小说从宏大叙事向日常叙事的转变。在20世纪80年代，整个思想界最富活力的是中国"新启蒙主义"思潮，强烈的社会使命感使这个时代的作家在很大程度上充当了社会代言人的角色。伤痕文学、反思文学、改革文学等一个个思潮轮番登场，作家们自觉扮演了启蒙者的角色，在题材选择上也大多借人物的历史际遇来再现整个民族苦难的心路历程，表现的是时代巨变下整个民族的情绪。寻根文学脱胎于一个文化专制主义的时代，"文化大革命"造成传统文化的全面断裂。寻根文学冲决了为政治与政策服务的狭窄轨道之后，完成了文学自我回归的嬗变。为振兴国民精神，复苏民族传统文化，追赶世界文化潮流，寻根派倡导思想的自由和文化的多样性，寻根文学在一片文化废墟之上，开始了艰难的文化重建，可以说，"寻根"之前的中国当代文学书写大多表现出的是强烈的时代"共名"。"寻根文学"

的出现标志着一个政治中心主义、意识形态中心主义的社会话语时代已经永远地结束，一个开放的、自由的、现实与历史互补、真实与虚构交错、神话与本体互现的话语时代已经来临。寻根文学中，阿城的《棋王》就是这样一个标志性的作品。在这部作品中，尽管也写到了伤痕话题、知青人物，但革命政治话语作为一种潜话语隐藏到文本的背后，而主人公的日常生活比如"吃"和"下棋"却得到了突出的表现，并从中提炼出了特别的意义：世界可以是混乱的，也可能会夺去我们的很多东西，但终究有一些东西是永恒的。因此，旷新年认为："通过阿城的《棋王》，'新时期文学'开始回归和拥抱被革命所悬置的'日常生活'。90年代'日常生活'被神话化，而'寻根文学'则成为了沦入日常生活的一个重要线索和标志。"[①]

其次，寻根作家们尝试对于民族传统文化与文学本末关系的清理，由此完成了中国文学"向内转"的探索。"八十年代的'寻根文学'是中国人的民族集体无意识，对全球化浪潮一次本能的抗争，是对百年来现代化强迫症与文化乌托邦的艺术反动，更是改革开放之初民族精神情感与广大无意识领域中真切感受的艺术呈现。"[②]寻根文学思潮另一个重要意义就在于是它使得中国文学从对欧美文学的模拟和复制中挣脱出来，克服了民族的自卑情绪，使文学得以回归中华民族的历史土壤，寻根文学在对中国传统文化的继承上无疑起了一定的推动作用，许多作家希望能够从"民族文化心理"层面上，把握本民族成员理解事物的方式，中国人的"现代意识"从民族的总体文化背景中得以孕育出来。中国文化逐渐产生新的精神动力，在自我的否定、自我找寻之后，获得了某种再生的力量。正如作家郑义所说："在生活中，我沉得越深，便越不信任某些文人在作品中展示的历史与生活，而开始到民间传说和民歌中去发掘……我们民族的传统，民族的生活，民族的感受、表达与审美方式，在我血肉深处激荡起神秘的回音。"作家对待传统的态度虽然不尽相同，但他们在自觉发掘传统文化、探求当代人的生存同历史文明之间的源流关系，却表现出来前所未有的深度，"文化寻根是以向后回望来路的方式代替

① 旷新年：《"寻根文学"的指向》，载《文艺研究》，2005(6)。
② 季红真：《寻根文学的历史语境、文化背景与多重意义：三十年历程的回望与随想》，载《文艺争鸣》，2014(11)。

直接的前瞻"①。

再次,"寻根"的题材以及话语特征为新历史小说时代的到来准备了条件。可以毫不夸张地说,没有寻根文学所具有的对于政治、历史和旧的社会话语的再现与反思,就不可能有 20 世纪 80 年代后期"新历史主义小说"的问世。寻根作家们对历史题材的偏好,对历史的大胆反思,寻根文学书写方向的向内,以文化复古的方式来进行艺术革新,而稍晚出现的先锋文学则是面向西方,以频繁的艺术实验来化解政治意识形态的森严,都为当代文学开辟出一条新路。这两股文学思潮后来形成合流,那便是新历史小说的出现。新历史小说介于现实与作为正史的历史之间,既不遵从历史叙事的准则,又挣脱了现实逻辑的约束,在一种虚构的历史时空中,自由驰骋作者的才情和想象。新历史小说规模巨大,影响至今,典型地体现了当代文学多元化和自由化的写作追求。在当代文学这种艺术转化的过程中,寻根文学文化领域的开辟功不可没。作家冯骥才继承了鲁迅的"寻根"传统,注重从宏观上把握民族文化特征,紧紧对准现实,对传统文化有强烈的批判性,撕掉"家丑不可外传"的遮羞布,从民族文化心态中寻找阻碍前进的心理因素,对社会问题不断深入地开掘。冯骥才《怪世奇谈》系列小说集子中的《神鞭》《三寸金莲》和《阴阳八卦》最具代表性。小说描写天津市民的众生相,体现出浓厚的"津味儿",作家以严肃的思考和荒诞的形式揭示隐藏在普通人事背后的民族文化传统,表现了中华民族传统文化的深层特质。从冯骥才的《神鞭》到苏童的《妻妾成群》,从邓友梅的《烟壶》到莫言的《红高粱》、格非的《迷舟》再到余华的《鲜血梅花》表现出较为明显的源流关系。可以说,没有寻根作家们对政治化写作模式的突围、对历史的别样书写,也就没有苏童、余华、格非、叶兆言大胆表现当代人精神和人性困境的"新历史主义小说"的横空出世。

寻根文学致力于发掘民族传统文化,对民族传统文化予以再审视,一方面表现了传统文化的魅力和美,唤醒了国民对民族传统文化的热爱,一方面对传统文化的劣根性予以批判,使人们在一种纵向的时间维度上,深化了对民族传统文化的认识。同时,很多寻根作家在创作时吸

---

① 叶舒宪:《文化寻根的学术意义与思想意义》,载《文艺理论与批评》,2003(11)。

收了大量现代主义甚至后现代主义的表现方式，在促进中国文学自身的发展上功不可没。但不可否认的是，寻根文学也不可避免地具有历史的局限性。

首先，不少作家对"文化"概念的理解是"以偏概全"的，他们往往抓住某种民俗、习惯便刻意进行渲染，而忽略了对"民族性"的真正解剖。纵览寻根小说，这些作家对自己所寻的"根"或"文化"大多不甚了然，态度也不大明朗。许多年轻作家从马尔克斯充满拉美地域色彩的作品中看到了第三世界国家文学走向世界的希望，因而在创作中表现出强烈的"文化寻根"意识。这些作家坚信"越是民族的，就越是世界的"这一文学立论，他们的"寻根"，是为了与世界对话。他们认为，只有真正完成了"寻根"，才能找到自己国家的独特文学样式、风格，从而立足于世界文坛。一些作家对现代文明的排斥近乎偏执，一味迷恋于挖掘那种凝滞的非常态的传统人生，缺乏对当代生活的指导意义，从而导致作品与当代现实的疏离，这造成了几年后"寻根文学"的衰微。

其次，一些寻根作家缺乏理性批判精神，一味地好古泥俗、嗜怪爱丑，对传统文化与现代文明缺乏应有的理性思辨态度。在很多寻根作家的笔下，中国文化的"根"大多显现于"穷乡僻壤"之地。韩少功的文化寻根在愚昧、落后的湘西世界里找到了源头；李锐的寻根之旅在贫瘠的吕梁山区找到了发源地；郑万隆则将寻根的目光聚焦在了黑龙江鄂伦春猎人的杂居地；此外，莫言笔下的山东高密乡、贾平凹小说世界里的商州都无可争议的是现代意义上的"穷乡僻壤"①。在这些作家"寻根"光鲜的目标背后不自觉地隐藏着审丑的集体心态。这种把古代社会"纵向移植"到当代社会的文学实践之所以获得成功，一定程度上也有赖于时代的构合，因为"80 年代"的当代中国社会，由于刚刚经历全面彻底的文化崩溃，急需要一种更自在、自足、平静和和谐的文化资源来加以修复。这种急不可待的心灵和文化期待，使人们不至于怀疑这种被寻根作家如此大胆地"构筑"出来的理想化"传统"的真实性，也正因为这种期待，使寻根意义上的"传统"与"当代"成功对接，最终实现了它的"当代转化"。正如寻根作家的口号所宣扬的那样，"理一理我们的'根'，也选一选人家

---

① 程光炜：《在"寻根文学"周边》，载《解放军艺术学院学报》，2011(1)。

的'枝'，将西方现代文明的苗壮新芽，嫁接在我们的古老、健康、深植于沃土的活根上，倒是有希望开出奇异的花，结出肥硕的果"①。在这个意义上来说，当代文学史上的"文化寻根"往往在传统外衣包裹下隐藏着迎合西方现代性的内核，因而，它不可避免地带有某些有意而为之的神秘性、陌生化、遥远以及迎合西化的情感色彩。

最后，寻根作家在理论与创作实践上悖反和脱节。寻根作家大多对五四文学传统存在简单否定的倾向。正如作家阿城所说："五四运动在社会变革中有着不容否定的进步意义，但它较全面地对民族文化的虚无主义态度，加上中国社会一直动荡不安，使民族文化断裂，延续至今。"作家郑义在《跨越文化断裂带》一文中也指出："五四运动曾给我们民族带来生机，恐怕也是事实。'打倒孔家店'，作为民族文化之最丰厚积淀之一的孔孟之道被踏翻在地，不是批判，是摧毁；不是扬弃，是抛弃。痛快自是痛快，文化却从此切断。"事实上，寻根文学在一定的程度上恰恰是继承了五四时期的国民性批判的写作思路，是对五四国民性话语的继续。韩少功的《爸爸爸》和李锐的《厚土》系列，无疑继承了这种五四国民性话语批判的遗风。《神鞭》——以辫子为象征表现民族文化中的惰性。而在此基础上，进一步探索，冯骥才发现了新的问题：民族文化深层有这样的劣根这样的惰力，它能把畸形的、病态的、人为扭曲的清规戒律，变为一种有魅力的美，一种公认的神圣的美的法则。当人们浸入其中，还会自觉不自觉地丰富和完善它，由外加的限定变为自我限定，由意念进入潜意识。传统文化的惰性与魅力好像一张纸的两面，中间无法揭开。中国社会变革所遇到的困难，更难突破的是在中国人自身，在中国人内心。最可怕的是中国人对这种文化制约并无反省，即中国文化的自我束缚力。此外，冯骥才的另一部小说《三寸金莲》，聚焦于中国近代缠足与放足之间反复的较量，更进一步揭示了传统文化的另一面，这无疑是与鲁迅所开创的对民族劣根性批评的路子一脉相承。季红真曾将20世纪80年代中国社会的文化矛盾概括为"文明与愚昧的冲突"，后来成为经典之论。显然，这是一个启蒙性的文化命题。寻根文学一方面摆脱了作为政治工具的命运，但另一方面又担当起了文化工具的使命，常

---

① 李杭育：《理一理我们的"根"》，载《作家》，1985(9)。

常陷入"传统与现代"二元对立模式。古华的《爬满青藤的木屋》、张承志的《黑骏马》、郑万隆的《黄烟》等小说都表现了这种文化冲突，这都使得寻根文学本身既充满魅力又存在着某种歧义。

由此可见，虽然寻根文学曾因对民间的描写和其自觉选择文化的姿态给当代文学带来了新鲜的气息，但因为寻根作家的"他者"身份造成了对乡村生活状态的隔膜，限制了作品表现的深度。他们对文化寻根的选择从表面上看是让文学立足于更广泛的文化基础之上，但实际上搁浅了对当代文学和民族文化的反思，这种不彻底的自觉性给寻根文学思潮乃至当代文学带来较为严重的隐形创伤。寻根文学从传统文化心理、性格上推进了"反思文学"的深化，发掘并重构了民族品格的自觉追求也是非常有限的，并没有形成一种独立的品格，仍然囿于社会性思潮之中。因此，创作实践只持续了两年就放弃了追求的事实，更说明其自觉性的脆弱。时至今日，现代化依然在路上，在全球化时代的今天，中国传统文化正在快速地失落，现代化带来了中国经济的快速增长，但也让我们切切实实地感受到了诸多的威胁，寻根文学所表现出来的对于本土文化的反思，以及民族灵魂的重铸的历史使命对当代中国的现代化进程，无疑仍具有重要的意义。

# 第八章
# 回到文学本身

　　随着"文化大革命"的结束，改革开放时代的到来，在经济层面，面临着由计划经济向市场经济的全面转型，面临着与西方经济的直接对话。在这股强劲的政治与经济潮流之下，当代文学界面临着新的困境、机遇与挑战：一方面，学界的知识分子被"放逐"出国家体制之外，他们已经不用再去承担"启蒙"与"救亡"的重任，但与此同时，离开"群体"的知识分子也失去了笼罩在他们头上的神圣光环，迫使他们成为面向市场写作的自负盈亏的个体言说者；另一方面，面对着西方弗洛伊德主义、存在主义、魔幻现实主义等多种文学思潮的涌入与冲击，诸多的当代作家表现出试图以西方的文学技法反抗中国传统文学样式的强烈诉求，在这样的时代背景下，当代作家虽然感到有些无所适从，但也为他们将文学从政治的束缚中解放出来，使文学回到文学自身提供了绝好的机遇。不难发现，在20世纪80年代出现的新潮小说、先锋派小说、朦胧诗、后朦胧诗和女性文学写作等，都是要求文学回归文学自身的有效尝试。在今天看来，纵然有很多创作还是留下了不少初创期的痕迹，但它们确实成为那个时代一道独特而亮丽的风景，也成为中国当代文学史叙述脉络中无法忽视的存在。所以我们有必要站在今天的角度来重新衡量这些文学现象和文学创作实践，有必要在经过了几十年的历史和学术积淀之后，对其做出一些新的审视与理解。

# 一、"先锋派"，先锋在哪里

何为"先锋派"？在法国著名的《拉鲁斯词典》中，"先锋派"是指"作战或行军时的先头部队"。在 19 世纪初，这一词语开始用于文学领域，其最基本的意义是注重创新，大胆超越传统，强调艺术性的文学艺术群落。而在中国，特指 20 世纪 80 年代后期，以余华、苏童、格非、叶兆言等人为代表的小说流派。因其力图打破传统文学的束缚，强调以独特的话语方式进行小说文体形式的实验，故称为"先锋派"。它的发生以 20 世纪 80 年代前期出现的新潮小说为先导，经过 20 世纪 80 年代后期的先锋小说实验后，于 20 世纪 90 年代集体转向为"面向精神现实而写作"。

## （一）作为先导的新潮小说

为了与 1987 年之后出现的先锋派小说家相区分，评论界通常将之前出现的具有现代主义文学倾向的小说称为"新潮小说"。其代表人物有马原、莫言[1]、残雪等。这批作家以当时文坛新颖的现代主义文学叙事手法，为后来先锋小说家的出现奠定了基础。

马原后来因病而退出文坛，因此他没有后来莫言、余华等那么大的名气和影响力，但他在现代主义小说方面的开创之功是不可抹杀的。马原于 1984 年发表了《拉萨河女神》，这篇小说因其独特的叙事方式而令当时文坛感到新奇与陌生。之后，马原又连续发表了《冈底斯的诱惑》《虚构》等系列小说，对小说的叙事手法进行持续的探索。马原最典型的叙事特征就是制造出一种特有的"马原式"的"叙述圈套"，即作者本人作为故事的讲述人介入到故事中，故意模糊叙述者与被叙述者之间的界限；故意将多个故事打乱，以杂糅交叉的方式进行叙述，增加故事的复杂性与阅读的障碍性；有意颠倒时空，使故事扑朔迷离、真假难辨；留

---

[1]　莫言同时也被视为"寻根文学"的代表。

下大量的叙事"空白"，给读者留下足够填充的余地。这些技法在当时的文坛是极其陌生的，也不太能够让人接受与理解，但这种叙事方式却被后来的先锋小说家们所欣赏，也成为他们叙事时效仿与借鉴的对象。

莫言也是当代文学史上最早进行现代主义探索与实验，并取得丰硕成果的小说家之一。他1985年就贡献出了《透明的红萝卜》这样具有鲜明的现代主义特质的小说。这部作品描写了一个带有"超感官"色彩的故事，以鲜明的精神分析学技法透视了一个10岁左右的小男孩渴望成年人的爱情，但终究无法跻身于成年人的行列，无法正常恋爱而引发的畸形而神秘的心理活动。小说甫一发表，就以崭新的叙事方法引起了文坛的广泛关注。当女作家张洁在西德出席交流活动，被问及1985年中国文坛有什么大事发生时，她的回答是："要说大事，那就是出现了莫言。"并指出《透明的红萝卜》是一个天才作家诞生的重要信号。莫言在当时的影响力由此可见一斑。莫言在《透明的红萝卜》之后，又相继写作了《红高粱》等系列小说，虽然学界常常将这些小说视为寻根文学的成果，但其作品中的人物直接出场叙事、叙事视角的不断变换，作品的复调结构，话语的狂欢化效果，对人物潜意识的开掘与透视等，都以鲜明的现代主义特征为后期的先锋派小说提供了典型案例。

残雪在现代主义探索方面的价值与意义同样不可小觑。她依凭对笔下人物潜意识的开掘，以及那种类似于精神病患者的分裂症式的语言，为读者营造出一个虚幻而又怪诞的超现实的世界。尤其是她那种以非现实的意象冷静地展示"恶""暴力"的能力，[①] 以及那种带有强烈客观、冷漠色彩的"零度"叙述语调，更让当时的读者感觉到极其新奇而陌生。不仅如此，在残雪塑造的冰冷的世界中，人与人之间没有调和，只有永久的矛盾与冲突。她笔下的人物永远处在孤独而相互对立的状态中，这也使残雪更加接近了现代主义的精神内核——孤独。残雪对怪诞世界的营造，"零度"的叙述语调和人物之间的矛盾与冲突，直接为后来的余华、格非等先锋派小说家们所延续。因此，对于后期的先锋派小说家而言，残雪是其无法忽视的存在。

另外，在20世纪80年代中期，刘索拉创作的《你别无选择》《蓝天

---

① 洪子诚：《中国当代文学史》，337页，北京，北京大学出版社，2003。

绿海》《寻找歌王》等作品，徐星创作的《无主题变奏》《城市的故事》《无为在歧路》等作品，其中一些虽然表征出明显的模仿美国作家约瑟夫·海勒和塞林格作品的痕迹，甚至因其表达对于人性、自由精神，对于主体创造性追求的"情绪历史"，而一度被当时学界视为"伪现代派"，① 但他们作品中那种反抗传统，处处与传统发生矛盾与冲突的现代特质，以及用荒诞变形的手法表现人物精神特征的叙事手法，还是能够让我们清晰地看到他们对现代主义叙事方法的自觉尝试。这些都为后来先锋派小说的出现起到了重要的奠基作用。

总之，出现于 20 世纪 80 年代前中期的新潮小说是新时期以后出现的一股致力于借鉴与汲取西方现代主义文学技法，以打破传统文学书写范式的重要的文学创作实践。以马原、莫言、残雪、刘索拉等的作品为代表的现代主义的探索与实践，虽然还留有模仿西方作家的痕迹，也没有产生成熟的文学作品，但他们的大胆尝试，却对后来的先锋派小说的登场与迅速崛起起到了重要的先导与奠基作用。

### (二)先锋小说实验：从"写什么"到"怎么写"的嬗变

从五四到"大革命"时期，再到后来的抗日战争时期和解放战争时期，"启蒙"和"救亡"一直是中国现代主流文学最重要的话题，反映"启蒙"与"救亡"主题的作品也最能够凸显现代文学的基本特色。与此同时，"国家""民族""阶级"这样带有浓郁政治色彩和政治倾向性的词语，在现代文学的作品中可谓俯拾皆是。由此我们能够洞见，在那样的一个战火纷飞、硝烟弥漫的时代，在从最初主张"文学革命"到倡导"革命文学"的特殊语境中，"写什么"的问题至关重要，是否描写"启蒙"与"救亡"，是否关注国家、民族的命运，是区分作家是否有坚定的无产阶级立场的重要标准，也是作家是否能够进入主流文学圈的重要参照标准。在那样一个特殊的时代，周作人、沈从文等自由主义作家是不完全被认可的，由此，我们能够看出现代的知识分子，他们的创作理念是救国救民，社会责任感与使命感是他们从事创作的根本动因，因此他们特别重视文学的功利性，基于此，也特别在意作品在"写什么"。但现代作家大部分的时

---

① 关于此次争论，可参见季红真：《中国近年小说与西方现代主义文学》，载《文艺报》，1988-01-02；黄子平：《关于"伪现代派"及其批评》，载《北京文学》，1988(2)；李陀：《也谈"伪现代派"及其批评》，载《北京文学》，1988(4)。

间都处在战争频仍的年代，他们颠沛流离，多方辗转，因此他们很难潜下心来认真雕琢与打磨自己的文章，致使大部分作品都是急就章。所以，现代文学作品最显著的特征就是注重"写什么"，而不重视"怎么写"，甚至现代主流作家还对注重"怎么写"的自由主义作家给予漠视与排斥，致使现代文坛出现了向反映意识形态的主流文学一边倒的趋势。这是由当时特殊的时代语境所决定的，自然有其合理性，但却一定程度上忽视了文学应该"怎样写"的问题，由此带来的是文学的艺术性、审美性被压抑，文学的阶级性、政治倾向性被一度高扬。

随着新时期的到来，"怎么写"的问题备受当代作家关注，他们汲取西方的文学思潮、文学技法进行文学应该"怎么写"的新尝试，而实际上，在这种尝试的背后，含纳着当代作家欲使文学回归自身的强烈愿望与诉求。这在莫言、马原等新潮小说家那里得以彰显，而在其后崛起于文坛的先锋小说家那里表现得尤为突出。1987 年以后，余华、格非、苏童等一批 20 世纪 60 年代出生的文学新锐跻身于文坛，他们以强烈的反传统姿态从事文学写作，不再注重文学"写什么"，而是特别注重个人感觉、叙事方式、语言等对于文学的重要性。具体而言，可以将其文学主张和艺术特质概括如下：

第一，反对文学依附于意识形态，力图使文学回归自身，基于此，他们不再强调文学创作中的群体观念、阶级观念，而是特别注重文学创作中个人感觉的重要性，试图用自己特有的方式来处理自我与外在世界之间的关系。这早在莫言、马原、残雪等新潮小说中就有着鲜明的体现，莫言的小说《透明的红萝卜》就是从小孩自身的感觉出发来反映其隐秘心理的代表作品，之后发表的《红高粱》系列更是摒弃了宏大叙事的文学传统，而是选择以抗战为背景，凸显高密东北乡人民粗犷、雄强的野性之美。这样的美感是生长于高密东北乡的莫言所极为熟悉的，也是他自身切切实实体会和感觉到的。所以这样的叙事不掺杂任何的意识形态成分，完完全全是莫言个人感觉的结果。马原的小说更加注重自我感觉的参与，在其《拉萨河女神》《冈底斯的诱惑》等作品中这种自我显露的意识表现得非常明显，而在发表于 1987 年的小说《虚构》中起首一句便是"我就是那个叫马原的汉人"，这种"元叙事"的表达方式，使马原追求自我感觉和自我叙述的特质得以淋漓尽致地彰显。如果说莫言、马原更加侧重从个人感觉出发来掌控叙事的节奏，那么残雪则更加强调与凸显的是个人与外界之间无法达成和解的状态，以及人与人之间无法沟通、相互之间充满矛盾与隔阂的异己感。《苍老的浮云》描写的是家庭内部成员之间相互猜忌与窥视，而又不断勾心斗角的故事；《黄泥街》则淋漓尽致地描绘出了"南方式的社群关系与生存处境的丑陋与病态"①。与这些复杂的人际关系相伴而来的是残雪笔下的文学世界的极其阴冷与黑暗，在这个世界中，墨色的雨、裂缝的墙壁、苍蝇、蛆等让人讨厌的意象随处可见。可以说，残雪笔下那些频繁出现的具有畸形变态性格的人物和那些充满令人厌烦的意象，是残雪感受外在世界的特有方式，这种感受方式喻示着现代人与其生存语境无法调和的矛盾与冲突。残雪以更加个人化的方式表现人与世界之间的"裂隙"，表现人与人之间的冷漠关系，其实恰恰映射出的是当下无数个孤独个体最真实的内心感受。

莫言、马原、残雪注重以个人感觉来审视外在世界的书写方式，为余华、苏童、格非等先锋小说家所汲取。尤其是残雪那种以夸张、变形的笔法塑造病态人物，表现人与人之间的冷漠关系，进而揭示人与外在世界的巨大"裂隙"的叙事方式，成为先锋小说家惯常的书写范式。但有所不同的是，先锋小说家们以更加激进和冷酷的态度来看待人与外在世界的关系，在他们看来，人的存在充满了荒诞感，因此在他们的文学世界中，人与外在世界根本无法和谐相处，人与人之间不仅仅满含敌意，而且充满暴力，人性不仅是病态的，而且是丑恶的。在先锋小说家的视域中，几乎不存在善良的人，人几乎都是丑恶的化身。因此人性之恶成为他们的主要书写对象，人性之恶也在他们的作品中得到了淋漓尽致的书写与展示。

余华的成名作《十八岁出门远行》就以一个少年的视角揭示了人性之恶，18 岁的少年原本对社会中的人充满了善意，但他先是经历了路人疯狂地抢车上的苹果，当他阻拦这种不道德的行为时被打伤，后又被苹果真正的主人所抛弃，而且堂而皇之地抢走了他的行李。经过这些事件之后，一个不谙世事的少年终于领悟了人性之恶。余华之后创作的《一九八六》以人物的自虐指证了历史的血腥本质；《现实一种》通过山岗、

---

① 张健：《新中国文学史》（上卷），165 页，北京，北京师范大学出版社，2010。

山峰两兄弟之间的相互仇杀，暴露了人性的丑恶。与此同时，在 20 世纪 80 年代后期，余华还创作出《死亡叙述》《河边的错误》《世事如烟》等一系列作品，这些作品以一种"零度叙事"的冷静笔调，书写了一系列充满血腥气息的暴力和死亡的主题，揭示了人性的残酷和存在的荒谬。①余华这种突破"日常生活经验"，而依靠想象力来深度揭示人性之恶的作品，代表了先锋小说家较为普遍的写作范式，只是余华显得更为平静，更为冷酷，因此有人将余华的写作称为"残忍的才华"（刘绍铭语）。

苏童的小说也如余华一样，揭示人性之恶是其从事创作的重要主题。这种人性之恶在他早期描写童年生活的"香椿树街系列"小说中就有着鲜明的体现。在《刺青时代》《城北地带》《舒家兄弟》等作品中，出现的"在潮湿的空气中发芽溃烂的年轻生命，一些徘徊在青石板路上的扭曲的灵魂"②，再加上成人间因偷鸡摸狗而演绎出的流言蜚语，护城河上常常漂浮的死尸……这些图景形象地构成了城市边缘地带的特有景观，同时也构成了一幅鲜明的人性审丑图。在这之后，苏童塑造的颂莲和雁儿（《妻妾成群》）、端白与皇甫夫人（《我的帝王生涯》）、武后（《武则天》）、五龙（《米》）等诸多人物，他们身上都有着先天性格缺陷和人性恶的种子。尤其是《米》中的五龙，其人性丑恶的程度达到了极点，就是因为在他从乡村来到城市的途中遭到别人的羞辱，于是他就痛下决心，一定要报复这个带给他屈辱的城市。他通过成功地勾引织云而成为瓦匠街"鸿记"米店的老板，进而通过自己的钻营成为黑社会的老大，他好勇斗狠、杀人放火、吃喝嫖赌、无恶不作，最终带着一身脏病死在了返乡的路上。可以说，五龙就是恶的化身，苏童通过这个人物已然将人性之恶写到了极致。但苏童并非只关注人性之恶，他同时还以自己敏锐的感觉和洞察力，关注与解读历史（如《我的帝王生涯》《武则天》等）。另外，他还以自己细腻的感知力，去关注女性及其命运（如《妻妾成群》《红粉》等）。

除了余华和苏童，在格非、孙甘露等人的作品中，都有不同程度的对人性恶的展示，同时也彰显出浓重的以个人感觉介入与把握外在世界的强烈诉求。其实无论是透视人性之恶，还是审视人与外在世界之间的

---

① 参见张健：《新中国文学史》（上卷），170 页，北京，北京师范大学出版社，2010。
② 《苏童文集·少年血·自序》，1 页，南京，江苏文艺出版社，1993。

疏离感，这些都是先锋作家们个人真实感觉的映射，这些具有强烈的现代主义特质的文学作品，说明在 20 世纪 80 年代后期，先锋作家们已经完成了从强调文学的政治倾向性到主张文学回到自身的嬗变。

第二，注重文学叙事的虚构性。先锋小说家的创作不是要去反映客观现实，他们的小说往往具有一种神秘主义的宿命感和哲学化乃至玄学化的意味。另外，他们的小说往往会模糊时间与空间的明确性，从而使叙事显得真假难辨、扑朔迷离。如果说传统小说更加关注的是叙述的"真实性"，那么先锋小说则要试图打破传统文学的规约，而更加强调"叙述"本身，即他们的关注重点不是故事的内容，而是它的"形式"——怎样讲述故事的叙述方式。"他们大量运用虚构、想象和夸张的手段，拼接、剪贴现实生活中也许没有，而小说的艺术世界中却可能存在的各种古怪离奇的故事和细节，以此来转换和更新读者的阅读经验。"[1]在这方面表现得最为突出者当属格非。格非的小说创作受到博尔赫斯的影响，因此格非的小说往往给人一种玄奥而晦涩难懂之感，读格非的小说，我们常常陷入他的"叙事迷宫"之中而无法自拔。比如他的小说《迷舟》，故事中的一个重要环节——萧去榆关是递送情报还是与情人会面，作者却没有交代，这就使故事显得扑朔迷离，也给读者留下了大量的"空白"，引发读者去想象。另外，萧最后果然按照算命先生暗示的那样神秘而离奇地死去，也使整部小说笼罩在一种神秘的氛围之中。《褐色鸟群》中那个叫棋的女人与"我"三次相遇，但变换了不同场合的棋，却矢口否认曾经见过"我"，这就使整个故事陷入了不可思议的境地，是"我"记忆的偏差，还是棋自身的问题。这些问题都等待着读者的思考与解答。总之，格非的小说总给人留下一种悬而未决的问题，留给读者去思考，或许也可以说这些关于人的生存的问题，也恰是令格非困惑不解的问题。

第三，注重语言的创新与实验。传统小说注重语言的完整性、严肃性，但先锋小说逆传统而行，他们的语言呈现出碎片化、狂欢化的典型特征。这在孙甘露的小说中体现得尤为明显。《访问梦境》和《信使之函》常被作为先锋小说语言实验的经典文本加以解读。这两篇小说采用反小

---

① 严家炎：《二十世纪中国文学史》（下册），261 页，北京，高等教育出版社，2010。

说的文体形式，几乎没有情节和主题，通篇都是语言片段的机智拼接，比如《访问梦境》一开篇就这样写道：

> 我行走着，犹如我的想象行走着。我前方的街道以一种透视的方式向深处延伸。我开始进入一部打开的书，它的扉页上表明了几处必读的段落和可以略去的部分。它们街灯般地闪亮在昏暗的视野里，不指示方向，但大致勾画了前景。

这种反逻辑、反常规的语言表达方式，使孙甘露的小说呈现出梦呓般的朦胧而虚幻的效果，也由此阻碍了其小说客观表现现实的能力，致使其小说完全成了文字的游戏，语言的狂欢。

总之，无论是对个人感觉的强调，还是对叙事过程中"虚构"和语言实验的张扬，都彰显出先锋小说与传统小说的明显不同，这种不同也标志着文学从"写什么"到"怎么写"的转型与嬗变。这对文学摆脱政治束缚，使文学回归自身具有重要的价值与意义。但先锋小说实验更多地注重对人性内在世界的开掘，注重形式的演绎，从而忽视了对外在客观现实的关注，因此它的缺失也是极其明显的。

### （三）先锋派的集体转型

20 世纪 80 年代后期崛起的先锋派，以其迥异于传统文学的叙事策略和形式实验，在文坛上造成了很大的声势。但随之而来的是，先锋派小说家也日益感受到这种过于注重形式演绎、语言狂欢和"零度"叙事，而不注重反映历史与现实的写作范式的无力感与苍白感，于是他们的创作出现了"瓶颈"状态，只能在艰难中前行。与此同时，这种借鉴西方现代主义文学资源，这种高超的形式演绎，只能在知识分子内部打转和相互欣赏，而与广大民众极其隔膜，因此他们的作品并不能得到广大民众的认可与欢迎。而进入 20 世纪 90 年代以后，在中国市场经济大潮的催动下，作家们必须使自己的作品迎合广大民众的心理，这样作品才会有销路，才会获得相应的利润。在这样的背景下，先锋派不得不进行集体的转型。转型之后的先锋小说家，普遍表现出的是接续传统文学的叙事脉络，注重故事的连贯性与完整性，如果细加分析，具体特点可以大体归纳如下：

第一，改变了以往对于外在现实的冷漠态度和"零度叙事"的写作范式，作家对笔下的事件充满了温度，对笔下的人物也满含温情。这方面最典型的代表是余华。20 世纪 90 年代初期的余华缓和了与现实之间的紧张关系，也不再热衷于暴力的书写，这种转变的背后，是余华内心世界和创作观念发生了重要的转变："随着时间的推移，我内心的愤怒渐渐平息……作家的使命不是发泄，不是控诉或者暴露，他应该向人们展示高尚。这里所说的高尚不是那种纯粹的美好，而是对一切事物理解之后的超然，对善与恶一视同仁，用同情的目光看待世界。"[①]正是出于这样的"同情"，余华创作于 20 世纪 90 年代的小说往往具有一种浓郁的人道主义情怀。比如《活着》中的福贵，原本是一个富家的纨绔子弟，吃喝嫖赌，荡尽家财，并因此而走上了受苦受难的"赎罪"之路。尽管福贵在年少时曾犯下过不可饶恕的错误，但读完整部作品之后，我们却无法对这个人物给予过多的指责，因为和福贵后半生的惨痛经历相比，前半生所做过的错事便显得微不足道了。这与作者在叙事过程中，弱化福贵前半生，而有意凸显其后半生的经历有关，也与作者对福贵这一人物充满怜悯与同情相关。《许三观卖血记》中的许三观，也是作者寄予了人道主义同情的人物。许三观是一个丝厂的普通的送茧工人，在贫困的年月里他靠一次次的卖血来养活家人，甚至是以卖血来抚养不是自己亲生儿子的一乐，虽然许三观曾多次因卖血而差点失去性命，但他从未退缩，从未抱怨，而总是以乐观的态度来面对人生，最终带着家人走出了那段极为困苦的日子。可贵的是，作者并没有回避这一人物身上的缺点，比如许三观有时也会因一乐不是自己亲生儿子的事耿耿于怀，甚至还有一个自己暗中喜欢的情人林芬芳，但这些丝毫不影响许三观的光辉形象，反而使这一人物形象显得更加丰满。

第二，关注历史与现实中小人物的命运沉浮。在历史小说方面，尤以苏童的描写清末民初的"家庭兴衰史"最有特色。苏童曾言，"1989 年开始，我尝试了以老式方法叙述一些老式的故事"，试图"拾起传统的旧衣裳，将其披盖在人物身上，或者说是试图让一个传统的故事以似曾相

---

① 余华：《活着·前言》，见《余华作品集》，第 2 卷，292 页，北京，中国社会科学出版社，1994。

识的人物获得再生"。① 苏童的这些小说明显地有别于先锋小说，而具有了鲜明的新历史主义小说的特色。他不再注重形式方面的花样翻新，也不注重宏大的历史叙事，而是关注小人物在历史中的人生悲欢，尤其是女性在历史中的命运沉浮。比如《妻妾成群》揭露的是在一个腐朽家庭内部妻妾之间相互倾轧和残害而引发的一系列悲剧；《红粉》描写的是几个风尘女子改造生活的现实图景；《碧奴》以孟姜女哭长城的传统故事为蓝本，对一个充满浓重悲剧韵味的故事进行了现代演绎。在现实主义小说方面，余华的《活着》《许三观卖血记》《兄弟》等小说，不仅具有明显的现实指向，而且也不再玩弄叙事的技巧，而是把叙述的重心投射在那些平凡的小人物身上，充满温情地去打量这些小人物身上的性格缺陷与人性之光。

第三，面向精神现实而写作，对人生与命运给予形而上的审视与思考。在某种意义上，这一点是先锋小说和传统小说最大的区别。传统小说更多地去书写外在现实，而对人物内心世界与精神现实的开掘不够。而先锋小说则更注重对人的潜意识等内心隐秘世界的审视，同时注重对人物命运做抽象思辨式的思考。余华曾明确表示他要面向精神现实而写作，因为在他看来外在的现实是不可靠的，只有内在的精神现实才让他感觉可信。因此，他的《活着》《许三观卖血记》《在细雨中呼喊》等小说，虽然表面上是在写现实环境和现实生活，实际上这些小说最终指涉的是人的精神现实。比如《活着》是通过福贵这一人物的一生遭际，来表达余华对"活着"这一人类亘古话题的终极意义的思考；《许三观卖血记》则通过许三观的数次卖血，透视一个小人物的心理状态和人性真实。和余华一样，苏童、北村等曾经的先锋派作家，也极其关注人的精神现实。如果我们将现代文学中的老舍的《骆驼祥子》和苏童的《米》、北村的《施洗的河》加以对比，就会发现其中的不同。三部小说同写了青年如何经过生活的洗礼和磨难最终走向堕落的过程，但《骆驼祥子》重在揭示社会的黑暗，是那样一个地狱般的社会，造成了祥子最后成为一个个人主义的"末路鬼"。而《米》和《施洗的河》则注重人的精神现实的展示，注重对人性恶的揭发。《米》的五龙，最后的堕落虽然在某种意义上是城市文明的

---

① 苏童：《怎么回事》，见《红粉·代跋》，武汉，长江文艺出版社，1992。

产物，但对发迹之后的五龙的人性之恶的描写，则让我们鲜明地感到，对于五龙精神现实的书写才是作者的重心所在。《施洗的河》中的刘浪，其人性之恶更是被作者书写得淋漓尽致。刘浪 8 岁那年就试着对自己的父亲放黑枪，后来医学院的教育使这位从小就充满野性的少年变得更加不可救药，他杀人越货，放荡纵欲，无恶不作。可以说，这部小说是一部典型的面对人的精神现实而写作的作品。从这三部作品的比较中就能发现，老舍更加注重外在社会现实黑暗面的揭露，而苏童和北村则更加注重对人的内在精神现实的审视。另外，苏童还特别善于对女性精神世界和内心隐秘心理的观察，比如在《妻妾成群》中，每次来到梅姗葬身的井边时，颂莲的内心总会产生摆脱不掉的梦魇般的幻觉：

> 她每次到废井边上总是摆脱不掉梦魇般的幻感。她听见井水在很深的地层翻腾，送上来一些亡灵的语言，她真的听见了，而且感觉到井里泛出冰冷的瘴气，湮没了她的灵魂和肌肤。
>
> 颂莲的心里很潮湿，一股陌生的欲望像风一样灌进身体，她觉得喘不过气来，意识中又出现了梅姗和医生的腿在麻将桌下交缠的画面……她听见空气中有一种物质碎裂的声音。

这种细腻的文笔，这种独到而深邃的女性心理的描写，如果不看作者是谁，根本无法发现这是出自一个男性作家之手，其实，就是女性作家也未必能够把一个女性的心理写到如此精到和纯熟的程度。这也充分展示了苏童善于写女性，尤其是女性心理的一面。

第四，写作中的鲜明的个人化色彩。进入 20 世纪 90 年代后，写作充分个人化了，作家们不用再去面对国家、民族这样的宏大命题，因此，在某种意义上，写作成为个人的呓语。作家们可以选择关注宏大的历史，也可以选择写生活中的鸡毛蒜皮，还可以关注人的精神和心理状态……总之，文学的边界变得日益宽泛了。曾经的先锋派小说家也感应时代的脉搏，创作出了诸多极为个人化的作品，这一时期的作品，无论是关注历史和现实的小说，还是透视人的心理现实的作品，都充分体现出对于历史和现实的个人化的理解。这是 20 世纪 90 年代文学的基本特色，更是先锋派作家一以贯之的重要文学特质。

可以说，新潮小说和先锋小说实验，以及后来20世纪90年代先锋小说家的集体转向，是时代语境和作家内心诉求合谋的产物。于时代而言，战争的时代已经远去，作为反映时代发展变化的文学，也势必要对自身反映的内容做出新的调整。而20世纪80年代到90年代的时代语境，正是中国改革开放，与西方全面接轨的时期，因此接续五四传统，汲取西方文学资源来调整自身的文学视域，成为那个时代知识分子的普遍选择。于作家自身而言，过去知识分子的地位不在了，文学被日益边缘化。加之，作家们也深深体味到以往文学受到政治规约的巨大危害，所以他们极其渴望将文学从政治的束缚中解放出来，使文学回归自身。正是带着这样强烈的诉求，莫言、马原、残雪、余华、苏童、格非、孙甘露等一批作家进行了大胆的小说文体与形式方面的实验，应该说他们的实验并非尽如人意，但对于文学回归自身而言却有重大的意义。

## 二、"朦胧诗"与"后朦胧诗"的崛起

"朦胧诗"与"后朦胧诗"的崛起，是新时期文坛中的重要事件，也是"文学回归自身"实践的重要体现。这两个诗歌流派以先锋的姿态，打破了先前文学表现政治的书写范式，为诗歌"回到诗歌"奠定了基础；同时也标志着宏大叙事的结束，个人自我言说时代的开始。

### （一）"朦胧诗"的崛起

1978年，一个迥异于先前的政治抒情诗的新的诗歌样式出现在新时期的文坛。这种诗歌不再关注宏大的政治命题，而是以朦胧、暗示、略带晦涩的现代主义笔法书写个人的情感，或表达对历史与时代的质疑，或高扬人的价值与意义，或描绘自身的"童话世界"，这种新颖而奇特的带有先锋意味的创作实践，在当时的文坛引起了轩然大波。最先对这种新的诗潮给予关注的是公刘发表于1980年的《新的课题》，其文章对这一诗潮的艺术特征及其形成的时代背景进行了分析，并对这一诗潮给予了一定程度的肯定与认可。接着，《福建文学》从1980年开始，以讨论舒婷的诗为契机，对北岛等诗人的创作展开了一年之久的讨论。1980年8月，章明在《诗刊》上发表了《令人气闷的"朦胧诗"》一文，严厉地批评了舒婷、北岛等诗人写作的诗歌"晦涩""难懂"。这篇文章不仅

最初确立了"朦胧诗"的命名，也拉开了对朦胧诗给予批评的序幕。在对这股新的诗潮给予批评的同时，也出现了肯定的声音，在这方面，首推"三个崛起"。1980 年 5 月 7 日，北京大学谢冕先生在光明日报发表《在新的崛起面前》；1981 年，福建师大孙绍振先生在《诗刊》发表《新的美学原则在崛起》；1983 年，徐敬亚先生在《当代文学思潮》杂志发表《崛起的诗群》。这所谓"三个崛起"的文章，对朦胧诗的出现给予了充分的肯定，认为朦胧诗是中国诗人第一次以个人的声音表达思想和情感，表达对社会历史的独特思考的方式，它有力地冲破了那些不合理的陈规旧范，诗不再是时代精神的传声筒，不再是为政治服务的工具，而是具有较高艺术水准的文学种类。[①]

"三个崛起"的肯定，加之北岛、舒婷、顾城、江河、杨炼的卓有成就的创作实绩，使朦胧诗在 20 世纪 70 年代末 80 年代初的文坛成为一道独特而亮丽的风景。如果将其诗歌特点加以分析，可以大体包括以下几个方面：

第一，诗人往往借助诗歌来表现内心的痛苦、挣扎、质疑与叛逆。这代诗人，大多出生于 20 世纪 50 年代，他们恰好是在充满激情与梦想的青年时代遭遇了十年"文化大革命"，这不仅给他们带来了巨大的心灵创伤，而且使他们对生存的世界表现出明显的质疑态度。因此他们的诗歌往往充满感伤的色调和批判的意味。如舒婷在其诗作《雨别》中这样表现个人面对历史与现实时的痛苦与无奈："我的痛苦变为忧伤／想也想不够，说也说不出"。顾城在《我是一个任性的孩子》中如此表述其理想无法实现的忧伤："我希望／能在心爱的白纸上画画／画出笨拙的自由／画下一只永远不会／流泪的眼睛"；"我想画下早晨／画下露水／所能看见的微笑／画下所有最年轻的／没有痛苦的爱情"……然而"我在希望／在想／但不知为什么／我没有领到蜡笔／没有得到一个彩色的时刻"。内心的理想与现实之间的龃龉，催生出对现实世界的怀疑和反抗，北岛在《回答》中写道：

我来到这个世界上，

---

① 参见陈晓明：《中国当代文学主潮》，269 页，北京，北京大学出版社，2009。

只带着纸、绳索和身影，

为了在审判之前，

宣读那些被判决的声音。

告诉你吧，世界

我——不——相——信！

纵使你脚下有一千名挑战者，

那就把我算作第一千零一名。

北岛的诗更多描写的是对所生活世界的不信任，因此他的诗几乎没有调和，布满诗行的几乎尽是冲突与辩难，是对充满不公道的世界的控诉，他的诗往往在冷色调的书写中显出反抗现实世界的强硬态度。

第二，诗歌往往传达出肯定个人价值与尊严的强烈诉求。对于个人价值与尊严的强调，是五四时代的基本命题。五四那代人为了将人从"存天理、灭人欲"的封建道统中解放出来，高举起了倡导个性自由与解放的旗帜。在这一点上，朦胧派诗人与五四时代关于"人"的解放的话题有一定的承接关系，比如舒婷的《神女峰》借用巫山神女的故事，批判了封建专制强加给女性的"从一而终"的思想错误，尤其是"与其在悬崖上展览千年，不如在爱人肩头痛哭一晚"一句，鲜明地传达出作者冲破传统束缚，充分追求个人婚姻自由的强烈愿望。另外，在《致橡树》中，舒婷对女性的独立与自由观念给予了进一步的阐发与张扬：

我如果爱你——

绝不像攀援的凌霄花，

借你的高枝炫耀自己；

我如果爱你——

绝不学痴情的鸟儿，

为绿荫重复单调的歌曲；

也不止像泉源，

常年送来清凉的慰藉；

也不止像险峰，

增加你的高度，衬托你的威仪。

甚至日光，

甚至春雨。

不，这些都还不够！

我必须是你近旁的一株木棉，

作为树的形象和你站在一起。

在这首诗中，诗人以橡树为对象表达了爱情的热烈、诚挚和坚贞，通过拟物化的艺术手法，用木棉树的内心独白，热情而坦诚地歌唱了自己的人格理想，以及要求比肩而立、各自独立又深情相对的爱情观。舒婷的诗歌与五四关于"人"的解放命题有一定的承续关系。

第三，热衷于营造属于自己的独特的艺术世界。北岛曾言："诗人应该通过作品建立一个自己的世界，这是一个真诚而独特的世界，正直的世界，正义和人性的世界。"[1]正如北岛所言，政治方面的宏大叙事不是他们热衷的命题，他们更乐于营造属于自己的独特的艺术世界。我们看到，北岛的诗具有浓郁的抗衡色彩和英雄主义风格；舒婷的诗则体现出个人对微妙情感世界的把握；顾城的诗则以浪漫的笔触为读者营造了一个晶莹剔透的童话般的世界；江河、杨炼的诗在对历史的审视中给人留下一种雄浑之感。这里特别值得我们重视的是顾城的诗，他的诗与其他诗人相比，更属于他自己。他用诗意画笔为自己营造了一个极度唯美的"童话世界"。这在他的《生命幻想曲》《我赞美世界》《我相信歌声》等大量的诗篇得以彰显，比如在《我赞美世界》中，诗人试图"把牧童草原样浓绿的短曲，把猎人森林样丰富的幻想，把农民麦穗样金黄的欢乐，把渔人水波样透明的希望……把全天下的海洋、高山、平原、江河，把七大洲的早晨、傍晚、日出、月落，从生活中，睡梦中，投入思想的熔岩，凝成我黎明一样灿烂的——诗歌"。可以说，以诗来为自己编织了一个新奇、晶莹、绚丽、洁净的世外桃源般的天国世界，是顾城诗歌写作的一个重要目的。

第四，现代主义手法的自觉运用。朦胧派诗人打破了先前的政治抒

---

[1] 转引自严家炎：《二十世纪中国文学史》（下册），212 页，北京，高等教育出版社，2010。

情诗现实主义书写的拘囿，运用了朦胧、暗示、荒诞等一系列的西方现代主义技法。我们看到，这代诗人不喜欢直露地表达自己的情感，而是为自身的情感寻找客观对应物，因此在他们的诗中出现了橡树、木棉、黑夜、黑色的眼睛等一系列承载着象征意味的物象。另外，这代人的诗作中往往充满着一种虚无感和荒诞感，这在某种程度上较为接近西方的荒诞派。但有所不同的是，西方不仅认为客体世界是荒诞的，主体世界也是荒诞的，而朦胧派诗人认同了客体荒诞说，但对主体世界给予了肯定。

总之，朦胧诗的崛起是一个重要的信号，它标志着诗歌进入了一个多元开放的时代，诗歌不仅可以关注政治、讴歌英雄，也可以抒发个人的情感、表达小人物的心声。朦胧诗正是在后一个方面体现了它的文学史价值与意义。朦胧派诗人回归个人的理念，注重诗歌技艺的书写方式，但其诗作多是对历史记忆的创伤式书写，也就是说，个人仍然无法摆脱历史的束缚，尤其是无法摆脱"文化大革命"的沉重记忆，因此，朦胧诗虽然表现出了"回到诗歌"的努力，但与"纯粹"的诗歌还有某种距离。

**（二）后朦胧诗："回到诗歌"的话语实践**

20 世纪 80 年代头两年之后，当"朦胧诗"的争论还在激动人心地进行之时，"新诗潮"的第一个潮头实际上已经过去了。继之而起的是"后朦胧诗"（也称"第三代诗""新生代诗"），这是一个在反叛朦胧诗的基础上出现的具有更新的诗歌观念和审美追求的诗歌种类。后朦胧诗派孕育于 1982 年成都的部分民间诗人的油印诗集《次生林》。而具有流派特征，且受人关注是在 1984 年后。1984 年以后，不仅后朦胧诗的活动和写作都达到了一定规模，而且出现了南京的"他们"文学社，上海的"海上"诗群，四川的"新传统主义""整体主义""非非主义""莽汉主义"等各种诗歌社团和诗群。至 1986 年 10 月，《深圳青年报》和《诗歌报》联合举办了"1986 中国现代诗群体大展"，后朦胧诗派的诗人们在这次"大展"中脱颖而出，正式确立了他们的重要地位。今天，划归在后朦胧诗派名下的诗人主要有韩东、于坚、翟永明、海子、骆一禾、西川、欧阳江河等等。这批诗人与前代的朦胧诗派表现出极大的不同，他们以"回到诗歌"的话语实践，开启了不同于以往的诗歌新时代。

首先，诗人们强调对典雅、庄严、崇高和英雄色彩的放逐。以北岛、江河、杨炼等为代表的朦胧诗派，其诗作要么书写英雄的悲歌，要么书写面对历史时的崇高感，要么高扬人的价值与尊严，而后朦胧诗派的诗人们则要求"把历史还给历史，把未来留给未来，只以普通人的身份，表现对生命的热爱与同情"。① 比如韩东写作于 1986 年的《有关大雁塔》，是针对杨炼的《大雁塔》而作，后者是一篇具有历史庄严感和崇高感的诗作，但韩东对其进行了反崇高化的处理：

> 有关大雁塔
> 我们又能知道什么
> 我们爬上去
> 看看四周的风景
> 然后再下来

这种随意的书写方式，将历史拉下了神坛，而赋予了当下人的世俗意义；也与杨炼所阐释的"我被固定在这里……/记录下民族的痛苦和生命"的含义毫不相干，而是抽离其意义的所指，只剩下了一个物体、一处风景而已。

其次，强调自我感受、个人经验和自我意识。如果说，朦胧诗派的诗人们更多地关注历史，书写个人与历史复杂纠葛中的自我感受，那么新生代的诗人们则完全剥离了历史的干扰与束缚，真正回到了自我，回到了个人，回到了当下。他们的诗作都是书写自我在当下生活中个人体验的作品，带有强烈的主观化色彩。比如翟永明基于自觉的性别立场挑战男性权力的压迫而写作的《女人》组诗，尤其是她发掘出的"黑夜意识"，曾在 20 世纪 80 年代产生了极大影响。再比如海子满含着深情创作的有关大海、麦地、太阳的抒情诗，不论在当时，还是之后都受到读者的深深喜爱。海子尤其擅长将自我的现实体验与浪漫的想象相交融，而创作出一种亦真亦幻的境界：

> 我走过黄昏

---

① 严家炎：《二十世纪中国文学史》（下册），220 页，北京，高等教育出版社，2010。

看见吹向远处的平原

我将在暮色中抱住一棵孤独的树干

山楂树！一闪而过，啊！山楂

我要在你火红的乳房下坐到天亮

又小又美丽的山楂的乳房

在高大女神的自行车上

在农夫的手上

在夜晚就要熄灭

——《山楂树》(1986)

这种纯粹出自自我感受和自我体验的诗歌，在海子写作的《麦地》《天鹅》《春天，十个海子》等一系列的诗篇中得以彰显。这些诗歌有力地诠释了诗歌在 20 世纪 80 年代后期走向更加自我、更加纯粹的新倾向，为诗歌回到自身夯实了基础。

最后，新生代诗人"拒绝隐喻"，强调"诗到语言为止"。朦胧诗派往往为自身的情感寻找客观对应物，以隐喻的方式来抒发自身的内在情感，而新生代诗人则拒绝隐喻，要求以更加直白的方式不动声色地描写外在现实。另外，朦胧诗派强调语言的所指作用，因此其语言具有丰富的内涵，而新生代诗人则仅仅强调语言的能指功能，把语言符号所蕴含的所指内涵统统抽离，基于此，他们强调"诗到语言为止"。比如于坚的《尚义街六号》：

尚义街六号

法国式的黄房子

老吴的裤子晾在二楼

喊一声 胯下就钻出戴眼镜的脑袋

隔壁的大厕所

天天清早排着长队

我们往往在黄昏光临

……

—— 171 ——

我们常常提到尚义街六号

说是很多年后的一天

孩子们要来参观

全诗并没有晦涩的隐喻，没有浪漫的抒情，都是一些毫无诗意的生活片段的拼接，这样的诗歌书写方式显然和之前的朦胧诗迥然不同，它更加通俗，更加没有诗意，但它却无疑更拉近了诗歌与我们日常生活的距离。另外，这种近于零度叙事的书写方式，在韩东的《你见过大海》，李亚伟的《硬汉们》《中文系》、于坚的《零档案》等诗作中也有着鲜明的体现，这里不再赘述。

综上，可以说，朦胧诗的崛起，使诗歌摆脱了政治束缚，为诗歌回到自身做出了有益的尝试，但那一代人无法摆脱历史给他们带来的创痛感，加之他们也对历史有着深深的依恋之情，因此他们在一时之间还难以摆脱与历史的复杂纠葛。后朦胧诗的出现，以其独特的话语表达方式，真正摆脱了政治束缚和历史纠葛，使诗歌回到了普通人的日常生活当中，回到诗歌本体。然而，近乎零度的写作方式，随意的语言拼接，也使诗歌自身失去了诗意和蕴藉，变得苍白而寡然无味。

## 三、女性写作：一种新的文学身份和视角

女性写作，是指女性作家描写关于女性生活、女性经验、女性命运及女性心理等的写作范式，它虽早在五四时期的冰心、陈衡哲、凌叔华等人的创作中就有所体现，但她们的女性叙事多是依附于外在的历史与现实，即女性叙事只是手段，借以表达的是对于外在历史与现实的洞见与考察，因此这种写作和叙事方式，并非纯粹意义上的女性写作。直到新时期，随着改革开放时代的到来，尤其是女性作家对西方女权主义的汲取，才使作家表现出强烈的女性意识，激发出表现女性个体而非宏大叙事掩映下的女性叙事的强烈诉求，经过陈染、林白、卫慧、棉棉等诸多女性作家的不断努力与创作实践，女性文学终于以一种"纯文学"的方式回归了女性写作自身。她们以一种新的文学身份和视角，传达出了女性迥异于历史的新的声音。

### （一）从"被历史淹没"到"浮出历史地表"

在中国几千年的历史发展脉络中，女性的地位绝大多数情况下都是极其低下的，她们一直处于男权势力的压制之下，父权、夫权是悬在她们头上一直无法摆脱的"魔咒"。长时期的备受奴役的命运，使女性从根本上失去了反抗的勇气与斗志，她们没有明确的女性意识和身份定位，她们成为男性的附庸，被历史淹没在男权社会的阴影中而无法彰显。

五四时代，女性意识终于在经历了漫长的历史黑暗期之后有所觉醒，这不仅体现在冰心、庐隐、陈衡哲、丁玲等创作出了反映女性生活和命运的作品，还体现在鲁迅、胡适等一些男性作家开始关注女性命运，试图将女性从传统的礼教束缚中解放出来。这些为女性而摇旗呐喊的声音，在当时的社会确实是产生了一定的影响，它至少标志着被压抑了几千年的女性有了翻身的机会。然而，当时的时代语境，其着眼点是提出社会问题，而并非解决问题。或者说，作家们还没有充分想好要怎样解决女性问题的时候，就被"五卅"运动、"三一八"惨案、"四一二"反革命政变等一系列的政治事件卷入了政治的洪流中，而根本没有闲暇去考虑女性命运的问题。及至 20 世纪三四十年代，萧红的《小城三月》、丁玲的《我在霞村的时候》《三八节有感》、张爱玲的《倾城之恋》《金锁记》《红玫瑰与白玫瑰》等小说，才又开始对女性的隐秘心理、女性不公正的待遇、女性的命运沉浮给予关注。这些女性写作体现出当时女性作家一定程度上的女性意识的觉醒，也体现出较高的艺术魅力与价值，但这些作品或被赋予了反封建专制和封建礼教的思想，或被阶级话语所排斥与打压，或被主流文学话语所放逐，因此这些极具女性意识的作品，女性最敏锐的感觉被钝化，女性写作本身的意义被抽离，那些极具女性韵味的思想理念成为阶级话语和主流话语的陪衬和"边角料"。因此，审视现代文学，虽然有零星的女性写作出现，但并没有形成一股有影响力的女性写作潮流，而仅仅是作为一股潜流、暗流或逆流而存在，且因当时的革命时代语境所限，这些女性写作几乎都成为表达某种思想观念和意识形态的工具，而没有实现纯粹女性写作的真正自觉。

十七年文学到"文化大革命"文学，一个显著的事实是，不仅几乎没有女性文学写作，甚至女性作家都极为少见，即使有女性作家，她们的创作也都是阶级话语和宏大叙事的代名词。比如杨沫的《青春之歌》，作品几乎仅仅写作了林道静如何走上革命道路的故事，并没有明确的女性意识，甚至是把林道静换为一个男性主人公，读者也未必觉得不妥。因此，从十七年到"文化大革命"时期，女性写作是这一时段的"空白期"。

随着"文化大革命"的结束，改革开放时代的到来，人们才有宽松的环境来重新反思历史，女作家们也获得了重新审视女性在历史中命运沉浮的机会和权利。首先出现在文坛上的是谌容、张洁等较为年长的一辈作家，他们亲身经历了"文化大革命"，那些惨痛的经验与教训，尤其是女性在那个特殊时代语境中的命运挣扎成为她们书写的重要话题。比如谌容的代表作《人到中年》(1980 年)，通过一位女医生陆文婷因超负荷的工作而导致心肌梗死差点丧命的悲剧性故事，揭露出当时社会对陆文婷这样的忘我工作的职业女性缺少应有关怀的事实；张洁的《爱，是不能忘记的》(1979 年)通过女主人公钟雨与一位"老干部"20 多年的爱情，表现了女主人公在现实生活中所面临的爱情、婚姻和伦理道德的困境，反映了"只有以爱情为基础的婚姻才是道德"这一理性化的命题。后来张洁写作的《方舟》《祖母绿》《无字》等小说，女性意识明显增强，这些小说不仅对女性命运和女性独立意识进行了细腻的观照与探讨，而且对男权所主导的传统社会理念进行了激烈的批判与深入的反思。

继谌容、张洁等老一辈作家而出现是王安忆、铁凝、张抗抗等一批 20 世纪 80 年代开始产生影响，至今在女性写作方面仍具有重要影响力的作家。这批作家中的大部分历史感非常强，因此在进行女性文学创作时，"写女性的历史"或"历史地写女性"是其典型特征。[①] 比如王安忆的《长恨歌》，这部有"现代上海史诗"之称的长篇小说，以王琦瑶四十几年的命运沉浮演绎了上海四十几年的沧桑巨变，因此，可以说这部小说是一部关于女人的传记，也是一部关于上海这座城市四十几年的"编年史"。铁凝的《玫瑰门》是具有相当"历史厚度"的长篇小说。小说通过一个家族三代女性，从外婆司猗纹、舅妈宋竹西到外孙女苏眉的命运遭际和性格变异为叙事轴心，叙写了一部关于历史与现实相交汇的女性生活史。在作品中，铁凝既对女性生命世界、思想意识、性别观念等进行了文化反思，同时也给予了这些历史处境中的女性以深深的同情、理解和

---

① 张健：《新中国文学史》(上卷)，214 页，北京，北京师范大学出版社，2010。

宽容。在《玫瑰门》之后创作的《大浴女》是铁凝的又一部长篇力作，作品在动荡不安的历史背景下展开女性叙事，通过尹小荃这一人物，描述了女性精神忏悔、情爱救赎和生命成长的故事，鲜明地表达了反思历史暴行和关注女性命运这两大主题。① 张抗抗的《情爱画廊》《作女》等作品，彰显出比王安忆、铁凝更加前卫的女性意识，从其叙述理路来看，有着试图摆脱历史而直面女性生活、女性心理的渴望与诉求。但张抗抗同样意识到女性在社会面前的沉重压力，只是她没有将女性的历史重压仅仅归结为男权主义，而是更倾向于将这种压力理解为政治和历史。

从五四时期到 20 世纪 80 年代末 90 年代初，中国女性文学走过了 70 余年的历程，从最初对女性问题的提出，到作为一股潜流在现代文学的暗河中断断续续地流淌，再到十七年和"文化大革命"文学中，被剥夺女性写作的权利，直到新时期，女性写作才逐渐摆脱了被历史淹没的命运，而逐渐浮出了历史地表。这个浮出的过程是极其艰难的，是几代作家不断努力的结果。也正是因为这个过程的艰难性，使一些作家的创作留下了草创期的痕迹，比如谌容、张洁的作品，虽然关注了女性，但她们的写作中心并不是展示女性自身，而是在于反思历史，揭示知识分子在历史中的命运，在于揭示社会问题，为女性的不公命运而申诉。后期的王安忆、铁凝、张抗抗等作家，虽然女性意识较前代作家有所增强，但她们的写作也没有完全将视野聚焦于女性自身，而是在女性与历史的相互交融中"历史地写女性"，正是基于此，王安忆曾多次表示她不是女权主义者，而铁凝也曾言："我不是女性主义者"②。因此，虽然这批作家以丰富的文学创作实践开启了一个女性写作的新时代，标志着女性写作终于"浮出了历史地表"，但她们却缺乏明确的回归女性自身的意识，缺乏纯粹女性写作的自觉。

**（二）回到女性本身的话语实践**

尽管 20 世纪 80 年代后期，以西蒙·波伏娃为代表的西方女权主义理论就已进入中国，但其理论因受到当时社会语境的影响，加之需要一个酝酿、成熟的过程，因此，直到 20 世纪 90 年代上半叶，女性的性别

---

① 参见陈晓明：《中国当代文学主潮》，408 页，北京，北京大学出版社，2009；张健：《新中国文学史》（上卷），216 页，北京，北京师范大学出版社，2010。
② 这是 2005 年铁凝在出版《笨花》后，接受媒体采访时所使用的的标题。

观念才得到学界的重视。从女性文学的创作而言，才真正出现了回到女性本身，回到女性个体言说的话语实践。

其实这种回到女性本身的话语实践，在王安忆、铁凝、张抗抗的小说中已经透露出了些许消息，尽管她们的小说往往将女性与历史相纠缠，但字里行间对女性个人生活的展示，对女性情爱生活的细腻描摹，对女性心理的准确把握等，都体现了试图回到女性自身的某些症候。

在王安忆、铁凝、张抗抗等作家之后，陈染、林白、海男、徐坤等作家登上文坛，她们是在 20 世纪 90 年代才华出众、独领风骚的一代较为年轻的作家，也是真正关注女性自身和女性个体的话语实践者。在她们的创作中体现出摆脱宏大叙事的束缚，回到女性自身的高度自觉；也显露出打破历史禁忌，维护女性权益的强烈呼声与诉求。具体特点表现在：

第一，对于女性个体隐秘心理和身体觉醒的言说。在这方面最具代表性的是陈染。陈染一直被看作 20 世纪 90 年代女性写作最早的典型代表。她的小说显著特点是写作个人的内心生活，多以梦幻般的笔调，透视女性无意识世界中的隐秘的内心图景和心理特点。其小说刻意规避政治压抑的背景和宏大叙事的干扰，把叙事重心更多地指向女性自身，描写作为女性个体的心理变化和身体觉醒。这些特点在王安忆的《另一只耳朵的敲击声》《与往事干杯》《嘴唇里的阳光》《无处告别》《私人生活》等一系列的作品得以彰显。《另一只耳朵的敲击声》描写了母女两代人的不同性格特征和心理变化。作品中的母女俩都是寡妇，这就使叙述的话题摆脱了男性的干扰，而成为一种纯粹的女性叙事。母女两代人的身上有一些共同的性格与心理特质：忠诚的古典感情方式和顽强不息的精神，以及矛盾、病态和绝望的心理特点。但两者属于不同的时代，因此两人身上流露出诸多不同的性格和心理特点，这种不同从她们平时的话语表达中鲜明地彰显出来：

在黛二喜欢的词汇中，有很多令她的母亲恼火，其中一些是她的母亲终生也说不口的。她喜欢某些词句从她的唇齿间流溢出声音的感觉，那种掷地有声的口感和声音擎在手中的沉甸甸的质量，诱惑着她。比如：

操。革命。婊子。背叛。干。独白。秃树。麦浪。低回。妓院。荒原。大烟。鬼……

从这些语词中不难发现，这些语词已经严重脱离了传统文学语词的书写规范，传统文学中那种严肃、高雅色彩的语词已被现代的充满诙谐、戏谑、通俗色彩的语词所置换。这些语词以更接近当下，更容易为广大民众接受的方式而进入了其阅读视野。而文中指出，黛二的话语方式，母亲感到恼火，甚至终生也说不出口，一方面说明两代女人之间性格和心理方面的巨大差异，同时也指涉出宏大叙事与个人叙事的"裂隙"及巨大差异性。

《与往事干杯》是陈染早期的代表作，讲述的是一个女性的自我如何形成和分裂的故事，作品中的主人公肖蒙是一个善良而单纯的少女，但父母的离异，周围人的冷漠，让她封闭了自己，孤独地住在尼姑庵里，体验着少女成长的创痛。当她深切地体味到外界的一切都已离她远去之时，她只能孤独地返回自身，拿着一本教科书和一面镜子来审视与解读自己的身体。那种青春期的躁动、渴望、无助、失落和恐惧，在作品中毫无保留地蔓延开来，让读者真切地看到了一个青春期少女纠结、执拗而又不断挣扎的驳杂的内心图景。

陈染的长篇处女作《私人生活》是在文坛产生了巨大影响，而又充满广泛争议的文学作品。小说描绘了一个女性在个人成长过程中的创伤性记忆。主人公倪拗拗自幼在一个怪异的家庭中长大，在求学期间，她是被孤立于群体之外的"多余人"，成年后她经历了一系列男性的伤害，可当她即将从畸形的恋爱中回归到正常生活轨道之时，突如其来的一场变故使她一夜之间失去了母亲和一切。于是，在无法忍受与承担的巨大痛苦中，她成为一个"幽闭症患者"，跌入到更深的对精神创伤和往事的回忆之中。[1] 作品中对于幽闭情境下幻觉、臆想、独白、自恋等女性私人空间的开掘，对于女性内心隐秘世界的透视，加之那种"躯体语言"的弥漫及其隐语式的传达，给人留下了一种扑朔迷离和魔幻般的感觉。同时作者对于女性内心世界的大胆剖露，对于多种现代主义技法的尝试，和

---

[1]　参见严家炎：《二十世纪中国文学史》，277～278 页，北京，高等教育出版社，2010。

西方女性主义者强调的"女性必须写妇女自己"的口号达成了一致。[①]

第二，"从女性的角度看女性"与女性"自恋"式的书写方式。林白是这方面最为典型的代表。林白是女性作家中女性意识最为强烈的代表人物之一，她善于规避男权文化及其叙事传统的影响，凭借自己的生活经验，采用"回忆"的叙述方式，将自身的女性经验与女性意识给予了极大程度的张扬。她的创作往往体现出从女性视角看待女性的特点，这不仅仅在于她塑造了许多具有同性恋倾向的人物形象，更在于作为女性作家自身破解女性密码的内在动机。另外，林白笔下的女性多有"自恋"倾向，似乎天生她们就充满了自爱与自慰的癖好。她们往往选择与男性相隔绝，而通过欣赏自身而达到对自我的身份认同。比如《同心爱者不能分手》中有这样的表述：

> 这个女人经常把门窗关上，然后站在镜子前，把衣服一件件脱去。她的身体一起一伏，柔软的内衣在椅子上充满动感，就像有看不见的生命藏在其中。她在镜子里看自己，竟充满自恋的爱意，又怀有隐隐的自虐之心。

这种仅属于女性自己的私密的话语表达方式，在传统文学中是不会出现，也是不被允许出现的，它仅仅属于新时代的女性作家。而这样直露而大胆的女性言说方式，则标志着女性终于突破了自我，站到了历史的前台，可以毫无顾忌地袒露自己的心声。从这个角度而言，女性已经具有了在这个时代不可撼动的言说自由，女性已经真正地在这个时代崛起。

长篇小说《一个人的战争》是林白影响最大的作品，也是她关于女性写作的独特方式的集中体现之作。这部长篇小说之所以与众不同，在于它在"渴望与欲求，绝望与祈祷"的挣扎中，"如此彻底地讲述了一个女人的内心生活"[②]，在于它以一种明确的女性的自我认同意识，描写了女性个体自慰、焦渴、性幻想、富有冒险和挑战色彩的性爱经历，尤其

---

① 张健：《新中国文学史》(上卷)，220 页，北京，北京师范大学出版社，2010。
② 陈晓明：《记忆与幻想的极限》，见《致命的飞翔》，356 页，武汉，长江文艺出版社，1996。

是作品中蕴蓄着的女性之间相互吸引、欣赏和女性的那种绝对的、遗世独立的美感，是在以往的女性创作中极其少见的。因此，可以说，林白以其女性小说创作，将女性文学创作带上了一个新的高峰。

第三，在男性与女性的复杂情感纠葛中，力图对男权文化给予批判与解构，具有强烈的反对男权文化意识。这在陈染、林白和徐坤等人的作品中都有着不同程度的反映。陈染对男权文化充满非常复杂的情感，这种情感往往通过她作品中的父亲形象给予传达。她的作品中一方面有着某种恋父的情结，她曾言："我热爱父亲般的拥有足够的思想和能力覆盖我的男人，这几乎是目前为止我生命中一个致命的缺陷，我就是想要一个我爱恋的父亲，他拥有与我共通的关于人类普遍事物的思考，我只是他主体上不同性别的延伸，在他性别停止的地方，我继续思考。"[1]另一方面，陈染的作品中又鲜明地流露出激烈的"弑父"思想，《私人生活》中的倪拗拗，以用剪刀狠狠地在父亲的裤子上剪了一刀的方式，来表达自己"阉割父亲"的精神倾向，就明确地传达出对父亲的仇恨心理。林白与陈染不同，如果说陈染是在"恋父"与"弑父"之间徘徊，试图从男权，或说父权的掌控中逃离，而终究有一种无法逃脱之感，那么林白则是有意规避男权文化的影响，并明确表达出对男性世界的不信任，极力去揭示男性世界的虚假与荒诞，但又往往因对这种男权文化的疏离，而使笔下的人物产生某种缺失感。比如《一个人的战争》中的多米，在3岁时就没有了父亲，无父的感觉在她的生命中造成了巨大的缺失感，甚至一度影响了她正常地去理解男性与女性之间的关系。与陈染、林白共同出现于20世纪90年代的徐坤，在批判男权文化方面要比前者深刻而彻底得多，她对男权文化的虚假、冷漠与自私有着透辟的解读与阐释，对男权文化视域下的女性命运有着独特的体察与关注。比如《游行》中的年轻女记者林格通过自身的爱情经历，清醒地认识到了男权文化的自私、虚伪与孱弱，从而无情地解构了以男权文化为核心的文化理念。《女娲》中的李玉儿先后成为公爹、丈夫、傻瓜儿子一家三代男人发泄欲望的对象，吞下了无数命运的苦果，作者通过这部小说表达了对男权专制社会的沉痛控诉，也对笔下的女性给予了深沉的人道主义关怀。

---

[1]　陈染：《私人生活·附录》，北京，作家出版社，1996。

从陈染、林白、徐坤等人的创作中不难发现，她们的创作风格已然与前代作家迥然有别，她们是真正从女性个体出发透视女性心理，表达女性欲求，反抗男权文化侵袭的女性言说者，在她们的创作中确确实实体现出了回到女性自身的强烈呼声与诉求，她们以女性所特有的话语方式实践着女性写作的真正自觉，从而建立了女性写作的新高度，为女性写作竖起了一座新的丰碑。

### （三）关于女性话语的前卫表达

进入 20 世纪 90 年代后期，一批 20 世纪 70 年代出生的女作家出现在文坛，她们是安妮宝贝、卫慧、棉棉、魏微等，她们的创作给 20 世纪 90 年代的文坛带来了迥异于前辈作家的新的文学样式，其中最显著的特点就是话语表达的鲜明个人化与前卫性。这批"70 后"作家，她们几乎没有亲身经历过"文化大革命"，没有感受过历史带给她们的重压感，因此这代人的历史记忆是极其模糊和辽远的，她们只能通过书本或长辈们口述而了解历史，因此她们是缺乏历史记忆的一代人。另外，这代作家几乎没有乡土记忆，因为她们自幼就生活在都市，所以都市生活的体验几乎是她们书写的全部内容。匮乏的历史记忆和长时期的都市生活，使"70 后"作家与前几代女作家表现出诸多差异性。如果说前几代女作家着重表现的是女性在历史中的命运沉浮和历史带给女性的内心中的重压感和撕裂感，以及站在女性立场对男权文化进行批判，并为女性获得平等的地位而呐喊，那么"70 后"作家则是凭借自身的都市体验，来展示都市中女性的生活经验与内心状态。在她们的作品中经常出现的场所是咖啡馆、舞厅、游泳馆、公寓、宾馆、电影院、休闲中心、街道、酒吧、霓虹灯等。而在这种充满都市气息的场所展开故事的书写时，作者往往乐于揭示女性在都市中的孤寂与落寞感，这些女性没有明确的人生目标，她们颓废、堕落，毫无节制地浪费着自己的青春，她们幻想真正的爱情，但幻想最终被物欲横流、人情冷漠的都市所吞没。于是她们变得病态、歇斯底里，甚至以性爱的狂欢来掩映其内心的空虚。这在安妮宝贝、卫慧、棉棉等作家身上体现得尤为明显。

安妮宝贝是描写都市女性题材的先行者，也是当今把纯文学和流行读物结合得最为成功的作家之一。安妮宝贝的小说致力于揭示都市女性的生存经验和她们的隐秘心理。比如她在其小说《一个夜晚》中这样描写笔下女主角的生存状态："深夜写稿的时候，有时觉得自己整个人会废掉。脑子中一片空白。很多人不喜欢这些颓废苍白的文字。生存是困难的。""有了稿费会去商店买很昂贵的棉布裙子和有玫瑰茉莉百合气息的香水，很快挥霍一空。"这就是都市女性孤独的生活方式：因为孤独，所以她们在很多的夜晚靠着镇静剂、香烟、VCD、音乐沉迷到天明，拼命地工作到麻木，然后挥霍，用奢侈的物质享受来抚慰自己，满足自己。不难发现，这些都市女性在小资生活的背后，实际上蜷缩着一颗萎缩阴郁的心。事实上，选择小资格调的生活方式，只是她们填补内心的空白、获取人间温暖的一种方式。而这些都市女性差不多都是一味地沉溺于绝望和迷茫中无法自拔的人物，她们都曾强烈地渴望真挚的情感，但却无一例外地被情感所伤。于是她们封闭了自己，不再相信爱情，在她们的内心世界里爱情被视为一种赤裸裸的欲望本能：只有性，而没有爱；只有欲，而没有情。

卫慧曾因其作品中大胆的性爱描写、浓烈的放纵与颓废的气息和前卫的话语表达而受到广泛争议。卫慧的小说其鲜明的特点是：能抓住那些尖锐而紧要的环节，把少女内心的伤痛与最时髦的生活风尚加以混合，把个人偏执的幻想与任意的抉择相连接，把狂热混乱的生活情调与厌世的颓废情怀相拼接，在自如的书写中，弥漫出一种颓废而病态的美感。比如在《上海宝贝》中，作者描写了当代大都市上海的时尚文化，展示了一个与旧上海相互勾连的摩登、绮靡的上海景象。那些充斥于都市中的色情味浓重的酒吧，疯狂的迪斯科，欲望勃发的身体，毫无节制的夜生活，青年人的骚动、流行时尚的趣味，等等，被淋漓尽致地表现出来。所有这一切，都散发着纵欲和颓废的气息，一个在全球化时代正在旺盛生长着的大上海，在它欲望与颓废的夜色中获得了后现代的意味。[①]

棉棉同样热衷于都市中女性那些青春期动荡不安的故事的书写，同样表现出无拘无束、放浪不羁的写作风格。比如《香港情人》描写了女主人公长期与一个男同性恋者同居，却不断地介入到与其他男人的似是而

---

① 参见陈晓明：《中国当代文学主潮》，424～425 页，北京，北京大学出版社，2009。

非的绯闻当中的故事。这种前卫而反常规的故事结构方式是独特的，也是充满浓重的后现代意味的。

从安妮宝贝、卫慧、棉棉等人的女性文学创作来看，那种对性爱主题的大胆剖露，对纵欲与颓废气息的大肆渲染，对女性话语表达方式的肆意狂欢，无疑表现出了较陈染、林白等作家更为激进和前卫的姿态，然而如果我们细加分析便不难发现，其实这种激进在某种意义上意味着倒退，因为那种反思历史，反叛男权文化的意识已经不存在了，剩下的只是对都市女性生活的描摹与书写，是对其内心孤寂、绝望乃至幻灭心理的展示与剖露，这是一些毫无斗志、迷失自我的新女性形象（当然其中也不乏有理想的新女性，但少之又少）。因此，到了 20 世纪 90 年代后期，女性写作虽然以前卫的姿态给女性写作带来新的书写范式，但也面临着如何更新思想观念，以一种积极健康的方式引领女性文学继续向前发展的问题。

从五四时代到今天，女性的写作已经有百年的历史，从最初的女性问题的提出，到关注与反思女性的命运，批判男权文化带给女性的性别压抑，再到以前卫的方式表达都市女性的生存经验与内心状态，女性文学走过了极其艰难的百年。站在今天的角度，回首女性历史的晨烟暮霭，我们感叹女性的执着而坚韧的精神品格，因为正是一代代女性以其顽强的文学创作精神，才迎来了今天女性文学创作的"春天"。

# 第九章
# 文学的"大众化"和"经典化"

## 一、现代作家的当代接受

现代文学史中关于鲁迅与张爱玲的比较研究并不丰富，尽管有学者从语体风格、民族文化心理、都市意识等维度展开研究，如于青在《张爱玲传》中说："如果说，鲁迅毕生致力于国民性的批判，是对民族文化心理建构的一个贡献；那么，张爱玲对女性意识里'女性原罪'意识的展露和批判，则是张爱玲对民族文化心理建构的一个补充，是对女性意识的进化和发展的一个贡献。"①但二者鲜明的价值诉求和风格差异并未为这种比较提供更有契合点的维度。所谓的"遇冷"与"遇热"更多的是考察接受史视角下作家文化精神、审美价值的被认知、被评价与被接受的轨迹。

---

① 转引自梁云：《论鲁迅与张爱玲的文化关系》，载《社会科学辑刊》，1997(6)。

### (一)争议不断的鲁迅

1936 年鲁迅逝世，郁达夫发表长文《怀鲁迅》："没有伟大的人物出现的民族，是世界上最可怜的生物之群；有了伟大的人物，而不知拥护、爱戴、崇仰的国家，是没有希望的奴隶之邦。"[①]对于鲁迅的关注和讨论，长期以来主要聚焦在两个轨道：一是文学研究维度上对于鲁迅思想、鲁迅精神的探索；二是鲁迅及其文字在大众阅读范畴的传播。

关于鲁迅接受危机的一个标志性事件即东京大学尾崎文昭教授一篇曾引起广泛争议的文章《二十一世纪里鲁迅是否还值得继续读?》，这篇脱胎于 2002 年韩国会议发言的文章从三个方面提出"鲁迅不值得继续读"的观点："1. 鲁迅基本上是存在于'现代性'当中的。在这层次上说，在 21 世纪的日本，甚至在中国(只指大都市而言)和韩国，以社会的规模来说恐怕再也没有接受鲁迅的条件了。就是说，想让一般的年轻人感兴趣也已经做不到……就鲁迅所追求的精神而言，是否全面实现了? 恐怕没有。但只以此论据很难说仍有社会效果价值。2. 鲁迅的思想本身原来不适宜推荐给一般的年轻人，其毒气过分浓厚。也有可能使不成熟的年轻人引起精神问题，或会铤而走险、或者使他们伤害别人的危险性极大。对本人不利，对别人也不利，还是不轻易推荐读鲁迅比较安全些。3. 但是对个别的人会有继续阅读的价值。其一，鲁迅的'伪士'观念会启发我们反思一百年的亚洲现代化过程的另一个视角。其二，前面渺茫的 21 世纪里为了我们保持清晰的思考，鲁迅的存在也可能给予精神上的支撑。"[②]应该说，在当代鲁迅现象的形成过程中，在型构鲁迅评价话语体系的诸多影响因素中，意识形态的多方介入是十分重要的一环，可说是规约"真实鲁迅"走向的重要介质。[③] 伴随着"革命者鲁迅""启蒙者鲁迅"等指向性形象的固化，鲁迅被认为是"配合历史方向感与社会塑造需求"的标志，与"一整套社会改造工程相搭配的社会思想改造工程"紧密相连，而鲁迅接受危机的背后是社会思想和社会形态的整体

---

① 郁达夫：《怀鲁迅》，载《文学》，7 卷，5 号，1936 -11 -01 。

② http://bbs. tianya. cn/post-books-41622-1. shtml，2019-09-22。

③ 尹威：《鲁迅接受史研究的新范式——评袁盛勇著〈当代鲁迅现象研究〉》，载《上海鲁迅研究》，2018(3)。

危机。①

　　张福贵在《"活着"的鲁迅——鲁迅文化选择的当代意义》一书的绪言《鲁迅离我们有多远》中分析了进入 20 世纪 90 年代之后，以对 20 世纪新文化反思为内容的文化保守主义思潮对五四新文化方向的清算，以及这种清算所引发的对鲁迅文化选择的历史价值和当代意义的怀疑。文中梳理了文化保守主义对鲁迅文化选择的怀疑和曲解的几个维度：从文化观念、心理个性乃至人格境界诸方面直接对鲁迅的人文价值产生怀疑，将其视为文化激进主义的主要代表进行或明或暗的批判；从一种功利性的实用主义观点出发，淡化鲁迅反传统的整体性、根本性特征，极力寻找鲁迅文化选择中肯定传统文化的细枝末节，塑造所谓文化折中论的典范；以高扬鲁迅思想对立面的一些国学家的方式来暗示鲁迅的文化批判和社会批判的偏颇与失误，从而达到否定鲁迅文化选择和新文化方向的目的。② 面临这样的质疑，我们并不能因为过去和现在对鲁迅价值的工具性的肢解而放弃追求鲁迅文化选择的当代意义，这应成为当下鲁迅研究的主要任务。

　　在大众传播领域，鲁迅遇冷的第一个原因应是"读不懂"，造成"读不懂"的既是指内容，也是指写作风格。木心称"我看鲁迅的杂文，痛快；你们看，快而不痛；到下一代，不痛不快——而今灯塔在动，高度不高，其间不过一百年"。时代背景的缺失致使人们在阅读鲁迅的文章时难以产生情感共鸣。处于转型时代的中国，固然社会转型的"阵痛"不断，伴随发展而生的"现代病"层出不穷，但那种普遍的社会危机意识和煎熬感已趋于淡化，代替的则是消费社会随时生产的低成本满足感。③鲁迅遇冷的第二个原因应是"改不好"。这里的"改"指的是在视听文化主导的社会语境下，以文学作品为蓝本进行的影视化改编。目前来看，鲁迅作品的精神内涵、价值指向和语言表现力是很难成功地改编为更具有大众传播优势的影视剧作品，也难以为广大受众所理解和接受的。鲁迅遇冷的第三个原因是"看不惯"，是指鲁迅和他的文章与当代大众的阅读

　　① 程凯：《鲁迅接受的危机与可能》，载《文艺争鸣》，2017(10)。
　　② 张福贵：《"活着"的鲁迅——鲁迅文化选择的当代意义》，北京，社会科学文献出版社，2010。
　　③ 程凯：《鲁迅接受的危机与可能》，载《文艺争鸣》，2017(10)。

习惯不相匹配。随着消费文化和网络文化的崛起，阅读浅化、娱乐化和畅销化的趋向直接影响了大众阅读市场对具有深刻思想作品的接受和选择。不独鲁迅，基于"认知负荷"而产生的阅读压力导致了许多文学在大众传播领域遭遇困境。

### （二）张爱玲热的背后

张爱玲在评论界的"遇热"主要源于重写文学史的大背景，张爱玲的文学价值被重估和重视。这首先发端于 20 世纪 80 年代初，夏志清《中国现代小说史》进入国内，作者在书中对张爱玲给予了高度评价。作者认为："对于一个研究现代中国文学的人来说，张爱玲该是今日中国最优秀最重要的作家。仅以短篇小说而论，她的成就堪与英美现代女文豪如曼斯菲尔德（Katherine Mansfield）、安妮·波特（Katherine Anne Portor）、韦尔蒂（Eudora Welty）、麦卡勒斯（Carson McCullers）之流相比，有些地方，她恐怕还要高明一筹。"在大众传播维度上，20 世纪 90 年代以来的"张爱玲热"早已在很大程度上超出了学术研究和文学欣赏的常态范围，成为一场较大规模且持续不断的以张爱玲为品牌为文化符号的消费活动。[①]

消费主义的文化语境下，张爱玲的作品被大量改编为电影电视剧，得到了更大的传播空间和接受效应。1984 年导演许鞍华的电影《倾城之恋》，1988 年但汉章导演的电影《怨女》，1994 年关锦鹏导演的电影《红玫瑰与白玫瑰》，1990 年由三毛创作、根据张爱玲与胡兰成旧事改编的电影《滚滚红尘》，1997 年许鞍华导演的电影《半生缘》，以及 2001 年李安导演的《色戒》都取得了广泛的关注——或者获评电影奖，或者取得了既有热度的话题讨论。伴随着影视传播的普及，张爱玲作品中的文字风格、都市气息和表达技巧也成为备受追捧的标签。2009 年，张爱玲的自传性遗作《小团圆》在国内出版，累计行销百万册，成为当年最畅销的纸质图书。张爱玲的作品被放置在五四新文化所高扬的宏大叙事的对立面，她的写作被理解为追求的是"人生安稳的一面"[②]。这一定程度上迎

---

① 刘川鄂：《消费主义文化语境中的张爱玲现象》，载《湖北大学学报（社会科学版）》，2007(5)。

② 张爱玲：《自己的文章》，见《张爱玲文集》，第 4 卷，172 页，合肥，安徽文艺出版社，1992。

合了消费主义时代女性的文化心理，模仿"张爱玲体"的话语和文风成为一种热潮，"张爱玲所提供的文学想象与情感体验，又都与当下普遍的生存状态有着不同程度的契合"①。

王德威从三个方面评价了张爱玲的时代意义：第一，由文字过渡到影像的时代；第二，由男性声音到女性喧哗的时代；第三，由"大历史"到"琐碎历史"的时代。"正是在这些时代'过渡'的意义里，张爱玲的现代性得以凸显出来。"②张爱玲的"遇热"既是时代思想发展的意义选择，也是媒体市场化运作的刻意营造。影视剧的改编与创作是在市场化消费主义需求的基调下做出的二次创作，在这一过程中投资方、创作人员乃至观众都参与到"形塑张爱玲"的过程中。张爱玲在被热议和"读者文本"改编的过程中面临着被误读以及接受意义上的窄化。

### （三）重回作家本身

张承志在《鲁迅路口》中说："渐渐地我们终于明白了，这个民族不会容忍异类。哪怕再等上三十年五十年，对鲁迅的大毁大谤势必到来。鲁迅自己是预感到了这前景的，为了规避，他早就明言宁愿速朽。但是，毕竟在小时代也发生了尖锐的对峙，人们都被迫迎对众多问题。当人们四顾先哲，发现他们大都暧昧时，就纷纷转回鲁迅寻求解释。"③鲁迅对中国社会和历史的洞察，在今天的社会思想发展进程中不断被验证，同时也为我们今天考察和解决中国现实思想问题提供了重要的思想武器。鲁迅是中国思想文学现代性的启动器，他锐利深刻地提出了当时中国社会的积弊和精神奴性的诸多命题，提出了"做一个怎样的中国人，如何做中国人"的问题，引起了当时整个社会痛心疾首的回响。④ 这样的话题在当今的社会现实中又何尝不是应当深思的呢？鲁迅研究从来不是单纯的个体作家分析，而是对其人其文所表征的一种文化属性的理解；对于鲁迅研究的评价也从来不是一种单纯的学术史的评价，而是与

---

① 温儒敏：《近二十年来张爱玲在大陆的"接受史"》，见刘绍铭：《再读张爱玲》，26 页，济南，山东画报出版社，2004。

② 王德威：《落地的麦子不死：张爱玲与"张派"传人》，64 页，济南，山东画报出版社，2004。

③ 张承志：《鲁迅路口》，见《张承志散文》，237 页，北京，人民文学出版社，2005 。

④ 杨义：《重回鲁迅》，2 页，上海，上海三联书店，2017。

一个时代的价值取向相关联的社会评价。①

"重回鲁迅"不是靠对"冷"与"热"的探究便能找到路径的，鲁迅在大众传播的视域下所面临的困境并不能单纯依赖媒介手段，而是要真正地理解和建构鲁迅的思想系统，这"是一个任重而道远的过程，是将鲁迅研究不断推向深入的过程，也是我们民族自身精神境界不断提升的过程，是我们的文化不断走向成熟的过程"，"淡化鲁迅国民性的批判精神，淡化鲁迅作为文学家的审美特质，把鲁迅的精髓泛化，就不可能对鲁迅有一个精准的理解和把握"②。正如钱理群在《鲁迅与当代中国》中所呈现的思想图景，在新的思想共振中将鲁迅视为"现在进行时的存在"。

## 二、文学消费文化的兴起与影响

20 世纪八九十年代，由市场化所培植出来的消费文化不断上升，成为人们社会生活的价值系统和话语系统的重要依据。消费文化的一个重要特质是不再过度迷恋商品内在的实际使用价值，而是竭尽所能地促使商品符号化，增加商品在符号层面上所承载的象征意义，使商品符号具有巨大的表意功能。③ 而在文学领域，逐渐形成的文学消费主义，深刻地改变了文学生产与传播的生态环境和表现形态。

### （一）文学消费主义的兴起背景

鲍德里亚在《消费社会》中提出："现代社会的消费实际上已经超出实际需求的满足，变成了符号化的物品、符号化的服务中所蕴含的意义的消费，即由物质的消费变成了精神的消费。人们购买某种商品或服务主要不是为了它的实用价值，而是为了寻找某种'感觉'，体验某种'意境'，追求某种'意义'。"学界对消费文化的概念界定大致分为两种观点，一种是以尹世杰为代表的消费经济学派，认为消费文化概念更偏向于文化的内涵，肯定了消费的创造性价值。"消费文化是消费领域中，人们创造的物品财富和精神财富的总和，是人们消费方面的创造性表现，是

---

① 张福贵：《鲁迅研究的三种范式与当下的价值选择》，载《中国社会科学》，2013(11)。
② 刘勇：《鲁迅思想系统建构的再思考》，载《北京联合大学学报（社会科学报）》，2017(1)。
③ 洪治纲：《论新世纪文学的"同质化"倾向》，载《中国文学评论》，2015(4)。

人们各种合理消费实践活动的升华和结晶。"消费活动包括优美的自然环境、人文环境、人们精心创造的实物生活资料和精神文化产品，以及富有创造性的有利于人的身心健康的消费行为。而以黄平为代表的另一派学者认为，"所谓消费文化，或者如一些人所称的消费主义文化，是一种以推商品为动力，无形中使现代社会普通大众都被相继裹挟进去的消费至上的生活方式"。这种观点偏重于消费的内涵及其所具有的破坏性的特征。不过无论是从正面还是从反面定义消费文化，都无法否认其对社会文化生态的强大影响力。文学作品是文化的一部分，也无可避免地受到消费文化的冲击。①

文学消费主义在我国的兴起与发展具有一定的历史归因性，"文学场与经济场、新闻场、娱乐场的关系密切，在相互牵制与合作的过程中推动文学的发展和演变"②。首先，市场经济的迅猛发展激发了商业逻辑的蔓延，而这种趋向也将消费主义带入文学、艺术等场域之中；其次，孟繁华在《媒体霸权与文学消费主义》中明确指出大众媒介与新时期文学创作、传播与消费之间形成了一种共谋关系；再次，消费主义面向的文学产品的外延在不断拓展，并形成了基于"生产—消费"的文学场与其他经济场、社会场的"合作共赢"的需求；最后，立足于文学自身的发展需求，"文学本身的理论与经验场域以及体制政策的变化更是从本体论的层面建构了一种新的文学发展范式"③。

**(二)文学消费主义的表现**

消费主义文化对文学外部生态环境产生了巨大的冲击，不仅重构了文学的生产机制，同时也形塑了新的审美风格。尤其是市场化导向下的公众参与性，成为消费时代的文化构成的重要特征。公众不仅参与了具体的消费行为，同时也参与了消费文化的创造。④

1. 文学作品的"商品化"

大众媒介在消费文化中扮演着重要的角色。大众媒介不仅是消费文

---

① 杨魁、贺晓琴：《消费文化理论的基本范畴和研究取向——我国近 20 年来消费文化研究述评》，载《科学·经济·社会》，2012(3)。

② 彭玲、刘泽民：《消费主义时代文学场的外溢与变异分析》，载《求索》，2016(2)。

③ 李胜清、何少伟：《文学消费主义兴起的历史语境》，载《湖南第一师范学院学报》，2018(4)。

④ 赵学勇：《消费时代的"文学经典"》，载《文学评论》，2006(5)。

化的倡导者和实践者。并且在大众媒介的影响下，文化和商品紧密联结成同盟，文化可以拿来消费，变成了一种商品，一种消费。消费文化包括三个基本层次：消费品、消费观念和消费方式。对文学作品的读者而言，消费品指向文学作品，消费观念是重视其文学性和商业性的统一，消费方式则是购买实体书或者电子书。消费文化时代的到来，彻底改变了人们对文学的选择态度和衡量标准。文学原本的生产壁垒被打破，规则被重塑，商品化成为文学发展的必然走向。文学作品的价值与大众的购买意愿挂钩。各大图书销售场所的畅销书榜单即是文学作品在消费文化时代商品化的突出体现。一方面，消费社会的生产核心是洞悉消费者的喜好，因为文学的商品化可以根据筛选出的大众的文学偏好生产和售卖文学作品，而这可以提高优秀文学的普及度和文学创作的针对性；但另一方面，文学商品化的日渐加重也束缚了文学自身的创作力，一味地迎合会造成文学作品的同质化并削弱文学的批判性，过度追捧商品化效应势必削弱文学的审美价值。文学消费主义作为转型期"市场经济体制的话语表征"，它直接以自身的商品化、市场化、消费化价值反映出现代性生活范式。"文学消费主义意义域中所内置的商品化、市场化、消费化与世俗化本体论价值义理则实体性地勾勒了现代性生活范式的现实存在与经验图景。"[1]

### 2. 文学市场的"多元化"

"20 世纪 90 年代文学以王朔的小说开篇，意味着一个视文学为宗教的时代结束了。随着社会主义市场经济时代的到来，大众文化、商业文化对纯文学造成冲击，文学的雅俗分化加剧，文学更加多样化和个人化。"[2]在大众传媒的参与下，受众成为消费文化的主体。以获取利益为最终目的的消费市场的生产者和经营者不会无视日益在消费文化时代增长的大众文化需求，他们选择满足市场需要并生产出相应的文化产品来，甚至利用消费市场中物质产品营销的惯用手段来刺激欲望、制造需求，从而形成了大众文化时代众声喧哗的景象。[3] 受消费文化影响，文

---

① 李胜清：《文学消费主义与现代性生活范式》，载《中国文学研究》，2018(1)。
② 毕光明：《新中国小说 70 年：从一种经典到另一种经典》，载《北京教育学院学报》，2019(3)。
③ 赵学勇：《消费时代的"文学经典"》，载《文学评论》，2006(5)。

学市场在题材、表现形式和传播渠道上更加多元化。在题材上，除了传统的文学经典和畅销小说，大众对饮食、旅游、时尚等的研究和探讨也使生活工具书和时尚杂志成为文学创作的重要的分支。基于影视作品所引发的关注，市场上跟风创作的影视同期书或同名书的销量也不断攀升。以《百家讲坛》为代表的新兴媒体产品在借助传媒优势引发关注热潮后，推出文字图书，并不断产生"爆款"，这也体现出新媒体对传统媒体的"反哺"。在表现形式上，文学作品也不再是单纯地展现文字，更在书籍形制方面融入了艺术或技法以迎合消费社会的特性，概念书、立体书、杂志书、有声书等新的图书形式不断涌现。在文学作品的传播渠道上，随着信息技术的发展，网络文学的影响日益广泛。人们的阅读方式逐渐扩散到电脑端或移动端，出版行业面临着数字化转型的必然趋势。目前学界与业界一致性的观点认为，要适应这种数字形态的变迁，内容生产是整个新兴产业链的上游，而数字媒介生态下的文学创作则必须适应新的生产语境。文学的多元化究其根本是在不同层面对文学的增加和扩充，这种开拓有推动文学焕发生机的一面，但同时也有过度追求形式而忽略文学作品思想内涵的一面。

### 3. 文学创作的"通俗化"

雷达在《当前文学症候分析》中分析当时的文学审美趋向，认为在创作上呈现出几条大的审美走向，它们往往与文学功能的变化和市场需求的起伏相关联。第一，最大的变化在于文学中心的转移："都市"正在取代"乡村"成为文学想象的中心。第二，随着题材重心的大幅转移，"欲望化写作"与道德理想的关系构成了当今审美意识中非常突出的矛盾。第三，世俗化与崇高感的矛盾，也是贯穿在当今文学审美意识中的另一个突出问题。第四，结构历史、消费历史与历史理性精神的矛盾。第五，作为当今审美意识的反映，在对红色经典和文学名著的改写改编中出现了所谓"人性化处理"的问题。[①] 这几种审美走向明显地体现了消费文化的冲击下文学的审美和价值转向。

周宪认为，大众文化在消费主义取向下日益清晰地向"大众可以消费的对象"转化，"在现代文化中，除了精英文化继续从各种俗文化中吸

---

① 雷达：《当前文学症候分析》，2 页，北京，作家出版社，2009。

取有用之物外，又出现了相反的情况，这就是大众文化对精英文化的反向吸纳。大众文化不但在自己的轨迹上运行，而且也'侵入'过去属于雅文化的各个领域，并且粗暴地强制性地利用雅文化的各种材料、形式和主题，并将这些材料很快处理成流行的熟悉的和易于接受的东西。如果说雅文化对民间文化的吸纳是一个'陌生化'的过程的话，那么大众文化对雅文化材料的吸纳，则是从'陌生化'转向'流行化'或'通俗化'"。①文学"文以载道"的价值追求和审美性功能逐渐被刻意地"通俗化"所取代，在非理性、虚无主义等思潮影响下逐渐放弃对历史和社会的深度思考，而过度鼓吹感性享乐和具身体验。这种"通俗化"即从追求精神提升转向欲望满足，充斥着娱乐性、消遣性的功能诉求，"宏大叙事"传统被个人化、身体化、世俗化叙事所代替。正如阿多诺所言："艺术将自身从早期祭礼功能及其派生物中解脱出来后所获得的自律性，取决于富有人道的思想。由于社会日益缺乏人性，艺术也随之变得缺乏自律性。那些充满人文理性的艺术构成要素便失去了力量。"②作为一种"享乐主义"文化形态，消费主义正是被放置于现代性的世俗化价值诉求之中，"现代性文化价值谱系和话语范式也遭遇彻底置换，启蒙理性、艺术自律、人文神话、审美超越、历史总体性等元话语，在后现代消费主义文化逻辑下不再合法，代之以后现代主义的世俗化、多元化、浅表化、文艺消费化、日常生活审美化、碎片化等"③。

### 4. 网络文学的繁荣与滥觞

消费文化在对传统文学经典进行重构的同时，也为新的文学形式——网络文学提供了成长的温床，消费文化的到来可以称得上是网络文学繁荣的幕后推手。这背后有两个原因，分别是消费市场的扩大以及网络技术的发展。就消费市场而言，由于商品逻辑成为整个人类生活的逻辑，消费意识支撑了网络大众的意识形态，对于这种意识形态的网络文化表达就成了网络空间消费母语的内在动力和文化底色，成为网络上兜售和宣扬时尚化消费意识和人生态度的一种新的权力话语的工具。④

---

① 周宪：《中国当代审美文化研究》，84~85页，北京，北京大学出版社，1997。
② ［德］阿多诺：《美学理论》，2页，成都，四川人民出版社，1998。
③ 李艳丰：《消费主义文化逻辑与文学话语范式反思》，载《云南社会科学》，2010(1)。
④ 欧阳友权：《网络文学：消费意识形态的文化表达》，载《创作与评论》，2005(2)。

消费文化的构成主体是大众，阅读偏好更倾向于大众视角，而网络文学正是发自民间，由时代相近或相同的人所写，题材广泛，风格多样，并且网络文学的生产消费机制发展到现在已经非常成熟，输出数量稳定。以网络技术为核心的信息化社会同样也给网络文学的发展带来了巨大的影响。消费社会中现代人割裂的时间、压缩的空间和方便性都对文学作品的价值衡量尺度提出了新的要求。而电子书阅读器和阅读 APP 的出现恰好满足了当代公众的阅读需求。但在网络文学繁荣的背后，其"质"的问题应当得到重视。在认可网络文学的商业价值的同时，要看到网络文学在文学精神上的缺失。信息时代本身依靠强大的技术支撑，在现代媒介的急速扩张中，不断吞噬着理性精神和价值规范，使个体的人在泛自由主义的冲动下，催生了非理性的感性欲望，失去了必要的精神深度和对生存本体的形而上的思索。就文学来说，它直接导致了作品传播方式和阅读方式的彻底改变。这种改变，是以取消理性在场的自觉行为为代价，强化了感性阅读的合法性地位。[1] 平面化阅读和娱乐化审美不仅对读者产生了影响，也让网络文学的发展陷入同质化创作之中。但公众的消费习惯并不是一成不变的。在数字阅读兴盛期过去进入平稳期之后，新的消费潮流就会涌入，新的消费文化又会产生。

总体而言，在消费时代的背景下，文学的传承性和传播力与大众意识的构建和网络技术的发展息息相关。不论是文学经典的重构还是网络文学的发展，都让我们看到在消费时代，文学作品为找到更大的市场逐渐走向"商品化"。"多元化"和"通俗化"的改变一方面拓展了文学本身的生存与发展空间，丰富了文学的种类和形式，拉近了文学和大众之间的距离；但另一方面，文学精神逐渐从文学作品中被剥离，过度迎合消费时代也在一定程度上导致文学审美意味和"经典"的缺失。

必须要重视的是，文学消费主义的盛行折射着新时代文学发展的尴尬状态，外部生态环境的改变激发了文学生产与传播机制的巨大变化，以市场为指标的大众媒介消解了文本的宏观和中观意义，对个体的主体性表达话语也呈现出同质化、世俗化和欲望化的价值取向。作家、出版人等相关的文化生产和传播者需要站在文学社会责任反思的视角来剖析

---

[1]　洪治纲：《论新世纪文学的"同质化"倾向》，载《中国文学评论》，2015(4)。

这种消费主义浪潮，"文学产品相对于物质产品的这种独特性，使得作家的社会责任、文化使命意识、美学操守等问题显得格外重要；作家只有在社会责任、文化使命、美学操守方面建立起充分的自觉意识，才可以使文学在净化社会精神环境、提升人的情感世界方面的作用得到真正的发挥"①。

## 三、文学经典是否走向边缘

2013 年，某出版社在网络上开展投票活动，票选"死活读不下去的书"的排行榜。大约 3000 名网友参与投票，结果显示：《三国演义》《红楼梦》《瓦尔登湖》《不能承受的生命之轻》和《西游记》等经典文学作品均榜上有名。这一结果公布之后引发了人们对于经典文化在当下传播情况的热议。著名作家王蒙愤怒地谴责这次投票属于商业噱头。但值得深思的是，在消费文化和数字媒介环境下，文学经典是否已经进入到边缘甚至危机的境地？

### (一)什么是经典作品

关于"经典作品"的定义在不同视角、不同理论维度上曾有过多种阐释和理解。自 19 世纪历史美学理论之后，批评理论经历了作者中心论范式时期、文本中心论范式时期之后，进入到以读者的审美反应和阅读活动为理解文学意义的主要根源的读者中心论范式时期，并且涌现了读者反应理论、读者反应动力学、阅读现象学、文学解释学等美学话语，形成了以读者及其反应、接受、阅读为中心的新的批评理论范式。②R. C. 霍拉勃在《接受美学与接受理论》中提出接受美学应当从社会效果角度检视文学与社会的关系。在对传统阅读形态的考察中，接受美学强调"任何一位读者在阅读一部具体文学作品之前，都已处在一种先在理解或先在知识的状态。没有这种先在理解和先在知识结构，任何文本都不可能为经验所接受，这种先在理解就是文学的期待视野"③。总体而言，接受美学强调从受众经验角度来考察文本。

---

① 党圣元：《论消费主义语境中的文学社会责任问题》，载《兰州学刊》，2015(2)。
② 金元浦：《"间性"的凸现》，北京，中国大百科全书出版社，2002。
③ 同上。

意大利作家伊塔洛·卡尔维诺在其理论著作《为什么读经典》的第一章中给"经典作品"下了十四条定义[①]：

1. 经典作品是那些你经常听人家说"我正在重读……"而不是"我正在读……"的书；

2. 经典作品对读过并喜爱它们的人构成一种宝贵的经验；但是对那些保留这个机会，等到享受它们的最佳状态来临时才阅读它们的人，它们也仍然是一种丰富的经验；

3. 经典作品是一些产生某种特殊影响的书，它们要么自己以遗忘的方式给我们的想象力打下印记，要么乔装成个人或集体的无意识隐藏在深层记忆中；

4. 经典作品是一本每次重读都好像初读那样带来发现的书；

5. 经典作品是一本即使我们初读也好像是在重温我们以前读过的东西的书；

6. 经典作品是一本从不会耗尽它要向读者说的一切东西的书；

7. 经典作品带着以前的解释的特殊气氛走向我们，背后拖着它们经过文化或多种文化（或只是多种语言和风俗习惯）时留下的足迹；

8. 经典作品会不断让周围制造一团批评话语的尘雾，却总是把那些微粒抖掉；

9. 经典作品是这样一些书，我们越是道听途说，以为我们懂了，当我们实际读它们，我们就越是觉得它们独特、意想不到和新颖；

10. 经典作品是这样一个名称，它用于形容任何一本表现整个宇宙的书，一本与古代护身符不相上下的书；

11. "你的"经典作品是这样一本书，它使你不能对它保持不闻不问，它帮助你在与它的关系中甚至在反对它的过程中确立你自己；

12. 一部经典作品是一部早于其他经典作品的作品；但是那些

---

[①]　［意］卡尔维诺：《为什么读经典》，1～9页，南京，译林出版社，2006。

先读过其他经典作品的人，一下子就认出它在众多经典作品的系谱图中的位置；

13. 经典作品把现在的噪音调成一种背景轻音，而这种背景轻音对经典作品的存在是不可或缺的；

14. 经典作品哪怕与它格格不入的现在占统治地位，它也坚持至少成为一种背景噪音。

之所以详细列出卡尔维诺的概念定义，主要由于其从接受体验的视角细致地描述了经典作品的阅读价值与经验感受。提炼卡尔维诺的十四条标准，可以概括出经典作品的三个关联要素，即时代性、超时代性及个体经验。真正的文学经典应该是那种在一定程度上能够超越价值观和美学观之时代局限的优秀文学作品，是那些在历史维度与美学维度上呈现出一定的普遍性，富有教益且常读常新的权威性的典范之作。[①] 读者通过阅读文学经典作品，尝试着与作者沟通，了解作家的思想，跟着作者的文字进入一个又一个场景，透过作者的眼睛观看另一个世界。

### （二）文学经典的边缘化、娱乐化

美国学者、批评家哈罗德·布卢姆在《西方正典》中以"经典的悲歌"为题描绘了"西方文学经典"衰败、死亡与消失的境况。经典文学在不知不觉中被边缘化了。其重要标志之一就是全国文学期刊订户、文学出版物销量大幅度下滑。20 世纪 80 年代中期以前，一般的文学刊物就有十几万的发行量，文学作品，起印数都在万册以上。而今天，全国最权威的文学刊物订户也不过十余万，一般纯文学刊物最好也不过三五千份。文学不仅不再处于中心位置，甚至已被多数人排除在自己的生活之外。大量的文学期刊因经济上难以维持而改刊或倒闭。[②] 文学经典得以广泛传播的文化语境和媒介生态面临着巨大的变迁。

首先，在消费文化语境中，文学经典已经被纳入整个社会的消费系统，公众会更多地倾向于将文学经典也作为商品的一次性消费，而忽略对其意义的历时性发掘，使得经典也遭遇时尚一般转瞬即逝的命运。[③]

---

① 陈定家：《市场与网络语境中的文学经典问题》，载《文学评论》，2008(2)。
② 曹志明：《文学边缘化之我见》，载《文艺评论》，2006(6)。
③ 赵学勇：《消费时代的"文学经典"》，载《文学评论》，2006(5)。

文学经典被衡量的不仅仅是文学价值，更多的是商业价值。效率和使用率现在也成为是否阅读文学作品的重要指标。在这种背景下，因为阅读文学经典总是要耗费更多的时间，文学经典在人们视野中所占有的空间随着历史的推移逐渐减少。面对消费文化的冲击，文学经典看起来似乎只有两条出路，或是被逐渐遗忘并束之高阁，或是适应大众的喜好做出改变，结合消费文化特点做出形式抑或是内容上的重构。一方面，保持纸质图书形态，在美术编辑环节增加图像符号的表达，提高文学作品的可读性；另一方面，借鉴新媒体的视听表达功能，进行影视化改编，以促进经典文本的多媒体化传播。文学经典改编热一直都是饱受争议和值得探讨的话题。消费时代文学经典的一再重构，在某些程度上已经削弱了其经典的权威性，使其变得更符合大众的口味。不论是取材于经典的影视剧改编，还是"戏说经典"和"大话经典"的戏仿作品，大多在一段时间里引起了不同程度的关注。文学经典的改写能够被市场认可，无疑促进了文学经典传播空间的扩大，虽然经典的原有意义被解构，但是却生成了新的意义。文学经典的意义构成本来就是一个立体化的可供人们不断阐释的结构，无论这种新的意义建构在理论家看来是何等离谱，但它毕竟是对文学经典意义的再诠释。同时，已经固化在文学经典文本中的意义信息并不会因此消失，相反会与新的意义信息同时存在，甚至可能互相作用，产生出全新的意义。[1]

其次，新媒体传播生态下，文学经典的评价机制受到挑战，新的阅读范式应运而生。在网络媒体出现之前，文学经典往往以纸质媒介为主要载体形态，其传播内容和渠道主要受传播主体的控制。文学作品"所采用的非匿名性传播设立了严格的文学准入、发表机制，人们需要通过掌握文学作品的发表权，借助文艺批评的力量，淘汰那些不符合经典表征的作品，遴选出符合经典形态的'合法性'作品"。而文学经典作品的诞生和传播也正是在重重遴选、不断评价与修订的过程中完成。这一淘汰和锤炼过程强化了经典作品的公信力和权威度。然而，以互动性、匿名性、即时性等全新媒体特征为标志的网络媒介出现后，信息传播的准入门槛降低，传播速度和覆盖程度不断提高，"文学发表已不再是少数

---

① 赵学勇：《消费时代的"文学经典"》，载《文学评论》，2006(5)。

人的特权，批评的话语权也下移至每一个读者手中，传统的经典遴选机制受到挑战。于是，文学经典在网络时代的命运便开始发生变化"①，文学评价的话语权力重新分配。以网络文学的阅读排行榜而言，读者在选择阅读文本的时候更多的是屈从于"阅读量""话题度"等社交热点构成的媒介伦理压力，而并不是基于经典文学的文本内容。在网络阅读（数字阅读）活动中，阅读主体与媒介平台之间的关系发生了根本性的变化。罗兰·巴特从读者的视角将文本划分为"作者文本"和"读者文本"两类，用以识别人们接触文本意义的难易程度。作者文本不那么容易理解，因此，读者只有努力尝试识别文本中的符号，才能理解作者的意图。而读者文本则易为读者所理解，这是因为这类文本所使用的语言毫不含糊且为读者所熟悉。网络文学不依靠严密的逻辑、结构宏大的叙事手法或是深刻的思想打动读者，其写作方式符合人们对于大众文化的想象，迎合了读者的审美趋向，抓住了大众阅读心理，成为贴近读者、贴近生活、贴近时代的文学样式之一。按照罗兰·巴特的理论，网络文学文本的生成过程极大地迎合读者的需求和喜好，已经脱离了传统经典文学"作者文本"的阅读范式而进入"读者文本"的阅读范式。网络文学迎合读者喜好，轻松易懂，降低了人们获取知识的门槛，其大众化的价值呈现，显示了它对使用能力差异的包容性，对文化弱势群体的偏袒，对缩小社会各阶层和群体间的"知沟"差距显然是有作用的。然而，这种易得的阅读范式也必然会影响阅读者阅读能力的建构，无法实现文学经典的价值感染力。

### (三)文学经典的价值重归

谭桂林在《接受史作为文学经典的形成史》中提出："不管是史的经典，还是读的经典，评价它们是否经典，有两个标准是必须坚持的，一个是恒久性与时代性的结合，一个是时代性与个体性的融合。恒久性不仅是指普遍人性的表达，而且也包括民族文化传统的传承，时代性是指特定时代精神的体现，个体性则是指个体生命经验的呈现。一部作品之所以能成为经典，这三者互相牵连，缺一不可。"②这里的时代性、个体

---

① 欧阳友权：《文学经典在网络时代的命运》，载《求是学刊》，2019(3)。
② 谭桂林：《接受史作为文学经典的形成史》，载《江汉论坛》，2018(10)。

性、恒久性作为衡量经典作品的三个坐标体现出重要的价值指向，与卡尔维诺关于经典作品的定义不谋而合。

就时代性而言，尽管文学经典的影响力和传播方式受到了消费文化、新媒体的冲击，然而文学经典并没有"历史性退场"，停止发挥其文化功能和价值，而正因为经历了新的媒介生态环境的洗礼，文学经典逐渐摸索到新的传播形态和渠道。一方面，文学经典正借助网络媒介、视听平台开展传播，数字化工程、有声传播网络，甚至综艺节目等新媒体内容生产都可依托于文学经典的资源库。例如央视《朗读者》《中国诗词大会》等文化节目在引起广泛的关注后，又出版图书，引发对文学经典的回归浪潮。另一方面，网络文学发展 20 余年来，尽管成果丰硕，但是缺少评价标准和经典作品的弊端将直接影响网络文学未来的发展。近年来"网络新经典"的建构不断被提出，网络经典文学与传统经典文学之间必然存在着继承性，"恰是时代变化造成的经典传承方式的改变，它不是经典的黄昏，而可能是新经典的日出"①。因此，在网络时代，我们需要寻找传承经典的新路径和新思路，在新的谱系框架内重塑文学经典的生命力。

就个体性而言，差异化的阅读期待和阅读效果正是新的媒介环境下文学经典传播的应有之义。基于消费文化的文学市场机动性和新媒体文化所引导的受众中心性，在某种程度上为文学经典真正"走进"读者提供了契机。在最大限度保持文学经典精髓的前提下，可以精准化针对性地设计文化产品的呈现形态。正如卡尔维诺所言："经典作品对读过并喜爱它们的人构成一种宝贵的经验；但是对那些保留这个机会，等到享受它们的最佳状态来临时才阅读它们的人，它们也仍然是一种丰富的经验"；"经典作品是一些产生某种特殊影响的书，它们要么自己以遗忘的方式给我们的想象力打下印记，要么乔装成个人或集体的无意识隐藏在深层记忆中"。文学经典的阅读可以在尊重个体经验和接受能力的限定下不断扩大影响。

就恒久性而言，文学经典之所以成为经典，正是因为其超越时空限制的在场性。曾有学者提出新媒体语境下文学作品"经典化"的时间过程

①　欧阳友权：《文学经典在网络时代的命运》，载《求是学刊》，2019(3)。

将被大大压缩，"旧有的传播手段，在克服空间距离时造成的时间上的延宕，以及读者在意见交互时造成的时间延宕，是以往'经典化'过程中时间成本耗费巨大的根本原因"。新媒体时代，时间在速度的作用下失去了恒定的模样，它将"不再是确立经典的重要维度"，文学作品的"传阅广度"以及在此基础上形成的"读者意见的总体性研判"，才是确立经典的重要杠杆。① 网络环境下对读者意见的总体性研判的确能够在技术的支持下得以实现，然而，网络空间的碎片化和浅显化阅读惯性并不能确保短时间内读者意见的客观性，时间维度依然是在文学经典的形成过程中必不可少的。正如学者刘勇所言："在现代文学从历史走向经典的过程中，首先绕不过去的就是鲁迅等诸多经典作家。所谓的'绕不过去'有两层含义：第一层，鲁迅等人已然成为历史，无论是文学发展还是社会变革，他们在历史舞台上所作出的贡献是无法忽视的；第二层，经典作家之所以成为经典，恰恰在于他们成为了现实，他们不仅为当时写作，更加为后世撰文。鲁迅等人之所以能够在历史中走向经典，正是因为他们的作品历经时代的变迁与考验，仍然能够直达人性深处，与当下社会进行对话。或者说，鲁迅等人的创作并没有进入文学史而停留在历史的层面，他们更是活在当下。今天乃至将来的中国社会，依然没有摆脱鲁迅等人提出的问题，这种历史的深刻性和现实的鲜活性成就了鲁迅等人的经典价值。"②

## 四、新媒体视野下的文学传播

彼得·伯克在《什么是文化史》中梳理西方的阅读史研究，认为从朗读转向默读，从在公众场合阅读转向私下阅读，从慢读或精读向快读或"浏览"转移，可被称为"阅读革命"。③ 他强调了传播技术对形塑阅读形态的强势参与。在新的媒介环境下，数字化传播技术的介入，极大地冲击了印刷技术主导下的文学自身形态及其生产与传播流程。

---

① 王侃：《最后的作家，最后的文学》，载《文艺争鸣》，2017(10)。
② 刘勇：《中国现代文学的历史性、当代性与经典性》，载《当代文坛》，2019(3)。
③ ［英］彼得·伯克：《什么是文化史》，71 页，北京，北京大学出版社，2009。

### （一）新媒体与"新"文学

2006 年 10 月 24 日，叶匡政在博客上发出一个极具颠覆性的帖子——"文学死了！一个互动的文本时代来了！"[1]

> 文学死了！任何了解今天媒介变化的人都会得出这个结论。今天，我们已经进入了一个由网络、电视、手机共同组成的电子媒介时代，这是一个骤变的时代，几乎刹那间就对我们的文化、价值与制度构成巨大的冲击。电子媒介，转瞬之间就能把我们的观点送到想去的地方，也能在转瞬之间找到我们需要的信息。它延伸着我们的意识，使我们生活在一个既依存、又互动的世界中，它为人类打开了新知的大门。……媒介的形式，决定着一个时代真理的内容。博客、视频等网络互动技术，正在将生活在同一母语下的人群联合成一个巨大的母语部落，人们正在重新感受到过去部落生活所拥有的集体感与统一感。……未来文化的一个主导特征就是"互动"，内容的消费者同时是内容的提供者。……文学死了！我们每个人都重新获得了创造自己文本的权利！我们将重新回到一个思想与观念质朴的年代！关于文本，我们的定义是：一种思想诞生时的最初童声。

这个帖子引起了网上一片哗然，掀起了关于新媒体与"大众文学"发展的激烈讨论。

文学的传播需要媒介，从早期的口语传播，到竹简雕刻到印刷书时代、电子书时代再到现在的网络传播时代，媒介的变化也是传播背景的变化，是文学场的转换。文学场是文学行为所依托的可能性与必然性相统一的空间，文学活动应该在特定的文学场中进行场域的变化。回顾中国近现代文学的发展历史，出版业、报刊业等媒介的发展给予了文学变革以极大的支持。传媒的推动形成了消费主义下人与社会生产，人与物质消费，人与大众传媒的一些新的场域关联。[2] 这些关联推动了文学场

---

[1] 王绯：《21 世纪新媒体与文学发展》，93 页，北京，社会科学文献出版社，2012。
[2] 欧阳友权：《新媒体与中国文艺学的转向》，载《文学评论》，2013(4)。

域的变化，形成了一个新媒体文学场。

随着网络技术的发展和数字技术的快速普及，传播技术的底层架构与群落搭建为社会交流和信息流动提供了全新的媒介结构和传播空间。所谓新媒体是相对于传统媒体而言的新的传播方式和形态，是在网络技术支持下的新的数字传播媒体。新媒体的"新"体现在技术上、理念上和形式上。"新"文学是指"文学随着新媒体的出现并逐渐成为主流，文学为适应传统媒体而形成的生产方式、传播方式和接受（消费）方式也必须有所创新，以便在新媒体时代的大潮中谋取生存发展的空间与机遇"。①与生产方式相对应的，是"新"的接受形态。温儒敏在《当前社会"文学生活"调查研究》中提出"文学生活"的概念，是"强调关注'普通国民的文学生活'，或者与文学有关的普通民众的生活"，考察"社会生活中的文学阅读、文学接受、文学消费等活动"。② 其中，"网络文学和多媒体文学"是五个子课题之一，调查"网络文学生产与媒介""网络作家的生存状态与写作方式""网络文学读者状况"以及"网络文学的类型化与影视改编状况"四个方面。新技术推动下的"新"文学带来的是包括文学生产和文学接受的内外环境的全景性变革。

**（二）新媒体环境下文学传播的要素**

首先，从传播者来说，新媒体视野下的文学传播主要由作家、出版商、大众媒介以及作家的粉丝群体几方面共同完成。作者是文学作品内容的最初提供者，他们决定了文学传播的质量。出版商是内容的二次加工者，目前来说，出版商可以分为传统的印刷类图书出版社和网络出版平台，他们往往对文学传播的选题进行过滤，内容质量进行把关，他们是文学传播活动的策划者与发起者。大众媒介是文学传播的推动者，他们负责将图书推广给广泛受众，作为内容把关人之一在传播中起到拓展渠道和影响力的作用。作家的粉丝群体是作品的二次推广者，他们往往以某一个作家或是某一类文学作品为中心形成的一个趣缘圈层，并在文学传播过程中建构基于熟人关系的文学推送，以其较高的精准度和成功率在文学推广中占有重要位置。

---

① 朱晓进：《文学在新媒体时代的逐流与坚守》，载《名作欣赏》，2017(7)。
② 温儒敏：《引入"文学生活"视野，天地陡然开阔》，见《当前社会"文学生活"调查研究》，1～2 页，南京，江苏凤凰教育出版社，2017。

其次，就传播内容而言，目前新媒体视野下的文学传播内容大体上可以分为传统文学作品和伴随着互联网产生的新型网络文学小说。在我国，20 世纪 90 年代中期开始，互联网开始接纳大众"准文学"的写作，此后，网络文学、手机短信创作、数字化艺术借助媒介革命的强大推力，以自身的文艺在场性和文艺新锐性，迅速成为撬动文艺变局的最大杠杆。①

再次，就传播渠道而言，新媒体为文学传播在传统实体书店之外提供了多元的网络空间和数字平台。目前来看，新媒体传播渠道主要分为初次发布和推广传播两个环节。以网络文学为例，初次发布环节可以分为三类：1. 阅文集团旗下的大量网络文学网站和小说论坛是网络文学的主要发布场所，"起点中文网""榕树下""红袖添香"等平台汇集网络文学内容资源，利用海量的原创文学内容吸引读者；2. 个人微博、主页等自媒体平台也是重要的文学连载和发布渠道；3. 亚马逊等电子书销售终端，网络小说可以作为代售或预置随机内容予以发布。推广环节大致可以分为三个板块：1. 作为电子书在网上书城销售；2. 在小说类或阅读类移动终端或免费或标价销售；3. 免费资源在社交网络矩阵中推广传播。

最后，就传播对象而言，传统书店和网络书店的读者依然保持着阅读纸质书的惯性，而新媒体移动终端用户是网络文学传播对象的主要转化者。数字媒体的快速发展提高了国民综合阅读率和数字化阅读方式接触率，整体阅读人群持续增加，但也带来了纸质阅读率增长放缓的新趋势。据第十六次全国国民阅读调查报告显示，2018 年我国成年国民各媒介综合阅读率保持增长势头，各类数字化阅读方式的接触率均有所增长。2018 年我国成年国民包括书报刊和数字出版物在内的各种媒介的综合阅读率为 80.8％，较 2017 年的 80.3％有所提升，数字化阅读方式的接触率为 76.2％，较 2017 年上升了 3.2 个百分点。此外，手机和互联网成为我国成年国民每天接触媒介的主体，成年国民每天接触手机的时间最长，接触时长为 84.87 分钟，人均图书阅读量基本保持稳定，纸质书报刊的阅读时长均有所减少。总的来说，超过半数成年国民倾向于

---

① 欧阳友权：《新媒体与中国文艺学的转向》，载《文学评论》，2013(4)。

数字化阅读方式，倾向于纸质阅读的读者比例下降，而倾向于手机阅读的读者比例上升明显。这也要求文学传播的渠道更为丰富，文字、声音、图像三大符号体系被巧妙地融合在了一起。近几年来，有声读物 APP 作为一种类似于传统广播的阅读方式受到人们欢迎。据报告显示，我国成年国民和未成年人有声阅读继续较快增长，成为国民阅读新的增长点。根据对我国国民听书习惯的考察，2018 年，我国有近三成的国民有听书习惯。[①] 移动听书 APP 满足了用户对碎片化时间的利用，丰富了读者的阅读形态。

### （三）新媒体视野下文学作品的文化特征

邵燕君在其主编的《网络文学经典解读》一书中提出，"网络文学，并不是指一切在网络发表、传播的文学，而是在网络中生产的文学。也就是说，网络不只是一个发表平台，而同时是一个生产空间"[②]，旗帜鲜明地辨析了网络文学的合法性及其生产机制。新媒体环境下的文学作品在生产、传播及消费方面均体现出独特的路径和趋向。"文学为顺应、利用、融入新兴媒体，促成了自身在生产（创作）方式、流通（传播）方式和消费（读者接受与反馈）方式上的改变与创新。"[③]

首先，新媒体文学的审美意识对应着新媒体时代的技术与社会发展的现实愿景，直达审美意识形态的深层。在新媒体成为常态机制的社会环境中，文学的创作与生产并不单纯指向以新媒体为载体的传统文学，而是以新媒体的功能变革为基础所呈现出来的"现代人的生产、生活、思考、协作和创新的方式"，是依托现代市场经济体制的成熟运行形成的复杂的社会效应，促使文学在新媒体的资源供给、模式规约和评价指向上被塑造，进而产生了审美结构、审美意识、审美趣味等方面深层次的震荡，而形成的一种全新的结构趋势。新媒体文学展现出全新的生产、消费、共享、评价模式，进而形成了全新的审美特征。[④]

其次，主体共识度是新媒体文学"创作—评价"模式得以流动的核心

---

① 中国新闻出版研究院全国国民阅读调查课题组：《第十六次全国国民阅读调查报告》，载《光明日报》，2019-04-19。

② 邵燕君：《网络文学经典解读》，3 页，北京，北京大学出版社，2016。

③ 朱晓进：《文学在新媒体时代的逐流与坚守》，载《名作欣赏》，2017(7)。

④ 郝一峰、肖洒：《新媒体文学与审美意识形态的现代性危机》，载《广西社会科学》，2016(11)。

动力。约翰·尼尔森的"对话式传播"理论认为传播双方要本着"平等相处的意识"协力合作，在合作中产生认知、共识与意义。在网络文学的创作中，媒介空间的互联性、即时性与互动性为作者和读者之间的"合作"开辟了空间。在这一新媒体文学的生产空间内，主体身份既可以描述为创作主体与阅读主体，也可以描述为合作创作主体。从接受美学的角度来讲，文本创作的完成必须经历读者的阅读、评价和体验过程，文学的美学价值在于"主体之间理解的程度和体验的共识度"。文学活动从强调主客体的对象化活动转变为主体之间的交互运动，文学文本是供作者与读者互动交流的中介。这种审美模式在新媒体时代得到了更加鲜明的发挥，创作主体与阅读主体之间的信息交流可以以发帖、留言、网络书评口碑度等文字、评分甚至大数据支持下的排行与链接等方式予以公开。伴随着即时性、共享化的网络文化，这种反馈或互动"已成为文学文本的衍生品来供二次、多次消费，从而形成新媒体空间中的社会话题，反过来刺激文学文本的关注度和影响力"[①]。

再次，大量的新型技术的出现与阅读相融合催生了许多新的文学表达方式。如麦克卢汉所言："技术的影响不是发生在意见和观念层面上，而是要坚定不移、不可抗拒地改变人的感觉比率和感知模式。"[②]数字技术和信息传播方式的变革冲破了传统的传播技术和传播形态之间的界限和束缚，丰富了作品的表现形式，为作家的作品提供了更多的想象空间和发展方向。文学小说本身也在不断适应着媒介的变化而发展出一些新的形式。例如很多作者会将自己的随笔通过微博进行发布，最后的成文书可能是作家或是出版商对这些随笔内容的整合。在微博或是微信公众号上也出现了以短小为特点的微小说，这类微小说可能是一个完整的故事，是一个故事概要，也可能只是故事当中的一个情节。总之，传播渠道的改变催生了新的文学文化，也丰富了传统文学的表现形式。新的文学体式也随着网络技术和新媒体平台的出现而不断变化，所谓网络知音体、火星体、梨花体、淘宝体、纺纱体、咆哮体、羊羔体等，成为网络

---

① 郝一峰、肖洒：《新媒体文学与审美意识形态的现代性危机》，载《广西社会科学》，2016(11)。

② [加]马歇尔·麦克卢汉：《理解媒介——论人的延伸》，46页，北京，商务印书馆，2000。

文学时代某个时期红极一时的文学体式，以其独特的文体特征，冲击着人们的阅读经验。[1]

　　与传统文学相比，新媒体文学体现出的审美特征显现出其是以网络技术为前提，以商业性为其价值指标的特点。然而 20 年的创作和发展实践依然清晰地显示，无论是传统文学还是新媒体文学，"文学性"永远是文学创作的核心问题和根本性问题。我们应该辩证地对新媒体视野下的文学传播进行解读，一方面应该充分肯定新媒体文学对于传统文学内容的丰富，一方面也要警惕资本力量对于文学的侵袭，在媒介与功利、艺术与产业之间保持一种自律和他律的张力，达成文学意义生产和技术传媒之间的平衡。[2]

---

[1]　周海波、王云龙：《新媒体时代的文体新变及其意义》，载《关东学刊》，2018(4)。
[2]　欧阳友权：《新媒体与中国文艺学的转向》，载《文学评论》，2013(4)。

# 第十章
# 文学的"本土经验"和"世界视野"

　　1827 年 1 月 31 日，一个普通的星期三，因为对于中国文学的热衷与了解，而被德国当地人戏称作"魏玛孔夫子"的歌德，在与自己的秘书艾克曼一同用餐时，提到了自己最近正在阅读的一本中国小说。对于年轻的艾克曼来说，他初次听闻这本来自遥远东方的文学作品，不免有些先入为主地觉得惊奇怪异，但已经 77 岁的歌德很快用他丰富的阅读经验和文学视野打消了艾克曼的疑虑，他对艾克曼说：这本中国小说，非但没有人们想象的那样怪，而且里面所表现的思想、行为和情感，几乎和自己的《赫尔曼与多罗泰》、英国理查生的小说等欧洲本土文学一样，甚至更加明朗、纯净而富有道德。

　　歌德提到的这部中国小说，是创作于明清之际的长篇小说《好逑传》（又名《侠义风月传》）。这部小说在中国文学的历史上并不能算是上乘之作。而歌德本人也深知这一点，他告诉艾克曼，在中国还有成千上万这样的小说。他还将中国的诗歌与法国贝朗瑞的诗歌进行了对比，提出诗歌应是人类的共同财富，本土的诗人如果不跳出自身所处的狭隘圈子，眺望外部的世界，就很容易陷入到盲目自满和故步自封的境地。随后，歌德发表了他著名的观点：

> 一国一民的文学而今已没有多少意义，世界文学的时代即将来临，我们每个人现在就该为加速它的到来贡献力量。[①]

歌德在呼唤一个世界文学时代的到来。而伴随着现代化进程和全球化浪潮的加速，东西方文明的持续碰撞以及自我文化更新的诉求，经历了 100 多年发展的中国文学，正在走向世界，虽然步履蹒跚，却从未停歇。20 世纪初如火如荼的五四新文学运动，在批判传统文学形式和内容、跳出旧的诗词歌赋体裁和才子佳人模式的同时，也大量地将世界文学的大家和经典引入到国内，鲁迅、郭沫若、茅盾、巴金、老舍、曹禺等本土作家群星闪耀的同时，他们背后也站立着尼采、果戈理、契诃夫、歌德、托尔斯泰、左拉、罗曼·罗兰、狄更斯、易卜生等世界作家的身影，这些外来文学影响了五四新文学作家对本土经验的表达方式。20 世纪 80 年代，在改革开放的历史进程中，中国文学再度迎来了生机勃勃的局面，意识流小说、朦胧诗、寻根文学、先锋小说等流派迭起，所接驳的正是现代主义、魔幻现实主义、存在主义、后现代主义等西方理论与方法，世界文学的视野与思潮，成为作家和读者追逐的对象。

但是，在从古典的窠臼中解放出来，积极融入世界文学潮流、仿效西方现代技巧与观念的同时，如何不落入新的格套，避免丧失自身文化特色和对本土经验的表达，避免对外来文学资源的机械模仿，也成为当代作家和理论批评者思考的问题。即使面临着全球化所带来的经济一体化、文化同质化的冲击，一国一民的文学也并没有消失，反而愈发凸显出自身的价值。在跨入 21 世纪的门槛之前，针对在文学批评中大行其道的西方"现代性"理论，张法、张颐武、王一川等学者提出了"中华性"的概念，指出近代以来文化上激进主义的趋势，造成了"不是中国本土话语而是西方元话语，被当作'东方的复兴'的基本规范"[②]。所谓元话

---

① ［德］艾克曼：《歌德谈话录》(上册)，199 页，石家庄，河北教育出版社，2015。
② 张法、张颐武、王一川：《从"现代性"到"中华性"——新知识型的探寻》，载《文艺争鸣》，1994(2)。

语，可以理解为在一种一元化的理论规范下，定于一尊、驱除异质，他们提出"中华性"，也正是为了摆脱中国在全球视野中"他者化"的境遇，重新确立中国以及中国文学在世界文化语境中的位置。

21 世纪以来，随着综合国力的增长，中国在世界范围内的话语权也与日俱增，体现在文学上，是中国作家开始从本土走向世界，"墙内开花墙外香"。而其中标志性的事件，是莫言在 2012 年获得瑞典文学院颁发的诺贝尔文学奖，成为迄今为止唯一一位获得这项世界级文学奖项的中国籍作家。此外，以刘慈欣、曹文轩等为代表的中国作家，也在世界文坛接连斩获各自领域最具影响力的文学奖项，从现实主义到科幻题材、从成人世界到儿童文学，在不同领域纷获殊荣，这意味着中国作家创作的世界影响力在日益扩大。奖项的荣誉归属早已尘埃落定，而围绕着这几位中国作家在国际上的获奖，以及他们文学创作中"本土经验"与"世界视野"关系的话题，却依然有着不尽的讨论。

## 一、莫言的"撤退"

21 世纪伊始，莫言发表了自己的长篇新作《檀香刑》，这部以一百年前德国人在山东半岛修建胶济铁路、袁世凯镇压当地义和团运动为写作背景的小说，一经发表就引来诸多争议。作者延续着自己以往创作当中粗粝豪放的语言、驳杂恣肆的叙事以及对于人性直白的解剖和洞悉，小说中对于凌迟等酷刑带有病态审美的"重口味"细节描写，更是将莫言作品里一直具有的残酷叙事推向了一个高峰。2012 年 10 月，莫言获得诺贝尔文学奖，成为第一位获得此项殊荣的中国籍作家，瑞典文学院诺贝尔奖委员会主席瓦斯特伯格在颁奖词中表示，莫言的滑稽、犀利以及语言的辛辣，使得他的小说创作可以与拉伯雷、斯威夫特、马尔克斯等西方文学大师并列，甚至超越他们①，而《檀香刑》以及之前的《酒国》《丰乳肥臀》等代表作，正是其创作世界性水准的证明。

莫言在《檀香刑》小说正文之外，还有一个值得注意的附文本，那便是小说的代后记——《大踏步撤退》。在这篇后记中，莫言回顾了在走向

---

① 参见毛信德：《诺贝尔文学奖颁奖词与获奖演说全集》，738 页，杭州，浙江工商大学出版社，2013。

文学道路的过程中，一直缠绕着自己的两种声音：一种是节奏分明且铿锵有力、在胶济铁路上奔驰了百年的火车声——在作者童年的记忆中，作为怪物的火车和它排山倒海的巨响，在预示着现代文明到来的同时，也时常惊扰到古老村庄中村民们的睡梦；而另一种则是山东高密一带流行的地方小戏茂腔（小说中改为"猫腔"），这一来自民间的小戏唱腔凄切悲凉，曾作为民间艺术被地方民众所喜爱，只是很难与强势的西方文艺对抗，并在现代化的历史进程中逐渐式微。这两种声音，恰恰可以代表两种力量在莫言文学创作中的撕扯，火车作为全球化时代现代文明的象征，也如同插入中国文化肌体内部的外来事物，带来文化的排异反应；茂腔只是民间本土带有地方色彩的小戏种，难以进入大雅之堂，却与当地的大众亲近，教化了他们的心灵，在人生的特殊时刻给予他们精神慰藉。而在这两种声音当中，莫言也一度倾心于前一种，期望以火车与铁路的神奇传说，延续此前魔幻现实主义的风格，但最后还是放弃了已经写好了的五万字，他说：

> 最后决定把铁路和火车的声音减弱，突出了茂腔的声音，尽管这样会使作品的丰富性减弱，但为了保持比较多的民间气息，为了比较纯粹的中国风格，我毫不犹豫地做出了牺牲……
>
> 在小说这种原本是民间的俗艺渐渐地成为了庙堂里的雅言的今天，在对西方文学的借鉴压倒了对民间文学的继承的今天，《檀香刑》大概是一本不合时尚的书。《檀香刑》是我的创作过程中的一次有意识地大踏步撤退，可惜我撤退得还不够到位。①

曾几何时，莫言在世界文学视域中的传播与接受，是以"中国的福克纳"或"中国的马尔克斯"的身份开始的，莫言自己也并不回避自己在创作的早期对这两位作家的学习和借鉴，无论是以美国作家威廉·福克纳的《喧哗与骚动》为代表的意识流手法，还是以拉美作家加西亚·马尔克斯的《百年孤独》为代表的魔幻现实主义，都曾影响中国本土作家的写

---

① 莫言：《大踏步撤退——代后记》，见《檀香刑》，419 页，杭州，浙江文艺出版社，2017。

作。莫言形容为"两座灼热的高炉"①，并称自己开始文学生涯的十余篇中短篇小说，在创作思想与手法上，正是从两位作家的创作中获取了许多灵感。而在 20 世纪 80 年代，莫言的这种创作经验并非特例，经历了长期知识贫瘠和精神饥饿状态的中国作家，习惯了"高大全""三突出"的人物塑造原则和革命现实主义的创作方法，面对"乱花渐欲迷人眼"一般的西方文学理论的冲击，以及普鲁斯特、贝克特、乔伊斯、伍尔夫、萨特等西方作家作品的阅读热潮，急于从旧有的樊篱中走出，去探索出一条文学新路。他们也极易服膺于某一流派的艺术范式，或是摄取其中的思想资源，用以承载自身经验的表达。因此，无论高密东北乡如何具有乡土气息，如何与外部世界距离遥远，当它被用一种共通的、世界性的文学话语来讲述时，就如同福克纳的"约克纳帕塔法县"或马尔克斯的"马贡多镇"一样，焕发出一种别样的生气与光彩。正因为此，我们才会看到世界对于中国文学的关注，尽管这种关注往往是以西方文学为标尺的。瑞典文学院著名汉学家马悦然教授对于莫言获得诺贝尔奖的意义及所谓"中国文学边缘化"的论调，曾如是评价：

> 中国文学一直是世界文学的一部分，而且有的中国作家非常好，有的是世界水平级别，有的还是超过世界水平的作家，莫言可能是中国译成外文最多的一个作者，所以莫言的那些著作帮助中国文学进一步走向世界文学。②

莫言自己在颁奖典礼的演说(《讲故事的人》)中也再次提到了世界文学对他影响，他说："我必须承认，在创建我的文学领地'高密东北乡'的过程中，美国的福克纳和哥伦比亚的马尔克斯给了我重要启发。我对他们的阅读并不认真，但他们开天辟地的豪迈精神激励了我。"③这也证明，在莫言漫长的创作生涯中，给予他源自本乡本土的文学创作最大助力的，既不是方法也不是理论，西方文学的影响落实在他身上，更多的

---

① 莫言：《两座灼热的高炉》，载《世界文学》，1986(3)。

② 《马悦然谈莫言获奖》，参见蒋泥：《大师莫言》，14 页，合肥，安徽文艺出版社，2012。

③ 莫言：《讲故事的人——在诺贝尔文学奖颁奖典礼上的讲演》，载《当代作家评论》，2013(1)。

是一种"视野"的提供。但恰恰是"世界视野"由内向外的开放，才会有"本土经验"由表及里的深化。而莫言早期具有现代主义、魔幻色彩的创作，通过对于世界文学具体理论方法的借鉴，也的确从内外部促进了他的生长，"让西方读者了解到中国省区的陌生文化现象"，而他笔下栩栩如生的人物，"与莫言一起把高密东北乡安全地放到了世界文学的版图上"①。《红高粱家族》中表现抗战历史的方式，与十七年文学中同样是山东籍的作家冯德英创作的长篇小说《苦菜花》的叙事，呈现出极大的差异。在逐步走向开放的中国，作家在后革命时代对于战争及人性的理解，较之此前传统的战争叙事，有了较大的突破，特别是小说《红高粱》中"我"爷爷和奶奶在高粱地里的爱情，完全突破了以往战争题材"革命＋恋爱"的程式化书写，借助民族革命战争的题材，向人性的张扬解放迈出了一大步，在艺术上更具普遍性。

但应该看到的是，这种让莫言走向世界的艺术生命力，不是凭空而建的空中楼阁，恰恰是在中国的土地中自然生长、蓬勃向上的。和许多先锋文学作家开始有意寻求虚置作品的历史时空背景，在叙事本身中寻求文本实验和游戏的价值意义不同，莫言的小说固然也有对于传统史官文化、正统礼教观念以及主流叙事模式的反叛，但他的反叛却没有去中国化，而是始终在中国本土的传统资源——乡土民间中，寻找与世界文明、人类精神等共通性话题相接驳的可能。正如莫言所说，"城市的生活好像是封闭静止的，但记忆中的故乡是一条河流，在不断流动着"②，他所依循的本土经验不是儒家经典，而是民间口头传说；不是《论语》，而是《聊斋志异》；不是发达的现代都市，而是广袤的中国农村。他在《红高粱》中曾这样写："奶奶和爷爷在生机勃勃的高粱地里相亲相爱，两颗蔑视人间法规的不羁心灵，比他们彼此愉悦的肉体贴得还要紧。他们在高粱地里耕云播雨，为我们高密东北乡丰富多彩的历史，抹了一道酥红。"③

这一段贴近土地、在民间发掘自由生命状态的描写，在后来莫言的

① 《英美评论家评〈红高粱家族〉》，见孔范今、施战军：《莫言研究资料》，244 页，济南，山东文艺出版社，2006。

② 莫言、刘颐：《莫言的小说故乡——莫言访谈录》，见邵纯生、张毅：《莫言与他的民间乡土》，199 页，青岛，青岛出版社，2013。

③ 莫言：《红高粱家族》，67～68 页，杭州，浙江文艺出版社，2017。

许多作品中都能找到影子，我们可以这样理解，莫言在《檀香刑》后记里表露出的"撤退"姿态，只是将他一以贯之的创作趋向，由无意识、潜意识逐渐转变为一种显现的意识观念。在 21 世纪之后，无论是《四十一炮》还是《生死疲劳》，还是最后获得茅盾文学奖的《蛙》，都凸显着生于斯、长于斯的本土经验，《四十一炮》以 20 世纪 90 年代初期农村改革为背景，《蛙》聚焦计划生育在中国农村的推行，《生死疲劳》是莫言小说最具魔幻色彩的创作，横跨了近半个世纪的中国当代史。尤其值得注意的是，在写《生死疲劳》时，莫言宣称这部只用 43 天就写作完成的长篇又是一次"撤退"。在以电脑为写作媒介，完成了多部作品的写作之后，他决心抛开电脑，重新拿起笔，用一种兼具钢笔硬朗和毛笔风度的软毛笔，以 50 支笔的消耗量，完成了这部 43 万字的小说。这种写作方式虽然与小说内容无涉，却似乎也代表着一种特殊的本土经验意识：

> 重新拿起笔面对稿纸，仿佛是一个裁缝扔掉了缝纫机重新拿起了针和线。这仿佛是一个仪式，仿佛是一个与时代对抗的姿态。感觉好极了。又听了笔尖与稿纸摩擦时的声音，又看到了一行行仿佛自动出现在稿纸上的实实在在的文字。不必再去想那些拼音字母，不必再眼花缭乱地去选字，不必再为字库里找不到的字而用别的字代替而遗憾，只想着小说，只想着小说中的人和物……①

莫言将这样一种写作小说的方式，形容为"手工活儿"，同时也比喻成"宁死也不加入人民公社的单干户一样，是逆潮流而动，不值得提倡"的。虽然电脑写作无疑代表着更为快捷、高效的写作方式，但那种伸手可触的愉悦感和坐在电脑面前的紧张感形成的鲜明对比，像极了今日工业化、流水线式的现代生活方式与手工细作、传统匠心之间的冲突。文如其人，莫言的小说不固守成规，在创作方法上也常趋变求新，很难用一种西方文学的批评话语或观念来概括他的创作，但这与一些现代洋气的甚至以追求西方批评家和评委认可为目标的小说家相比，却别具了一种"土"味。莫言小说在字里行间生出的一种滞重感，让读者有类似于触

---

① 莫言：《小说是手工活儿——代新版后记》，见《生死疲劳》，576 页，杭州，浙江文艺出版社，2017。

摸民间手工艺的踏实，这是在讨论莫言小说创作方法时，不可回避的一个层面。

## 二、刘慈欣的"流浪"

2015 年，中国科幻文学作家刘慈欣凭借他的长篇小说《三体》，获得了有"科幻界的诺贝尔奖"之称的雨果奖，紧接着在 2016 年，年轻的"80 后"作家郝景芳又以自己的中篇作品《北京折叠》斩获第 74 届雨果奖，人们突然意识到，除了亚瑟·克拉克、艾萨克·阿西莫夫、罗伯特·海因莱因这些科幻文学巨头之外，世界科幻文学的版图中也活跃着中国作家的身影。2019 年的中国农历春节，根据刘慈欣的作品《流浪地球》改编的同名电影在国内上映，受到了观众的热捧和社会舆论的广泛关注，这部被誉为开启了"中国科幻电影元年"的电影，在让观众领略人类生存的地球家园被流浪放逐于浩瀚宇宙的雄奇想象力的同时，也让中国的科幻文学作家和科幻作品，再次被置于文学读者的视线之中。

在众多文学读者甚至是文学研究者的心目中，科幻文学一直是世界文学当中一类较为陌生的文学形式，在人们的印象里，那些总是要涉及时空旅行、星际穿越或者有超级战舰、人工智能出现的类型文学，属于西方世界，与中国文学的主流无缘。虽然早在晚清时期，梁启超就创作有《新中国未来记》，并且被视为近代中国科幻文学的萌芽；"清末四大小说家"之一的吴趼人，在《新石头记》里让贾宝玉坐上了潜艇飞船，体验了一把现代文明发达的科技，但对当时的国人而言，科幻文学（当时称为"科学小说"）只是借以了解西方奇淫巧技的渠道，当现代科技逐渐由稀疏转为平常，科幻文学就渐渐淡出了中国主流文学的视野。虽然民国时期老舍、沈从文写过《猫城记》《阿丽思中国游记》一类形似科幻的作品，却终究只是在自己擅长领域之外的尝试之作。中华人民共和国成立后，童恩正、郑文光、叶永烈等作者虽然也曾创作过《从地球到火星》《珊瑚岛上的死光》《小灵通漫游未来》等优秀作品，迎来了中国科幻文学一次短暂的黄金时期，但也很快因为外部环境而偃旗息鼓。

刘慈欣的出现，以及他在世界范围内收获的广泛认可，是 21 世纪以来中国文学（不仅仅是中国科幻文学）走向世界的重要标志。这位山西省阳泉市娘子关发电厂的一位工程师，利用业余时间写作科幻小说，从极其世俗而缺乏幻想的生活中，生出了波澜壮阔、富有想象力的作品。对于受到现实主义传统影响较深的中国作家而言，即使是科幻的内核，也应有现实的意义，鲁迅在为翻译《月界旅行》所作的辨言中谈对于科学小说的期待，正在于"掇取学理，去庄而谐……获一斑之智识，破遗传之迷信，改良思想，补助文明"①。可在获得"雨果奖"之后，刘慈欣却直言，自己写作科幻文学志不在此：

> 至于写作科幻的精髓，对我来说是想象力，用想象力以科学原理为基础构架出一个想象中的世界，在这个世界中把渺小的人类跟宏大的宇宙联系起来，这个是我写作科幻最核心的一个东西。也许别的作家那就不一样了，有的人把科幻作为主流文学中所没有的一个角度，用它来观察和批判现实，有的人可能把科幻作为一个平台来进行文学上的一些表现。②

刘慈欣曾多次表示，自己对于现实、对于以科幻来隐喻现实并不感兴趣，甚至于反对将科幻文学作为批判现实的一种态度。相比于中国文学土壤中根深蒂固的现实主义，他更倾心的是从科幻来、回到科幻去，只是将现实当作一个平台，追求更宽广的想象和知识的"为科幻而科幻"，这一文学视野与物质文明飞速发展、科学技术日新月异的现代世界十分契合，却让刘慈欣远离了中国本土的文学主流，走向了"流浪"之旅。在小说《流浪地球》中，由于给地球带来光与热的太阳即将毁灭，为了让人类存活下来，地球上的联合政府决定倾尽所有资源建造一万座发动机，将地球推出太阳系，寻找新的家园，称之为"流浪地球"计划。而在传统主流文学资源日益枯竭的今日，小说创作虚构和非虚构的讨论甚嚣尘上，以余华《第七天》为代表的部分小说，甚至采取了直接将日常生活中的新闻作为小说素材的创作模式，此种背景下，刘慈欣等科幻文学

---

① 鲁迅：《月界旅行·辨言》，见《鲁迅全集》，第10卷，164页，北京，人民文学出版社，2005。

② 姚利芬、刘慈欣：《宏大宇宙与微渺个体的探索者——访问"雨果奖"得主刘慈欣》，载《世界华文文学论坛》，2017(1)。

作家向现实之外的固执"流浪"，更像是为文学重新开辟了崭新的疆域和视界。如同他自己一篇文章的题目《没有太空航行的未来是暗淡的》，如果说回望故土的乡土文学在时空上呈现出的是一种回溯状态，那么刘慈欣期待的科幻文学，则是朝向外在和未来时空的，刘慈欣说：

> 我相信，无垠的太空仍然是人类想象力最好的去向和归宿，我一直在描写宇宙的宏伟与神奇，描写星际探险，描写遥远世界中的生命和文明，在现在的科幻作家中，这也许显得有些幼稚，甚至显得跟不上时代。但正如克拉克的墓志铭："他从未长大，但从未停止生长"。①

只是，这种将无垠的时空当作归宿、既浪漫又缥缈的玄思和探险，并非完全脱离了现实世界，无论是对于自身"幼稚"的担心，还是"跟不上时代"的焦虑，都透露出中国科幻文学在远离本土经验的"流浪"途中，并非是全然自由的，而是始终受限于现实时空。北京师范大学的学者吴岩曾经将现代性作为重要的理论资源，将科幻文学定义为与现代性相关联的文学，他提到了一个中国本土科幻文学必然要面临的问题，那就是中国的科幻小说往往有太多脱离本土的西方故事、太多的西方主人公以及西方式的场景，招致了不少诟病，即使在充满原创性的刘慈欣小说中，我们也能看见类似的问题。但吴岩却认为，"这种现象的产生恰恰是中国科幻小说独特现代性的体现。须知，对一个第三世界落后国家的国民来讲，'未来'不但是一种时间上的彼岸，更是一种空间上的彼岸。就在我们的时代里，西方列强已经超出我们达到了科技发达的远方。正是这一比我们先进得多的'他者'世界，主宰了我们对未来的想象力，导致了中国科幻小说中的'未来'发生起'时空转换'，导致了西方人的现在出现在我们的未来"②。正是因为这样一个比我们现代化多得多的彼岸世界存在，使得我们在科幻文学上，很难有一个可以依恋、可以回溯的本乡本土，在乡土文学中可以被以田园牧歌式的乡愁来书写的"过去"，

---

① 刘慈欣：《没有太空航行的未来是暗淡的》，载《联合时报》，2019-03-29。
② 吴岩：《序》，见张治等：《现代性与中国科幻文学》，2 页，福州，福建少年儿童出版社，2006。

恰恰是他们要努力摆脱的"此岸"，因而他们面临着的，是较之其他类型文学要更多的现代性焦虑。

从某种程度上而言，中国本土的科幻文学是无根的，即便不断有学者期望通过对《山海经》《淮南子》中有关天地自然思考的追溯，以及对《镜花缘》《封神演义》等小说中雄奇想象叙事的梳理，来挖掘中国本土文化中科幻文学发生的因子。但毕竟现代意义上的真正的科幻文学的萌芽还要等到晚清西学东渐后，西方科学文化的涌入才会出现。而在追逐彼岸的过程中，中国的知识分子一方面面临着自身文化环境中保守愚昧部分的排斥和抵制，另一方面又时常警惕沦为现代西方文明视域下的"他者"，这恰恰是一种失去了文化故园又未寻得真正归宿的"流浪"状态。在刘慈欣的《三体》中，女主人公叶文洁的父亲在"文化大革命"的十年动乱中被迫害致死，因而对这颗星球上的人类失去希望，对外太空发射出地球文明的信号。但是这位背叛地球与人类的三体组织领袖，近乎冷酷决绝的背后，依然有着内省和忏悔，小说第二十七章《无人忏悔》，写到叶文洁入睡前的一个细节，展现出刘慈欣为业内赞许的"硬科幻"背后，依然时常可见的现实关怀：

> 两个不到半周岁的孩子睡在她身边的炕上，他们的睡相令人陶醉，屋里能听到的，只有他们均匀的呼吸声。叶文洁最初睡不惯火炕，总是上火，后来习惯了，睡梦中，她常常感觉自己变成了婴儿，躺在一个人温暖的怀抱里，这感觉是那么真切，她几次醒后都泪流满面——但那个人不是父亲和母亲，也不是死去的丈夫，她不知道是谁。[①]

刘慈欣不止一次宣称自己对于科幻文学的态度，期望做到最纯粹的"为科幻而科幻"，正是这种与世俗生活做决绝的告别、流浪向星辰大海的浪漫情怀，成就了刘慈欣。现实中的地球文明或故土家园，充满着缺陷，远未有外太空的超级文明先进发达，人类在他们眼中就仿佛虫子一般（刘慈欣在小说中也通过此种角度来思考地球上各个历史时期的各种

---

① 刘慈欣：《三体》，222 页，重庆，重庆出版社，2008。

文明冲突），但如果仅仅以这种弱肉强食的法则来定义文明，那生活与文学本身势必也将变得极为无趣。个体的流浪终究是孤独的，依然会生出对于自身文化母体的依恋，因此，叶文洁在小说中呈现出的这种"软弱"背后，别具一种力量。而刘慈欣的许多作品，"硬科幻"元素背后的闪光处，恰恰是他与现实生活的联络，透出他从宏观世界朝向微观生命的关怀与思考。

复旦大学文学院严锋教授在给《三体·死神永生》作序时曾说："《三体》是一部多重旋律的作品：此岸、彼岸与红岸，过去、现在与未来，交织成中国文学中罕见的复调。故事的核心竟然是我们既熟悉又陌生的'文化大革命'。当主流文学渐渐远离了这个沉重的话题，大刘竟然以太空史诗的方式重返历史现场，用光年的尺度来重新衡量那永远的伤痕，在超越性的视野上审视苦难、救赎与背叛。"①

在另一篇代表作《乡村教师》中，刘慈欣将闭塞贫穷的中国乡村图景与数百光年外的银河战争，这两个看上去完全不可能发生任何联系的时空，组合在了一起。本来意欲摧毁地球的碳基联邦，却意外地从四个乡村孩子作为样本的检测中，测试出了他们对力学三大定律的掌握，而这知识是他们的乡村教师在临死之前用最后的力气教授给他们的，最平凡、最"土"的老师和他的学生们拯救了地球和太阳系，这里面没有描写超越现实的超级英雄，也缺少对于现代科技眼花缭乱的陈列，作者对于中国黄土高原上农民生活景象的描写，也与其他现实主义作家无异，但《三体》主人公叶文洁在梦中关于那个温暖怀抱的疑惑，或许能够在这里找到答案。从这个意义上来说，刘慈欣小说创作的"流浪"，对中国大地以及在这块大地生长的历史和文化而言，既是超脱分离的，又是血肉联系的，既是异质陌生的，又是似曾相识的，他笔下的人物心向浩渺、遨游往寰宇世界，却又身在凡尘、长住在真实的人间。

## 三、曹文轩的"古典"

继 2012 年、2015 年莫言和刘慈欣先后在诺贝尔奖和雨果奖上有所

---

① 严锋：《心事浩渺连广宇》，见刘慈欣：《三体Ⅲ·死神永生》，1 页，重庆，重庆出版社，2010。

斩获后，2016 年，在意大利亚平宁半岛的博洛尼亚儿童书展开幕日当天，国际儿童读物联盟宣布中国儿童文学作家曹文轩获得 2016 年度"国际安徒生奖"，这也是中国作家第一次获得这项世界儿童文学的最高荣誉。正如曹文轩自己在接受采访时的自信表示——中国的儿童文学已经处在一个非常高的水准上，甚至可以说处于国际水平线上了。他的这次获奖，也被广泛认为是中国文学在世界文学界再一次展现了自己的水准和价值，是中国作家作品走向世界的又一标志。而在这一次获奖后，作者本人又再次总结了自己的创作风格，虽然一只脚已经踏进了西方现代儿童文学的主流，但曹文轩却在坚持强调，自己的创作是"古典"的：

> 我确实倾向于古典的美学趣味，这可能与我成长的环境有关。我生长在水乡，推开门就是水面、河流，走三里地要过五座桥。我的童年是在水边和水上度过的。我作品中所谓的干净和纯净是水启示的结果，文字的纯粹自然也是水的结果。①

尽管曹文轩的儿童文学作品大都是源自本乡本土，一些作品甚至带有较强的自传色彩，但从中外文学交流的视角来看，他的小说创作无疑也具有现代意义。相较于其他类型的文学，曹文轩的作品及其所代表的中国当代儿童文学创作的意义还在于，用"儿童"这一世界性的、共通的文学话题和视角，与世界文学的潮流进行了接轨，这种接轨似乎较之成人文学世界要更加彻底。受到儒家长幼尊卑伦常秩序的思想影响，中国传统社会之下的儿童始终是成年人的附属品，五四时期周作人就曾经说过，"以前的人对于儿童多不能正当理解，不是将他当作缩小的成人，拿'圣经贤传'尽量的灌下去，便将他看作不完全的小人，说小孩懂得甚么，一笔抹杀，不去理他"②。中国古时的儿童，要么只能从民间口耳相传的一些童谣寓言寻得适合自己的精神食粮，要么只能从成人文学世界如《西游记》《水浒传》中选取一些适合儿童的片段，而在这种并不重视儿童文学的氛围中，即使有关于儿童的文学创作的出现，也"普遍被看

---

① 行超：《2016 年国际安徒生奖得主曹文轩："站在水边的人无法不干净"》，载《文艺报》，2016-04-08。
② 周作人：《儿童的文学》，载《新青年》，第 8 卷，第 4 号，1920。

成'小儿科'。这个'小儿科'是幼稚和低水平的代名词"[1]。

　　而实际上，在世界文坛范围内，公认的儿童文学大家和经典儿童文学作品，从安徒生到刘易斯·卡洛尔，从王尔德到圣埃克苏佩里，儿童文学的创作题材和风格千差万别，却并非指向幼稚和低水平，例如英国作家王尔德的两部童话集《快乐王子和其他故事》和《石榴屋》，对于美丑、善恶的思辨更像是给成人世界的透射；法国作家圣埃克苏佩里的经典之作《小王子》，被认为是写给成人的童话，海德格尔甚至称赞其为最伟大的存在主义小说。一大批具备世界水准的儿童文学创作，并不仅仅局限在儿童，而是借助儿童的视角和经验，讨论共通与永恒的人性。这种文学观念和创作趋势，在 20 世纪特别是改革开放之后，也逐渐被中国的儿童文学作家和读者们所接受，儿童文学的创作不再只是低龄化、幼稚化的代名词，也可以表达比成人文学更深刻、更久远的主题。

　　中国本土的儿童文学在逐渐与世界儿童文学观念接轨的同时，却也存在着向另一个极端发展的问题，即一些儿童文学作家笔下的儿童文学只是一个名目，他们将很多与传统儿童文学或者"标准儿童文学"不太协调的东西，放入了自己的作品中。曹文轩自己在文章《四十年中国儿童文学观念的演进》当中，也专门提到了 20 世纪 80 年代开始在中国的儿童文学领域出现的现象，即受到西方创作思潮的影响，中国国内涌现出了一大批作家，写作着一类被定义为"成长文学"或"成人化写作"的作品。曹文轩说：

　　　　上世纪末，"成长文学"的概念脱颖而出。这一概念的生成，意味着一块隐形陆地的忽然浮出，意味着一脉新形态的文学的生成，意味着一种新的美学意念和新的言说方式的确定。

　　　　我们曾在很长一段时间中，陷入一种经常性的困惑：我们似乎忽略了什么，并且忽略了非常重要的什么；我们隐隐约约地觉得，我们在处理一些题材、一些事情和一些主题时非常麻烦，不知如何下手和掌握在什么分寸上；我们总有一种高不成、低不就的尴尬；在我们不得不做出那样的处理之后，我们从内心深处觉察到我们将

---

[1]　朱自强：《儿童文学论》，4 页，青岛，中国海洋大学出版社，2005。

生活强行地削切与挤压了。①

　　成长小说，一直被视为西方现代主义文学的重要一脉，并且在世界儿童文学领域有着较多的探索。曹文轩自己的作品当中，也有不少类似这样的"成长文学"，比如有着"成长三部曲"之称的《草房子》《红瓦》《根鸟》。这几部小说打破了以往在儿童题材方面的限制，大胆地将疾病、残疾、离异、欺凌、早恋等问题，纳入到创作当中。《草房子》里，作者对生活在油麻地的几个孩子桑桑、秃鹤、杜小康、细马、纸月成长过程中的困难进行了呈现：桑桑身患怪病，面临着死亡威胁，父亲背着他四处求医；秃鹤因为秃头的缺陷而要躲避同学异样的目光，戴上帽子意图掩饰反而被人嘲笑戏弄；曾是油麻地首富之子的杜小康家境败落后，被迫辍学养起了鸭子；细马和纸月，一个是被领养的孩子，拒绝与同学交往，一个很小就失去了妈妈，被坏孩子欺负。《红瓦》中作者描写了性格各异的少男少女在青春期产生的惶惑与焦虑，以及对于成人世界丑陋一面的窥探；《根鸟》里作者笔下的少年如梦如幻的寻梦之旅充满了荒凉、艰辛与磨难。这些都可以看作是曹文轩超越儿童题材的局限，以儿童的成长为切入点，向共通的、本质的人性和人类生活在迈进。

　　虽然在一般的研究者看来，曹文轩的小说存在着与"成长文学"千丝万缕的联系，但是这中间内在的差异，也是毋庸置疑的。曹文轩显然无意用这种趋向成人化的写作来凸显自己小说的思想深刻，相反，他的创作趋向正如他面对"成长文学"和"成人化"写作时的发问那样，试图重新发掘出那些在对于思想追逐的过程中被忽视和掩盖的东西。他曾经列举斯洛文尼亚作家齐泽克讲到过的例子：1993 年，在南斯拉夫陷入战火、萨拉热窝被围困时，蜂拥而来的西方记者把镜头和文字报道的焦点对准了死亡的儿童、被践踏的妇女和饥饿的战俘，而齐泽克看到的却是萨拉热窝的居民在战火当中坚持着工作甚至于文艺活动，即使饱受着战争的摧残，依然尽一切可能地体面地生活。这也带来了他的反思，即以牺牲人类尊严来追求思想深刻的写作，是否值得赞赏？曹文轩在《草房子》序言中，将这种西方现代文学中的发展趋向，称为"憎恨学派"对于古典形

---

① 曹文轩：《四十年中国儿童文学观念的演进》，载《中华读书报》，2019-01-30。

态的围剿，他说：

> 那些以揭示人性的名义而将我们引导到对人性彻底绝望之境地的作品，那些令人不寒而栗犹如深陷冰窖的作品，那些暗无天日让人感到压抑想跑到旷野上大声喊叫的作品，那些让人一连数日都在恶心不止的作品，那些夸示世道之恶而使人以为世界就是如此下作的作品，那些使人从此对人类再也不抱任何希望的作品，那些对人类的文明进行毁灭性消解的作品，那些写猥琐、写浓痰、写大便等物象而将美打入十八层地狱的作品，我们真的需要吗？①

相比而言，曹文轩的成长小说和童年视角，有对于现实生活残酷、丑恶一面的揭露，但更多的是在展现人性的美好、温暖和希望。他注重现代世界之"思想"，但更专注于本土古典的"意境"。他的小说继承了从沈从文、废名到刘绍棠、汪曾祺一脉相承的乡土小说特征，在语言、结构和意象的诗化处理中，来寻求自身创作对于读者特别是下一代读者的影响和价值。曹文轩的作品充满了乡土气息，从干净如洗的天空到清澈明亮的湖水，从馥郁鲜洁的芳草到空灵朦胧的山水，他通过儿童的视角看到的乡土世界清新隽永、恬静悠远，在这片土地上虽然也存在死亡、疾病、争斗，但是却孕育着人之为人的尊严和生命力，哪怕面临困难的只是未成年的孩子。与寻求深刻思想的现代成长小说在童年消逝的危机中咀嚼生活的苦痛、人生的艰难、意义的荒诞和虚无不同，曹文轩通过向人的童年时期和"古典"意境的回溯，挖掘战胜虚无和苦痛的精神力量，着眼的恰恰是个人和民族未来品格的形成。

2000 年，《文学评论》上曾发表过徐妍的一篇《坚守记忆并承担责任——读曹文轩小说》，指出曹文轩小说创作实践着的"古典"观念，在充斥着欲望的文坛体现着一种"净洁"的美感和追求②，特别是 21 世纪以来，曹文轩的作品更多地致力并体现出这样一种追求。《细米》中日子如清水一般流淌、爱害羞极易红脸的男孩细米，在"文化大革命"的苦难岁月中与下乡的女知青微妙朦胧的情感生活，呈现出一个男孩在现实世

---

① 曹文轩：《草房子·序》，5 页，北京，人民文学出版社，2011。
② 徐妍：《坚守记忆并承担责任——读曹文轩小说》，载《文学评论》，2000(4)。

界的成长历程；《青铜葵花》中城市女孩葵花在干校生活时，因父亲去世而被青铜一家领养，并且在青铜的帮助下度过了苦难的岁月，苦涩中透着温馨。获得安徒生奖后曹文轩创作的长篇小说《蜻蜓眼》，将视野投向20世纪30年代，讲述从那时开始的一个中法结合的家庭——嫁到中国的法国女子奥莎妮和她的丈夫杜梅溪，在随后几十年岁月风雨中的坎坷道路。小说以他们的孙子阿梅的成长为主线，描绘了一家人如何相亲相爱、相濡以沫，一家人如何如一条大船一样不畏艰险，驶过了风浪。和许多当代中国作家一样，曹文轩不回避本土的现实苦难，却透过历史的荒谬和恶，期待以孩童的视角，为民族和个人保持一份作为人的体面和尊严；他不排斥现代生活，但在快餐主义和享乐主义盛行的当下，意图通过乡土的叙事，为读者提供一种古典的诗意向度。

## 四、本土文学的海外译介

除了前文所述三位作家之外，21世纪以来中国作家在世界范围内获得的荣誉和奖项并不在少数，例如2002年韩少功获得法国文化部颁发的"法兰西文艺骑士奖章"；2002年、2003年余华与迟子建先后获得澳大利亚悬念句子文学奖；2011年王安忆、苏童作为华人作家首次获得英国布克国际文学奖提名，毕飞宇获得英仕曼亚洲文学奖；麦家的《解密》被英国《经济学人》评为"年度全球十佳小说"；2015年北岛获得马其顿斯特鲁加国际诗歌节最高荣誉"金花环奖"，残雪获得美国纽斯达克文学奖和英国伦敦独立外国小说奖的提名，并获美国最佳翻译图书奖；2019年王家新、黑丰在欧洲最具影响力的诗歌节"雅西第六届国际诗歌节"上，双双获得"罗马尼亚历史首都诗人"奖；等等。这一系列获奖消息的背后，是大量中国本土作家的作品被翻译成各国文字，在世界范围发行数量以及传播影响力的不断增长。

这些来自中国本土的作家在世界文坛获得肯定，与他们杰出的创作有着密不可分的关系，但在跨语境文化交流的过程中，仅仅有作者的写作、文学文本的形成，是远远不够的。中国本土文学的向外传播，向外部世界展示中国的形象与经验，也需要"海内存知己"，需要世界范围内的知音，熟悉中国文学的翻译家、出版商、研究学者乃至普通读者，都是极为重要的。有时在特定的文化区域和环境下，一个优秀的翻译家，其作用并不亚于优秀的作者和作品本身。虽然从林语堂到哈金，一直有不少中国作家或者华裔作家用英语向世界书写中国的本土经验、呈现中国的历史和文化，但不可否认的是，一方面这些作家的作品进入到西方主流视线十分艰难，另一方面他们一部分身居域外的创作，本身也很难代表中国当下社会的经验。每一部文学作品在异国他乡、不同语言文化环境当中的传播，总是需要一座桥梁，正如朱生豪翻译莎士比亚的戏剧、杨绛翻译《堂吉诃德》、傅雷翻译《约翰·克里斯多夫》，是这些杰出的翻译者让这些伟大的作品跨越了地理上的万水千山和语言上的巴别塔，在迥然不同的语言环境里找到了它们的读者。而在当代特别是 21 世纪以来，中国文学在英语世界的传播，自然绕不开葛浩文（Howard Goldblatt）这个名字，包括莫言、贾平凹、王安忆、苏童、王朔、刘震云在内的一大批中国作家的作品，都是经过葛浩文的翻译而得以在西方出版。而莫言作为第一位获得诺贝尔文学奖的中国籍作家，自然也离不开葛浩文优秀的翻译。葛浩文翻译过的莫言的作品有《红高粱》《酒国》《丰乳肥臀》《生死疲劳》《檀香刑》等。美国著名作家约翰·厄普代克曾经说过："中国当代小说的翻译，几乎是葛浩文一个人在包打天下。"[1] 作为中国文学的译介者，葛浩文也多次谈到中国文学走出去的问题，其观点多涉及"本土经验"与"世界视野"，这是值得中国文学的作者以及研究者们思考的。夏志清曾提出从鲁迅、茅盾以来中国现代作家中普遍存在的"感时忧国"传统，过多地关注中国社会的现实，在特殊的历史环境中本无可厚非，但却影响了将自身创作与本土以外世界人的生存状态联系起来，并忽略了文学作为艺术的普遍性。葛浩文对于翻译作品的选取，亦秉持着自己的标准，作为许多中国当代作家在西方的译介者，他并不看重中国作家的获奖与否，而更在意作品本身的价值以及对于作品的翻译呈现，是否有着超越本土、对于人类命运的大关怀和书写，他在谈到中国文学如何走出去时说：

　　有人认为既然中国已经有一个诺贝尔文学奖得主，那么中国文

---

　　① 转引自孙会军：《葛浩文和他的中国文学译介》，1 页，上海，上海交通大学出版社，2016。

学就已经走出去了，这其实有待商榷。一个作家的作品能代表全中国的文学吗？得了诺奖就算走出去了吗？如果一个作家的作品曲高和寡，虽然获得诺奖评审委员会的青睐但不受国外读者的欢迎，这算不算走出去了？中国小说家追求的是什么？希望有广大的国外读者群，还是有小众欢迎就满足了？有大批国（内）外读者，作者是否就成为通俗作家，是否就贬低了作家的才华和地位？

　　问这些问题不是因为我有答案，而是希望借此可以激发大家更深一层的思考和讨论。现在言归正传。简单地说，中国文学走出去有两个要素：作家与其作品；翻译。[①]

　　应该说，不仅仅是翻译，包括文学期刊、出版机构、文化宣传等多个层面，其实都是助推中国文学走向世界的因素。根据社会科学文献出版社《中国文学海外发展报告（2018）》的统计，21世纪以来，世界各国对于中国当代文学的关注，已经超过了中国的古典文学，外国读者对于中国文学的认知不再局限于《论语》《道德经》、唐诗宋词以及《西游记》《红楼梦》，莫言、刘慈欣、曹文轩、北岛、余华这些当代作家的作品，开始逐渐成为他们了解当下中国的窗口。这其中，当代小说、诗歌依然是中国文学向外传播的主力，除了严肃文学以外，包括科幻文学、武侠小说、谍战小说、网络文学创作在内的大量作品，正逐渐成为海外学者、读者以及出版商的关注点。在刘慈欣2015年获得雨果奖之后，科幻文学成为中国文学新的名片，世界顶级学术期刊《自然》（Nature）刊出中国科幻作家李恬和夏笳的作品《水落石出》《让我们说说话》，法国《世界报》整版介绍刘慈欣的创作，世界著名的科幻文学杂志《克拉克世界》刊载中国作家作品的数量大大增加了。而在2018年法兰克福书展的开幕式上，有史以来第一次为中国作家举行专题活动，"麦家之夜"吸引了20多个国家的出版人齐聚在罗马大厅，英国最佳独立出版社宙斯之首在众多国际大出版商中脱颖而出，购买了中国作家麦家有关抗日特工的谍战作品《风声》的国际版权。在向来强调国际化、力推国际化作品的法兰克福书展上，一位中国作家的版权出售能够引起如此大的关注，也代

---

① ［美］葛浩文：《中国文学如何走出去？》，载《文学报》，2014-07-03。

表着在学院派专家、学者之外，中国作家在出版界和读者层面受到了肯定。

21 世纪，也应该被视为中国文学的 21 世纪。曾经，"走向世界"意味着以欧美为中心的世界文学对于中国文学的接受和吸纳，而如今，"走向世界"意味着中国本土文学对于世界发生的影响，发出了自己声音。在中国发展越来越快的 21 世纪，关于中国本土文学的译介，存在着一个不能否认的问题，即中国本土文化和文学的影响虽然在日益增大，但在世界范围内依然是边缘化的，这种以西方为中心的世界文坛的边缘化，也一直造成了中国作家的某种焦虑。将西方主流文学当作自己模仿、追赶、迎合的对象，将其对于自身作品的评价当作最为重要的评判标准，这也是中国作家中出现"诺贝尔奖情结"的一个重要原因。但 21 世纪以来，随着中国作家实现各个世界级文学奖项的不断突破，中国自身作为大国的不断崛起和文化的日益自信，这种焦虑正在逐渐被解构。中国文学走出去，其实并不一定要以少数的欧美国家为唯一目标，正如北京师范大学姚建彬教授在文章中指出的：

> 实际上，我们有些出版机构、版权代理人乃至作家，已经开始自觉地走向西班牙语世界、葡萄牙语世界、法语世界、阿拉伯语世界等更加广阔多样的地区，探索在更多语种、文化及更加多样的地区传播中国文学的新渠道、新市场。例如，毕飞宇在法语世界所赢得的赞赏，麦家在西班牙语世界的传播所获得的肯定，就可以带给我们很多启发和借鉴。我们现在需要做的，是要把文学传播的版图扩大到除西方以外的更广大地区去，从而彻底走出目前过于倚重英语地区而带来的困境，让中国文学的光芒照射到更远、更广的地域，为更多地缘格局中的读者带去心灵的慰藉和审美的光亮，从而达到塑造正面、积极、丰富中国国际形象的目标诉求。①

正如中国自身在积极融入世界文明的潮流但也立足于本土经验和文化探索一样，中国文学也在现代转型过程中，不断调整自身的创作和传

---

① 姚建彬：《中国当代文学海外传播的策略转换》，载《中国社会科学报》，2017-10-23。

播方向。作家苏童曾经谈道，"'西方中心论'揭示了某种霸权"，用汉语写作的作家"不可避免地游离在国际大舞台之外，因为国际大舞台修建在'西方中心'"[①]，汉语中的许多对仗、押韵、成语，以及近现代中国历史进程中的国家经验和时代体悟，在完全不同的文化环境中无法真正实现完全的翻译，并透彻地为人所理解。正因为如此，中国文学作品在走向世界的过程中，往往也会遭受到被调整、弱化、删改乃至曲解，成为西方文化中心视域下的一个文化"他者"。无论是莫言、刘慈欣还是曹文轩，都曾经表示过类似的担忧，也给中国本土文学走向世界提出了新的思考，即我们一直在强调和追赶的"世界"和文学标准，是否就等同于少数几个国家以及他们的评判体系和市场口味？抑或还有更大的天地和舞台？

## 结语

21世纪以来，随着中国综合国力的日益增强，以及在世界范围内影响力的逐渐扩大，中国本土作家的创作，不再像20世纪前期那样在西方人的眼中显得新奇和怪异。和一个多世纪前的文人相比，中国作家的创作已然呈现出更加宽广的视野和现代意识，从纯文学到类型文学，从成人化创作到儿童文学题材，出现了大量在创作观念、创作技巧等层面并不"落后"于西方主流文学的作品，莫言、刘慈欣、曹文轩等作家在各自领域先后斩获世界性文学奖项便是证明。但也应该看到，他们通过自身的努力向世界文学前沿迈进的同时，在背后支撑他们文学想象和创作生命、不断提供素材源泉的，是他们自身的"本土经验"。正如今日中国的发展不能器械地套用人类历史上的任何一个阶段一样，中国文学走向世界与未来的演进，也绝不只是对西方文学理论主流形态的简单趋近和靠拢，而是在日趋多元化的当今世界格局之中，同构世界文学的全新版图。莫言、刘慈欣、曹文轩等人在从不同创作领域走向世界文学的征程中开启的对于文学"本土经验"和"世界视野"的讨论和探索，有待更多的来者。

---

① 高方、苏童：《偏见、误解与相遇的缘分——作家苏童访谈录》，载《中国翻译》，2013(2)。

# 后　记

　　从 1949 年到 2019 年的 70 年，是中华人民共和国崛起的 70 年，也是新中国文学高歌猛进的 70 年，站在这个主要的历史节点上，回顾与展望、反思与憧憬，都有了更为深刻的内涵和价值。

　　本书按照时间线索，以问题的形式，对新中国 70 年文学图景进行深入探究，以期进一步把握中国文学的复杂性和丰富性。本书的顺利完成，离不开一批作者的倾力投入，他们是：

　　绪　论：刘　勇

　　第一章：张　悦

　　第二章：王龙洋

　　第三章：刘旭东

　　第四章：石小寒

　　第五章：郭　霞

　　第六章：陈彦文

　　第七章：闫丽君

　　第八章：侯　敏

　　第九章：张　岩

　　第十章：张　弛

　　经过刘勇老师多次统稿、修改，这本书最终形成了现在的面貌。在此，我们还要特别感谢北京师范大学出版社的赵月华老师，这本书从构思、策划到最终发行，她都提出了不少宝贵而中肯的建议。

　　由于从开始策划到完稿，总体上来说时间比较仓促，因此难免会有一些纰漏和不足，还请各位读者给予批评指正！

　　谨以此书向新中国 70 年献礼！

刘勇　　张悦

图书在版编目（CIP）数据

新中国 70 年文学发展 / 刘勇等著 . — 北京：北京师范大学出版社，2021.1
ISBN 978-7-303-25512-2

Ⅰ . ①新… Ⅱ . ①刘… Ⅲ . ①中国文学－当代文学－文学研究 Ⅳ . ① I206.7

中国版本图书馆 CIP 数据核字（2020）第 010079 号

# 新中国 70 年文学发展

XINZHONGGUO 70NIAN WENXUE FAZHAN

刘勇等　著

策划编辑：禹明超　　责任编辑：贾理智
美术编辑：王齐云　　装帧设计：王齐云
责任校对：张亚丽　　责任印制：陈　涛

| | | |
|---|---|---|
| 出版发行：北京师范大学出版社 | 开本：710mm×1000mm 1/16 | 版次：2021 年 1 月第 1 版 |
| 印刷：鸿博昊天科技有限公司 | 印张：15 | 印次：2021 年 1 月第 1 次印刷 |
| 经销：全国新华书店 | 字数：235 千字 | 定价：76.00 元 |

**北京师范大学出版社**

http://www.bnup.com
北京市西城区新街口外大街 12-3 号
邮政编码：100088
营销中心电话：010-58805602
主题出版与重大项目策划部：010-58805385

**版权所有·侵权必究**

反盗版、侵权举报电话：010-58800697
北京读者服务部电话：010-58808104
外埠邮购电话：010-58808083
本书如有印装质量问题，请与印制管理部联系调换。
印制管理部电话：010-58808284